Lady par hasard

Une nouvelle réussite de Cheryl Bolen avec cette romance Régence... Je la recommande fortement. *– Happily Ever After*

Anna de Mouchet a l'étoffe parfaite des héroïnes de la Régence ! *– In Print*

Livres de Cheryl Bolen

Romance historique Régence :

La série « Les Mariées de Bath »
La mariée en bleu
Par son alliance
La Mariée a un secret
Un seigneur pour époux
L'Amour dans la bibliothèque
Un Noël à Bath

Série Haverstock House
Lady par hasard
Duchesse par erreur
Comtesse par coïncidence
Plus célibataire à Noël

Brazen Brides Series
Counterfeit Countess
His Golden Ring
Oh What A (Wedding) Night
Miss Hastings' Excellent London Adventure
Marriage of Inconvenience

The Regent Mysteries Series
With His Lady's Assistance
A Most Discreet Inquiry
The Theft Before Christmas
An Egyptian Affair

The Deceived Series
  A Duke Deceived
  His Lady Deceived

Pride and Prejudice Sequels
  Miss Darcy's New Companion
  Miss Darcy's Secret Love
  The Liberation of Miss de Bourgh

My Lord Wicked
Christmas Brides (Three Regency Novellas)

Romantic Suspense:
Falling For Frederick

Texas Heroines in Peril Series
Protecting Britannia
Murder at Veranda House
A Cry In The Night
Capitol Offense

World War II Romance:
It Had to Be You (Previously titled *Nisei*)

American Historical Romance:
A Summer To Remember (3 American Romances)

Lady
par hasard

(Haverstock House, t. 1)

Cheryl Bolen

**Traduction par
Emma Cazabonne**

Prologue

Londres, 1808

Anna de Mouchet étudia le jeu de cartes. Il était incroyable que personne n'ait jamais remarqué la différence dans les yeux des oiseaux au dos des cartes. Les yeux étroits correspondaient aux cartes représentant une figure. Sur celles de valeur inférieure, les oiseaux avaient des yeux normaux. Et des yeux ronds sur les as. Les hommes qui jouaient avec sa mère étaient bien sûr plus absorbés par la beauté de celle qui distribuait les cartes que par les gravures assurant ses gains. Anna retourna un roi et sourit en entendant la porte de sa chambre s'ouvrir doucement.

— Mademoiselle ! s'écria la servante en poussant un cri horrifié.

Elle referma la porte d'un léger coup de pied et s'avança précipitamment vers sa jeune maîtresse, lui apportant le plateau du petit-déjeuner de ses mains nerveuses.

— Votre maman serait furieuse si elle découvrait que vous jouez toujours avec ses cartes. Elle désire plus que tout faire de vous une grande lady, ma chérie.

Personne n'était plus proche de la mère d'Anna que Colette, qui avait accompagné Annette lorsqu'elle avait fui la Terreur plus de quinze ans auparavant. Si l'on avait découvert qu'Annette de

Mouchet appartenait à la noblesse, cela aurait pu coûter la tête de Colette.

— Mais je ne veux pas être une lady ! protesta la jeune fille. Je refuse d'aller à cette école chic. Contrairement à maman, je sais que je ne serai pas traitée avec plus de civilité à l'École de jeunes filles de miss Sloan qu'ici à Grosvenor Square par nos voisins hostiles.

— Mais votre maman désire que vous vous fassiez des amies dans le beau monde. Après tout, n'en faites-vous pas partie ?

— Je ne pourrai jamais être l'une d'elles, je ne le sais que trop, rétorqua Anna, les lèvres pincées et le menton relevé.

Peu après le petit déjeuner, Anna aperçut avec surprise une calèche armoriée devant la maison. Les armoiries n'appartenaient à aucun de leurs voisins et sa mère n'avait reçu aucun noble depuis qu'elles avaient quitté Marylebone un an auparavant pour s'installer ici.

Anna se dirigea vers le petit salon pour voir qui leur rendait visite. Elle trouva les portes fermées et entendit des cris de colère provenant de l'intérieur.

— Je ne laisserai pas la fille illégitime d'une catin française fréquenter l'école avec mes propres filles, jamais de la vie ! lança une voix masculine courroucée.

— Ma fille a autant le droit d'y aller que les vôtres, renchérit Annette sur un ton de défi. Et même davantage, car son père était d'un rang plus élevé que vous, mon seigneur.

Fière de la réplique enflammée de sa mère et le cœur en furie, Anna écouta l'homme poursuivre :

— Vous avez manigancé pour obtenir l'argent qui aurait dû revenir au duc de Steffington, mais vous ne pourrez jamais acheter un rang pour votre bâtarde.

— Je n'ai pas reçu un sou de Steffington de son vivant, reprit Annette d'une voix tremblante. Seulement son amour. C'est ce qui me doit votre rancœur, car à cause de moi, il a refusé de s'unir à la sœur de votre épouse. Et son argent est allé à son unique enfant. Même si je dois sacrifier tous les shillings que je possède, notre fille sera une lady distinguée, ajouta-t-elle d'une voix émue.

— Pas en allant à l'École de jeunes filles de miss Sloan, riposta-t-il avec colère. J'ai ici une missive de la directrice. Elle regrette de vous informer qu'il n'y a pas de place pour Anna de Mouchet.

La porte s'ouvrit brusquement et un homme corpulent aux vêtements raffinés passa précipitamment devant Anna sans la regarder.

Anna traversa la pièce et accourut auprès d'Annette, effondrée sur un canapé en soie et sanglotant entre ses mains jointes.

— Maman, je vous en prie, ne soyez pas chagrinée, lui dit Anna d'un ton apaisant.

Elle se pencha si près de sa ravissante maman qu'elle pouvait sentir son eau de rose. Elle passa doucement un bras autour d'elle.

— Je serai beaucoup plus heureuse ici avec vous qu'avec les filles de ce rustre. Dites-moi, je vous prie, de qui s'agit-il ?

Sa mère renifla et regarda vers la porte.

— C'était le marquis de Haverstock, dit-elle d'une voix basse.

Chapitre 1

London, 1813

Le marquis de Haverstock congédia son majordome et ferma résolument les portes de sa bibliothèque avant d'inviter son ami à prendre place dans un fauteuil confortable près de la cheminée. Il versa deux verres de porto et s'installa lui-même dans un large siège devant le feu, là où l'odeur du charbon était la plus forte.

— Notre besoin de secret absolu ne peut être assez souligné, annonça Haverstock d'une voix beaucoup plus basse qu'à son habitude. Je dois être particulièrement prudent dans cette maison remplie de misérables femmes.

Ralph Morgan, Morgie, avala une généreuse gorgée de porto.

— Je ne sais pas comment vous pouvez les supporter, mon brave. Cinq sœurs ! s'exclama Morgie en frissonnant, comme si son porto avait été empoisonné.

— Il n'en reste plus que quatre, maintenant que j'ai marié Mary.

— Oh, la belle affaire, plus que quatre, reprit Morgie avec bonhomie.

Ce fut au tour du marquis de frissonner. Une fois les quatre autres dots payées, il ne lui resterait pas assez d'argent pour son propre mariage. Non qu'il le désire. Il maudissait néanmoins son père de les avoir laissés si démunis.

— Vous n'êtes vraiment pas obligé de fournir des dots conséquentes pour les filles. Vous devez garder quelque chose pour vous, déclara Morgie, comme s'il lisait dans les pensées de son ami.

— Alors je ne serais pas meilleur que mon père.

Morgie déglutit et jeta un coup d'œil au tableau du père suspendu au-dessus de la cheminée, un homme au regard soucieux. Il desserra sa cravate. Même de sa tombe, l'ancien marquis pouvait vous mettre mal à l'aise. Il détourna son regard du portrait intimidant et ajouta :

— Ma foi, vous auriez de l'argent à la pelle si vous passiez plus de temps à vous occuper de vos propres affaires et moins au Foreign Office.

— Le devoir envers son pays doit avoir la préséance sur la satisfaction personnelle. Ce qui me rappelle le sujet dont nous devons discuter.

— Ah oui ! fit Morgie en jetant un coup d'œil vers la porte. Je suis venu directement vous informer que le prêt a été approuvé, expliqua-t-il en baissant la voix. Grâce à Dieu, mon père l'a approuvé avant sa récente disparition. Sinon, j'aurais un mal du diable à obtenir un shilling avant que sa succession ne soit réglée. J'aurai l'argent demain matin, annonça-t-il avec fierté.

Les yeux du marquis s'illuminèrent.

— Excellent!

— Excellent pour vous, et même pour l'Angleterre, mais terrible pour moi. Puisque nous ne pouvions pas dévoiler la nature clandestine du prêt, j'ai dû dire que ces sacrées cinquante mille livres étaient destinées à rembourser mes dettes de jeu. J'ai l'air d'un véritable bouffon.

— Allons, Morgie, tout le monde à Londres sait que vous jouez de façon excessive.

Morgie avala un autre verre.

— Je ne perds jamais plus que je ne peux me le permettre.

— C'est possible, étant donné que les membres de votre famille ont plus d'argent qu'un nabab. Et j'ai la chance que mon meilleur ami fasse partie des héritiers de la célèbre famille de banquiers Morgan.

Haverstock observa silencieusement son ami pendant que ce dernier desserrait légèrement sa cravate, habilement nouée. Morgie, comme Haverstock surnommait Ralph Morgan depuis leur temps à Eton, ne possédait peut-être pas l'intelligence la plus vive, mais il avait un goût impeccable. Ses vêtements parfaitement taillés, avec un rembourrage supplémentaire pour ses épaules fines, mettaient sa silhouette en valeur. Ses cheveux brun foncé semblaient toujours dignes d'un portrait, dans le style le plus à la mode et le plus discret. Outre son apparence physique exemplaire, ses manières étaient au-dessus de tout reproche. En raison de sa grande richesse, il était accepté partout, même si plusieurs membres de la haute société, y compris le père défunt de Haverstock, le repoussaient discrètement à cause de sa lignée juive.

— Si vous entrez en possession de l'argent demain matin, nous devrions pouvoir partir pour la France après-demain, déclara Haverstock, jouant avec son verre en cristal taillé qu'il n'avait pas encore bu.

Il ne partageait pas le même amour excessif de l'alcool.

— Il est impératif que nous soyons en France avant le 20.

Morgie acquiesça, tapotant sa poitrine.

— J'ai demandé à mon tailleur de me faire un manteau spécial, doublé de plusieurs poches intérieures pour contenir une grosse partie de l'argent.

Haverstock se redressa, ses yeux noirs brillants de colère.

— Vous ne lui avez pas dit que vous alliez porter de grosses sommes d'argent !

— Bien sûr que non, Haverstock ! Pour qui me prenez-vous ? Je ne suis pas un imbécile. Je lui ai dit que j'allais voyager et que je devais porter des documents, des tabatières et une multitude de médicaments.

Haverstock se détendit et sourit.

— Hormis quelques rares personnes qui travaillent avec moi au Foreign Office, personne ne doit savoir que nous allons voyager avec l'argent.

— Et aucun ne connaît votre destination ni le destinataire de l'argent, n'est-ce pas ?

— Aucun. Je suis le seul à le savoir, et uniquement parce que je parle français comme un natif. J'ai reçu d'excellentes informations de notre officiel français par le passé, et je lui fais entièrement confiance.

— Comment pouvez-vous faire confiance à un homme qui vend les secrets de son pays ?

Haverstock joignit le bout de ses doigts et réfléchit.

— Il est patriote, c'est pour cela qu'il veut contrecarrer Napoléon. Trop de Français ont versé leur sang pour le petit tondu.

— Il a raison d'agir contre ce monstre corse, mais ce Français n'a-t-il aucun scrupule à ce que ses informations mènent au massacre de plus de Français ?

— Il est arrivé à apaiser sa conscience en se persuadant que les armées de l'empereur sont désormais principalement composées d'étrangers capturés par les Français.

— Je ne peux pas le contredire.

Haverstock se leva et éteignit une bougie près de lui.

— Demain, vous devrez passer la nuit ici, afin que nous puissions nous mettre tôt en route le lendemain matin.

* * *

Anna enleva ses gants marron et les déposa soigneusement sur son lit en soie, puis elle dénoua son chapeau tout aussi terne et le plaça à côté des gants, afin que Colette les range à son retour de sa demi-journée de congé. Elle s'attendait à subir de sérieuses réprimandes de la part de sa fidèle suivante. Pour commencer, Colette serait fâchée qu'elle se soit rendue dans l'East End sans sa protection. Anna sourit, amusée de l'improbabilité que la servante, vieille et menue, puisse déjouer ne serait-ce que les escroqueries inoffensives d'un simple gamin des rues.

Ensuite, Colette la réprimanderait d'être sortie dans une tenue si démodée.

— Vous devez toujours être vêtue comme la grande lady que vous êtes, récitait Colette chaque jour.

Mais malgré les dernières volontés de sa mère, Anna savait qu'elle ne serait jamais une lady et qu'elle ne serait jamais la bienvenue dans les maisons raffinées de Mayfair. Elle se laissa tomber sur la chaise et déplora la tristesse et le désespoir de sa vie. Elle avait dix-huit ans, elle possédait une grande fortune, elle ne manquait pas d'attrait, et pourtant elle n'avait aucun espoir d'être présentée à un jeune homme. Encore moins d'épouser un gentleman.

Dans ses moments les plus solitaires, elle cédait à un désir profond et douloureux de partager sa vie avec un homme qui l'accepterait comme son égale, un homme qui l'aimerait et lui donnerait les enfants qu'elle voulait si désespérément.

Plus encore que l'alliance et les enfants, elle espérait un amour aussi puissant que celui de ses parents, un amour si fort qu'ils étaient parvenus à détourner le mépris de la société. Hélas, l'union imparfaite de ses parents avait donné naissance à une fille qui ne pourrait jamais appartenir ni à l'un ni à l'autre de leurs mondes.

Anna leva la tête vers le ciel.

— Oh, maman, je suis désolée de vous décevoir.

La situation la plus mondaine qui se présentait à Anna était son service religieux du dimanche matin, où les dames jetaient des regards envieux à ses vêtements exquis, tandis que les hommes essayaient de faire sa connaissance.

Elle étendit ses jambes et soupira. *Je suis si malheureuse que j'ai plus besoin des gens de l'East End qu'ils n'ont besoin de moi.* Depuis le décès de sa mère cinq années auparavant, ses excursions dans l'East End étaient sa seule source de joie. Elle n'avait pas d'amies. Aucun admirateur masculin. Son avocat était son seul interlocuteur. Elle avait depuis longtemps renvoyé son maître de danse malgré les objections de Colette. Cette dernière nourrissait en effet encore l'illusion qu'Anna se rendrait à des bals distingués et y éblouirait les jeunes gens comme l'avait fait sa mère en France tant d'années plus tôt. La dévouée Colette n'admettrait jamais la futilité des rêves d'Annette pour sa fille.

Perkins interrompit les pensées moroses d'Anna en frappant à la porte avec force.

— Un visiteur pour vous, miss de Mouchet.

Anna se redressa, surprise par l'annonce. Son avocat était venu lui rendre visite la veille, ce ne pouvait donc pas être de nouveau lui. Qui cela pouvait-il être ?

— Qui est-ce, je vous prie ? demanda Anna en se dirigeant vers la porte.

Perkins lui tendit la carte du gentleman au moment où elle ouvrit la porte.

Sir Henry Vinson.

— Dites-lui que je descendrai le voir dans dix minutes.

Même si elle n'avait jamais particulièrement aimé sir Henry, elle le recevrait vêtue de l'une de ses robes les plus à la mode. Sinon, Colette pourrait bien envisager un meurtre.

Tout en quittant les vieux vêtements qu'elle avait portés dans l'East End, Anna se demandait pourquoi sir Henry venait la voir. Elle l'avait à peine revu depuis les funérailles de sa mère. Elle avait toujours soupçonné qu'il avait été amoureux de sa mère, mais il était trop égoïste pour se marier. Il devait avoir cinquante ans désormais, et elle ne l'avait jamais entendu parler de mariage.

Un frisson de peur la parcourut à la pensée fugitive qu'il souhaite peut-être maintenant se marier. L'épouser pour sa fortune.

Elle ne se trouverait jamais dans une situation aussi désespérée.

* * *

Sir Henry regardait Grosvenor Square par la

fenêtre. Il était surpris de sa propre nervosité face à la fille d'Annette. Son avenir pourrait bien sûr dépendre de l'issue de cette rencontre. Il détestait admettre qu'une simple fille tenait son destin entre ses mains inexpérimentées. Il se souvenait néanmoins de leur adresse quasi innée à mélanger et à distribuer les cartes sans effort. Il sourit. Il savait qu'elle pouvait lui apporter les richesses qu'il avait cherchées depuis si longtemps.

Vingt-cinq mille livres pour le moment. Et plus tard, la promesse d'un ministère en France. Bonaparte lui-même lui avait offert le Pavillon de Vendôme si ses activités ici à Londres rencontraient le succès.

Comme il méprisait ces arrogants aristocrates anglais ! Surtout ce collet monté de Haverstock. Même si le jeune marquis affichait du dédain pour son père défunt, sir Henry trouvait qu'il lui ressemblait beaucoup. Les deux hommes s'étaient clairement montrés distants envers lui, et le fils ne lui faisait part d'aucune confidence bien qu'ils travaillent tous deux au Foreign Office. Il était tout aussi hautain que son père l'avait été.

Sir Henry lui tournait le dos lorsqu'Anna entra dans la pièce. Il se retourna en sentant les effluves d'eau de rose. Le parfum d'Annette. Il se figea au moment où Anna l'accueillit. C'était comme s'il était transporté presque trente ans en arrière, au château de Recheaux. Une période de faste aussi révolue que celle des pharaons et aussi peu susceptible d'être ravivée. Une période avant la Révolution.

Sans sa voix très anglaise, Anna de Mouchet serait une copie conforme de sa mère, se dit-il, son cœur s'emballant au souvenir de son attachement à Annette. Aucune femme n'avait jamais été plus ravissante. Pourtant, cette fille devant lui l'était. Il remarqua ses boucles brun foncé aux reflets dorés dans la lumière du soleil de fin d'après-midi. Sa peau crémeuse, douce comme des pétales de rose, et la fraîcheur naturelle de ses joues mettaient en valeur ses yeux exceptionnels. De grands yeux en amande couleur grains de café grillé. Ciel, comme ils étaient beaux ! Sa silhouette était la perfection même.

Et, remarqua-t-il avec satisfaction, elle avait hérité le goût de sa mère pour ce qu'un modiste pouvait offrir de mieux. Elle portait une robe rose à la coupe exquise, juste assez décolletée pour révéler sa peau ivoire et les signes prometteurs d'une poitrine bien faite. Il la regarda de haut en bas. Ses yeux s'arrêtèrent sur ses escarpins en satin. Ils allaient parfaitement avec sa robe, et accentuaient avec elle le rougissement de ses joues.

— Ah, Anna, vous êtes le parfait sosie de votre mère !

— Je prends cela comme un compliment, sir Henry. Prenez place, lui dit-elle en désignant un canapé. Prendrez-vous un thé ?

Il plia sa longue silhouette mince et s'assit.

— Non, ma chère, vous regarder suffit à me nourrir.

Il prit soin de ne pas faire le gourmand, de ne pas tout dévorer aussitôt. Il jouirait de cette abondance un peu à chaque fois en manipulant la fille par de constants atermoiements.

Anna rougit et prit place dans un fauteuil à quelques mètres de lui. Elle savait qu'elle devrait lui dire comme il était bon de le voir, mais elle désapprouvait le mensonge.

— J'espère que vous vous portez bien, lui dit-elle alors. Je n'ai pas eu de vos nouvelles depuis très longtemps.

— Depuis les funérailles de votre mère, précisa-t-il, le visage sombre. Vous vous demandez probablement pourquoi je suis venu.

— Les vieux amis n'ont pas besoin de raison.

— Ah, Anna ! Vous me faites honte de ma longue absence. En fait, j'ai beaucoup pensé à votre mère, et à vous, récemment. Une situation s'est présentée et Annette aurait pu la gérer sans effort. Je crois néanmoins que vous êtes celle dont j'ai besoin.

— Vous avez besoin de moi ?

Le misérable allait-il lui offrir sa main ?

Il s'installa plus confortablement dans le canapé et la regarda droit dans les yeux.

— J'ai une proposition d'affaires à vous présenter.

La seule vision de sa tête chauve et de son long nez l'empêchait de le regarder en face. Elle espérait sincèrement que cette proposition n'était pas un mariage.

— Je vous assure que ma situation est aisée, rétorqua-t-elle sur un ton qui se voulait adulte.

— Personne n'a jamais trop d'argent, Anna.

— Mais je vis paisiblement et je n'ai pas de grands besoins.

— Personne ne saurait refuser vingt-cinq mille livres.

C'était en effet une somme très importante. Elle serait sotte de ne pas écouter.

— Que voulez-vous de moi, sir Henry ? demanda-t-elle en se penchant en avant.

— Je me rappelle votre talent aux cartes

lorsque vous étiez enfant.

— Je n'ai pas joué depuis des années, répliqua-t-elle en se raidissant.

— Ah, mais quelqu'un de doué comme vous n'oublie jamais.

Elle fronça les sourcils.

— Votre proposition est-elle liée au fait que je joue aux cartes ?

— C'est bien cela.

— Alors je refuse d'en savoir davantage. Ma mère abhorrait l'idée que je joue, et je respecte trop sa mémoire pour ne pas tenir compte de ses désirs.

— Anna, je vous propose une somme énorme pour jouer un seul soir.

Elle n'était pas tentée, seulement curieuse.

— Dites-moi, que voulez-vous de moi ?

— Je connais un sot qui entrera en possession de cinquante mille livres en espèces demain. J'ai l'intention d'en partager la moitié entre vous et moi. Pour des raisons que je ne peux divulguer, il m'est impossible de le soulager de son argent. C'est pourquoi j'ai besoin de vous. Je prévois de l'amener à votre salon, où vous vous assurerez de lui offrir abondamment de l'alcool pour lequel il a un grand penchant. Puis vous lui proposerez de jouer aux cartes. Vous commencerez par miser de petites sommes et le laisserez gagner. Puis à mesure que l'enjeu grandira, vous commencerez à gagner, en vous servant des compétences apprises de votre mère.

Anna se leva d'un bond, avec l'intention ferme de lui montrer la porte.

— Ce que vous suggérez, sir Henry, n'est pas seulement de la triche, mais du vol. Je refuse de me prêter à ce jeu.

— Asseyez-vous, Anna, et écoutez-moi.

— Rien que vous ne puissiez dire ne me fera changer d'avis.

Il se leva et se dirigea vers elle.

— Quel est l'homme que vous détestez le plus au monde ? Celui que vous blâmez de la mort de votre mère ?

— Le marquis de Haverstock, répondit-elle sans hésiter.

Les yeux froids et verts de sir Henry se mirent à briller.

— Précisément. Mon plan sera la ruine de lord Haverstock. Cela ne vous réjouirait-il pas, ma chère ? ajouta-t-il en lui relevant le menton.

— Rien ne me rendrait plus heureuse. Je déteste cet homme. Mais je ne peux pas, ce serait rompre une promesse solennelle faite à ma mère.

— Pour l'amour de Dieu, Anna, elle est décédée depuis cinq ans, reprit-il avec dureté avant de se radoucir. Faites-moi confiance, Annette serait fière de vous si vous gagniez vingt-cinq mille livres en un seul jour. Elle savait que les grandes fortunes ouvrent de nombreuses portes.

— Je ne changerai pas d'avis.

Les sourcils froncés, il se dirigea vers la fenêtre et y resta immobile, réfléchissant à sa prochaine stratégie. Il allait devoir lui révéler la véritable portée de son plan. Avec des mensonges plus soigneusement servis. Mais il était confiant : il parviendrait à la persuader d'accomplir quelque chose de bien plus répugnant que de tricher aux cartes.

Chapitre 2

— Venez, asseyons-nous l'un près de l'autre, dit sir Henry en se dirigeant vers le canapé en damas, j'ai tant à vous dire.

Ils s'assirent. Elle laissa un large espace entre eux.

L'air solennel, sir Henry se tourna vers Anna et lui parla, à peine plus haut qu'un murmure :

— Puisque l'argent ne vous tente pas, je vais devoir vous mettre dans mes confidences.

Elle le regarda avec méfiance.

— Si mes supérieurs savaient ce que je vais vous dire, je pourrais avoir de sérieux ennuis. Voyez-vous, poursuivit-il après une profonde inspiration, je travaille au Foreign Office. Lord Haverstock aussi. Nous sommes tous deux directement impliqués dans des affaires d'espionnage français. Nous suspectons hélas lord Haverstock d'être au service des Français, ajouta-t-il l'air peiné.

— Comment a-t-on pu confier une position d'une telle importance à un homme comme lui ? demanda Anna, exprimant sa consternation et son dégoût.

— Je parle en fait du fils de lord Haverstock. Le père, celui que vous méprisez, est décédé.

— Alors je n'ai pas de plainte contre le fils. Je ne connais que trop l'injustice de blâmer les enfants pour les péchés de leurs parents.

— Mais je vous assure que le fils est tout aussi

détestable. Nous devons le contrecarrer. Par le biais de son meilleur ami, Ralph Morgan, de la famille des banquiers, le marquis prépare secrètement un emprunt pour les Français. Monsieur Morgan pense que le prêt aidera les Anglais à acheter des informations auprès d'un officiel français. L'argent doit être prêt demain. J'avais espéré vous faire gagner l'argent de monsieur Morgan pour empêcher les Français de l'obtenir.

Anna écarquilla les yeux.

— Mais, sir, cela change tout !

Il hocha la tête avec satisfaction.

— Votre mère désirait que vous deveniez complètement anglaise. Me dites-vous que vous vous considérez patriote ?

— Comment pouvez-vous en douter ? lui demanda-t-elle sur un ton de défi.

Un sourire suffisant se dessina sur ses lèvres.

— Jusqu'où iriez-vous pour prouver votre loyauté ?

Il se leva et arpenta la pièce. Même s'il détestait cette idée, sir Henry savait que ce qu'il allait proposer lui coûterait les vingt-cinq mille livres qu'il avait si ardemment désirés. Mais si cette nouvelle stratégie portait ses fruits, Anna pourrait devenir sa poule aux œufs d'or.

— Pourriez-vous vous marier pour l'amour de votre pays ? lui demanda-t-il.

Elle haussa aussitôt les sourcils.

— Que voulez-vous dire ?

— Épousez lord Haverstock. Devenez espionne pour l'Angleterre, approchez-vous de lui, apprenez ses secrets et transmettez-les-nous.

Anna se mit à rire.

— Je vous assure que lord Haverstock

préfèrerait se faire pendre plutôt que de
m'épouser.

— Vous sous-estimez votre charme, Anna.

Sir Henry revint s'asseoir à côté d'elle.

— Considérez ceci : disons que vous jouez aux
cartes avec monsieur Morgan avant qu'il ne
puisse donner l'argent à son ami. Vous gagnez les
cinquante mille livres que Haverstock a
empruntées. Haverstock pourrait craindre pour sa
tête, car il n'a aucune fortune personnelle avec
laquelle rembourser l'argent. Je suis persuadée
que vous pourriez lui arracher une proposition de
mariage en échange de l'argent.

— Mais alors l'argent irait aux Français !

Les yeux de sir Henry étincelèrent.

— Oui, mais vous seriez dans la maison de
Haverstock pour les Anglais. Pensez à ce que vous
pourriez apprendre de lui une fois son épouse !
Vous seriez une mine d'informations pour nous.

Sir Henry espérait secrètement qu'elle puisse
apprendre l'identité du contact de Haverstock en
France. Napoléon paierait sûrement cent mille
livres pour connaître le nom du traître. Un certain
nombre de possibilités lucratives se présentèrent
à l'esprit de sir Henry. Il pencha la tête et étudia
Anna, un sourire aux lèvres.

— Lady Haverstock. Pensez, Anna, combien
votre mère voulait que vous deveniez une lady !

Elle regarda un instant dans le vide. L'idée de
devenir l'épouse de l'ignoble marquis la
repoussait. Cela lui inspirait une mélancolie
profonde, le désir futile d'un compagnon à qui elle
pourrait donner son cœur. En suivant le plan de
sir Henry, elle devrait enterrer l'espoir d'un époux
aimant. Elle devrait accueillir dans son lit le fils
du lord adipeux. Le fils était probablement aussi

répugnant que le père. Cette pensée lui causa un mouvement de recul.

Mais entrer dans la manigance de sir Henry ne représenterait peut-être pas un si grand sacrifice. Sa vie était entièrement vide. Devenir marquise de Haverstock lui ouvrirait au moins l'accès à la société, non qu'elle éprouve un grand besoin de bals et de mondanités. Mais comme ce serait merveilleux d'avoir des amis avec qui échanger une conversation, d'avoir quelqu'un avec qui se promener dans le parc !

Si elle devenait lady Haverstock, elle pourrait également remplir la promesse faite à sa mère sur son lit de mort.

Ses sentiments importaient peu mis en balance avec l'Angleterre. Pour la première fois depuis la mort de sa mère, Anna se sentait nécessaire.

— Je vais gagner l'argent de monsieur Morgan, déclara-t-elle.

* * *

Sir Henry trouvait très déplaisant de devoir s'habiller de manière si anodine, mais il ne pouvait prendre le risque que Ralph Morgan le reconnaisse. Sans se faire remarquer, il avait guetté et vu Morgan entrer dans la banque. Diable, pourquoi cela lui prenait-il tant de temps ? D'un coup sec, il retira sa montre de son gousset et regarda l'heure. *Cet idiot était là depuis une heure.* Au moment où il rempocha sa montre, il vit Morgan sortir de la banque d'un pas désinvolte. Il transporta une petite valise en cuir jusqu'à sa calèche, où une demi-douzaine d'hommes en livrée assuraient sa protection.

L'homme n'était donc pas aussi stupide qu'il le pensait. Sir Henry était cependant perplexe. Une malle pouvait contenir cinquante mille livres, pas une petite valise. Néanmoins, sir Henry monta à cheval et suivit à distance.

Une fois sûr que Morgan était chez lui, sir Henry se dépêcha de rentrer se changer et de préparer sa prochaine étape. Moins d'une heure plus tard, on le faisait entrer dans le salon opulent de Morgan.

— Monsieur Morgan, mon cher, annonça sir Henry, je passais par ici et je me suis dit que je devais vous rendre visite. Vous et votre ami Haverstock avez récemment été fort présents à mes pensées.

Il observa Morgan en s'asseyant. Il semblait plus lourd que sir Henry ne se le rappelait. C'était cela ! Il portait une grosse quantité de souverains dans son manteau. Le respect de sir Henry pour l'intelligence de Morgan augmenta.

— Et pourquoi, je vous prie, sir Henry ?

Sir Henry sortit sa tabatière, en retira une pincée et inspira. Puis il prit place dans un fauteuil capitonné tout en souriant malicieusement à Morgan.

—Vos conquêtes féminines sont plutôt illustres. Je pense qu'il y a une certaine rivalité entre vous à qui des deux pourra escorter la femme la plus ravissante, expliqua-t-il.

Morgan rougit.

— La plupart du temps, c'est Haverstock qui remporte les beautés.

— Il est hélas difficile de rivaliser avec un titre.

— Oh, ce n'est pas seulement une question de titre. Si elles ont le choix entre un homme de petite taille comme moi ou un homme aussi corpulent et robuste que Haverstock, la plupart des femmes préfèrent le gros.

— C'est possible, mais si une jolie femme vous

voyait en premier, je suis sûr que vous pourriez la conquérir par votre élégance.

Morgan rougit de nouveau.

— C'est pour cela que je suis venu. Une grande beauté est récemment arrivée à Londres. Puisque c'est trop tôt dans la saison, aucun des jeunes étalons n'a encore fait sa connaissance. Croyez-moi sur parole, il n'y a pas de femme plus ravissante dans toute l'Angleterre. Et je me propose de vous la présenter aujourd'hui.

Morgan fronça les sourcils.

— Pourquoi ne vous intéresse-t-elle pas vous-même ?

Sir Henry secoua la tête.

— J'ai depuis longtemps abandonné l'idée de conquérir de jeunes filles ou de me marier. À cinquante ans, je suis beaucoup trop vieux pour changer mes habitudes de célibataire.

Un sourire se dessina lentement sur le visage de Morgan.

— J'ai un peu de temps devant moi. Où pouvons-nous rencontrer cette créature sans pareille ?

— Nous nous rendrons chez elle, à Grosvenor Square.

Morgan souleva un sourcil.

— Alors, ce n'est pas une...

— Non, ce n'est pas une femme de petite vertu. Elle est de bonne famille. Néanmoins, ne craignez pas qu'elle essaie de vous piéger dans la souricière du pasteur. Elle a elle-même une fortune considérable.

— Si cela vous est égal, mon vieux, je préfère prendre ma propre calèche. Je me sens beaucoup plus en sécurité avec mes hommes compétents autour de moi, dit Morgan en se levant. Il y a récemment eu tant de crimes, voyez-vous.

Morgan reçut son manteau de son majordome à la livrée d'apparence royale et annonça qu'il se rendait à Grosvenor Square.

* * *

Revêtue d'une robe blanche soyeuse qui révélait son cou ivoire et son décolleté, Anna présidait à la table à thé, posant des questions à monsieur Morgan sur la guerre péninsulaire. Puis, lui disant qu'elle savait combien les hommes préféraient le porto, elle lui remplit deux fois son verre du vin portugais. Sir Henry décida alors de prendre congé.

N'ayant ni parente ni compagne pour la chaperonner, Anna avait demandé à une femme de chambre, celle la plus proche de sa taille, de porter l'une de ses belles robes et de s'asseoir dans le salon avec ses travaux d'aiguille.

Anna était fatiguée de s'être exercée aux cartes avec Sir Henry toute la nuit. Pourtant, elle parvint à charmer monsieur Morgan comme si l'avenir de l'Angleterre en dépendait.

Après que l'alcool eut commencé à le détendre, Anna lui dit :

— Je ne peux feindre d'ignorer votre réputation. Elle vous a précédé ici, monsieur Morgan. Toutes vos activités méritent un examen minutieux du beau monde. J'ai moi-même beaucoup entendu parler de vous. Je sais par exemple que vous êtes en possession d'une grande fortune.

— Sir Henry m'a dit que vous disposez également de vastes richesses.

— Oui, nous semblons avoir cela en commun, répondit-elle. J'ai aussi entendu dire qu'en une seule soirée, vous pouvez gagner ou perdre une somme qui suffirait à doter la moitié des jeunes filles à marier en une année.

— C'est très aimable de votre part de mentionner mes victoires. Il semblerait hélas que mes défaites soient beaucoup plus habituelles.

Anna abaissa ses cils incroyablement longs et l'honora d'un sourire enchanteur.

— Je n'en crois pas un mot, monsieur Morgan. Je suis sûre qu'un homme comme vous possède une grande habileté.

— Vous êtes la bonté même, miss de Mouchet.

— J'adore jouer aux cartes. Hélas, mes compétences sont malheureusement inadéquates.

— Nous devrions jouer ensemble un jour.

Elle lui lança un regard plein d'espoir.

— Aimeriez-vous faire quelques parties de 21 aujourd'hui ?

— Quelle idée sensationnelle !

Anna ordonna à ses servantes d'installer la table de jeu pendant qu'elle et monsieur Morgan s'accordaient sur les règles. Elle le persuada facilement de parier. Puis ils décidèrent de changer de croupier à chaque partie et de permettre à ce dernier de gagner le double de la mise pour chaque point.

Anna perdit systématiquement pendant la première demi-heure de jeu, mais elle insista pour augmenter le montant du pari à chaque nouvelle partie.

Au bout d'une heure, les gains d'Anna s'élevaient à dix mille livres.

— Eh bien, il est temps que ma chance tourne, déclara monsieur Morgan en tapotant son manteau chargé d'argent. Je préfère ne pas me retrouver face à Haverstock lorsqu'il est en colère. Un homme si fort !

Anna frissonna, se souvenant de la rage de lord Haverstock. Elle ne se souvenait toutefois pas de lui comme d'un homme très gros.

— Pourquoi, je vous prie, lord Haverstock se soucierait-il de ce que vous faites de votre argent ?

— Ah, il... il a une grande aversion pour le jeu, bégaya monsieur Morgan.

À mesure que monsieur Morgan augmentait sa consommation d'alcool, son habileté diminuait. Le soulager de ses fonds considérables s'avère être simple comme bonjour, se dit Anna. Même sans les cartes aux marques spéciales, elle aurait pu s'emparer sans effort des gains de l'homme ivre.

— J'ai diablement pas de chance, lança-t-il en jetant ses cartes. Mieux vaut arrêter là mes pertes et m'en aller.

— Ne vous découragez pas, je vous en prie, l'exhorta Anna. Je suis persuadée que vous allez gagner la partie suivante.

Avec l'aide d'Anna, il remporta en effet la partie suivante.

— Ma parole, ma chance est bel et bien en train de tourner, s'exclama-t-il sur un ton joyeux pendant qu'Anna distribuait les cartes.

Sa carte visible était un 7. Anna avait un as et sa carte face cachée était un roi. Il vit que celle de Morgan était une carte entre 2 et 10. Elle ne désira pas recevoir d'autre carte. Il en prit une. Un 4. Il avala une gorgée de porto et retourna fièrement ses cartes en arborant un large sourire : il totalisait 21.

Anna révéla alors son point et remporta l'argent présent sur la table. Quinze mille livres supplémentaires.

Pour la partie suivante, le pari était de vingt mille livres. La carte face cachée qu'il donna était une figure. La sienne était un as. Sa carte suivante était un 9, celle d'Anna un as.

Il fit un large sourire.

— C'est impossible de faire deux points d'affilée.

— Je suis désolée de vous annoncer que je le peux, monsieur Morgan, déclara Anna.

Il poussa un juron avant de griffonner une reconnaissance de dette.

* * *

La nuit était tombée et Morgie n'était pas encore venu le trouver. Haverstock devint de plus en plus anxieux. Il décida qu'une visite au logis de Morgie s'imposait. On lui dit que Morgie était sorti avec sir Henry Vinson. Haverstock haussa un sourcil. Il ne savait pas que Morgie connaissait sir Henry. Connaissant bien les serviteurs de Morgie en raison de la fréquence de ses visites, Haverstock pouvait se permettre, malgré sa distinction, de demander où Morgie s'était rendu.

— Il est allé à Grosvenor Square, mon seigneur, répondit le majordome de Morgie.

Haverstock partit aussitôt en cabriolet pour Grosvenor Square. La calèche de Morgie indiquait clairement la maison où son ami était entré.

Le marquis examina la majestueuse maison de trois étages avant de gravir les marches et de frapper à la porte. Il présenta sa carte au majordome qui l'accueillit et lui dit :

— J'ai un besoin urgent de voir monsieur Morgan.

Le majordome semblait mal à l'aise, mais comme il n'avait pas l'habitude d'ouvrir à des visiteurs, il le fit entrer dans le parloir.

Haverstock fut horrifié par ce qui s'offrit à sa vue. Morgie était paresseusement étendu sur un fauteuil à une table de jeu, un verre de porto à la main. Mais ce fut surtout la table qui attira l'attention de Haverstock, avec ses hautes piles bancales de souverains. Des centaines de pièces.

En face de Morgie était assise une jeune femme d'une beauté exquise.

Haverstock se dirigea vers elle à grands pas, s'inclina et dit :

— Charles Upton, le marquis de Haverstock, à votre service.

— Mais vous ne pouvez pas être le marquis, vous ne ressemblez pas du tout à votre père, bredouilla Anna, l'air perplexe.

— Vous connaissiez mon père ? Puis-je avoir l'honneur de faire votre connaissance, miss... ?

Elle lui tendit la main en hésitant.

— Miss de Mouchet, Anna de Mouchet.

Ce nom ! Il avait entendu non seulement son père, mais aussi sa mère parler de la de Mouchet de manière très humiliante. C'était elle qui avait privé sa tante Marguerite de la fortune qui lui était due en tant que duchesse de Steffington. On avait dit que la de Mouchet avait dirigé un établissement de jeu. Et c'était elle qui avait donné un enfant au vieux duc hors mariage, tandis que la pauvre tante de Haverstock s'était éteinte stérile. Cette femme devant lui maintenant devait être cet enfant. Et elle avait manifestement hérité des mauvaises voies de sa mère.

Il ne considérait maintenant sa beauté qu'avec mépris.

— Combien a-t-il perdu ?

— Une très grosse somme, mon seigneur, répondit Anna d'un air suffisant.

— Combien ?

— Environ cinquante mille, je pense.

— Cinquante mille livres ?

Elle acquiesça de la tête et rangea discrètement les cartes aux marques spéciales dans le double fond d'un tiroir de la table. Un jeu parfaitement légitime se trouvait sur la table.

Les mains d'Anna étant sous la table, Haverstock n'avait pas vu son geste. Il saisit le jeu de cartes posé sur la table.

— Je vais examiner ces cartes, miss de Mouchet.

— Faites, je vous en prie. Je n'ai rien à cacher. Vous constaterez que j'ai gagné cet argent de manière licite.

Monsieur Morgan essaya de se redresser.

— Dites-moi, Haverstock, vous êtes un peu dur envers elle. J'assume l'entière responsabilité de mes pertes.

Haverstock ignora son ami. Il examina les cartes pendant plusieurs minutes. Puis il parcourut la pièce des yeux.

— Personne n'est entré ici pendant que vous jouiez ? Quelqu'un qui aurait pu observer la main de mon ami et vous transmettre l'information ?

— Personne, répondit Anna d'un ton brusque. À moins que vous ne soupçonniez ma compagne qui n'a pas bougé de sa chaise à l'autre bout de la pièce.

Il se retourna et étudia la jeune femme assise à plus de six mètres de là.

— Puis-je demander qui était le croupier ?

— Nous l'étions à tour de rôle, mon seigneur, répondit calmement Anna.

Il jeta les cartes sur la table alors que Morgie commençait à glisser de sa chaise.

— Ce diable d'imbécile ! Il s'est évanoui, s'exclama Haverstock.

Il souleva Morgie sans effort et le transporta à un canapé à proximité.

Puis Haverstock se retourna vers Anna, l'air malveillant.

— Je ne sais pas comment vous l'avez fait, mais je soutiens que vous êtes une tricheuse et une voleuse, comme la catin française qui était votre mère.

Le visage rouge de colère, Anna se leva.

— Sortez immédiatement !

Il considéra sa beauté glaciale en lui lançant des regards furieux.

— Je ne partirai pas avant que vous ne me redonniez l'argent de mon ami.

— Cela, mon seigneur, est impossible.

Il savait que Morgie compenserait ses pertes les mois suivants, mais ce serait trop tard pour sa rencontre avec monsieur Herbert.

S'il retenait sa colère et négociait avec la femme, il pourrait peut-être obtenir l'argent le lendemain.

— Pardonnez-moi, dit-il en se rapprochant d'elle, j'ai parlé inconsidérément. C'est juste que je dois impérativement avoir l'argent ce soir.

— Comme je l'ai dit, c'est impossible.

— Je vous donnerai un billet à ordre pour vous rembourser la totalité de la somme avec dix pour cent d'intérêt d'ici trois mois. Cela vous fera cinq mille livres de plus.

— Ma réponse est toujours non.

Il fixa silencieusement la charmante créature pendant ce qui sembla plusieurs minutes. Puis il exprima ce qui lui venait à l'esprit :

— Je sais que vous êtes une femme de fortune. Puis-je vous demander pourquoi vous êtes si obstinément attachée à cet argent ?

— Parce que je n'ai aucun amour pour la maison de Haverstock, répondit-elle avec un air de défi. Votre père a cruellement et injustement traité ma mère, alors que c'était la femme la plus gentille et la plus affectueuse que j'aie jamais connue.

D'après la façon dont son père avait parlé de la mère d'Anna, Haverstock pouvait facilement croire qu'il l'ait ainsi traitée. Et il ne savait que trop bien à quel point son père pouvait être cruel lorsqu'il avait à faire avec des personnes qu'il jugeait être de moindre distinction.

— Vous ne pouvez certainement pas blâmer le fils pour les péchés du père, reprit-il comme pour s'excuser.

— Le même sang ne coule-t-il pas dans vos veines ? renchérit-elle, les yeux aussi froids que le marbre.

— Je ne suis pas mon père, affirma-t-il lentement et presque avec douceur.

— Mais vous m'avez également insultée. Vous me le paierez !

* * *

Anna rencontra le regard noir et perçant de Haverstock. Elle ne s'était jamais trouvée si proche d'un homme si grand. Il devait faire au moins un mètre quatre-vingt-dix. Tout en lui représentait la force, de ses larges épaules à sa voix profonde et résonnante. Son allure et son comportement n'avaient rien en commun avec l'homme dont elle se souvenait comme étant son père. Le père avait le teint clair, celui du fils était foncé. Il avait d'épais cheveux noirs. Son front était probablement légèrement plus dégarni qu'il ne l'avait été dix ans plus tôt. Son menton carré un peu charnu lui donnait plus de maturité sans nuire à la beauté de ses traits. Il avait une forte bouche et un nez aquilin bien fait. Elle le trouvait très beau. Sa présence la perturba. Elle voulait le détester, mais elle se rendait compte qu'elle en était incapable, particulièrement après qu'il lui ait si humblement dit qu'elle ne pouvait pas blâmer le fils pour les péchés du père. Sans parler défavorablement, il avait reconnu la bassesse de son père.

Comme vaincu, il se laissa tomber dans un fauteuil.

— N'y a-t-il rien que je puisse faire pour récupérer l'argent ?

— Peut-être que si, répondit Anna d'un ton catégorique.

Elle se dirigea vers la fenêtre et regarda la place, lui tournant le dos. Puis elle se retourna et lui sourit.

— À mes yeux, la meilleure vengeance contre votre père serait que vous m'épousiez, moi la fille d'une catin française.

Chapitre 3

Si son défunt père était entré dans la pièce, Haverstock n'aurait pas été plus choqué. Il ouvrit la bouche pour protester, mais aucun mot ne sortit. Il se contenta de regarder la tentatrice qui le dévisageait avec défi. Elle devait être folle pour faire une suggestion si ridicule.

Il se surprit néanmoins à réfléchir à sa proposition. Il n'avait pas beaucoup pensé au mariage, essentiellement parce qu'il n'avait pas l'argent nécessaire pour fonder sa propre famille. Il avait su qu'il devrait un jour épouser une femme de fortune. Et une femme de grande fortune à la beauté sans pareille se tenait devant lui. Mais il ne pouvait pas sérieusement prendre sa demande en considération. Il ne pouvait pas épouser une femme de petite vertu.

Après un long silence, elle traversa la pièce et s'approcha de lui.

— Vous dites que vous devez avoir l'argent ce soir. Accepter ma proposition est le seul moyen d'en prendre possession, mon seigneur.

— Ne pouvez-vous pas me donner une quinzaine de jours pour y réfléchir ?

— Certainement, si vous pouvez attendre l'argent une quinzaine de jours.

— Mais je pars demain en voyage, je dois avoir l'argent ce soir.

— Alors vous devez m'épouser ce soir.

— Ciel, je ne peux pas vous épouser ce soir !

Nous n'avons pas de certificat.

Penchée sur la table de jeu, ses mains maniaient les pièces en or. Elle leva les yeux vers lui et expliqua avec désinvolture :

— Avec votre rang, je suis sûre que vous pourriez vous rendre à Lambeth Palace ce soir et obtenir un certificat spécial de l'archevêque en personne.

Il contourna la table et se planta devant elle.

— Et qui, dites-moi, nous marierait ce soir ?

Un éclair de triomphe étincela dans ses yeux.

— Je peux m'occuper de cela, mon seigneur.

Il lui restait moins de quarante-huit heures avant sa rencontre en France. Que devait-il faire ?

Il décida de la choquer.

— Voulez-vous dire que vous êtes prête à coucher avec un homme que vous méprisez ?

La pensée de faire l'amour avec lui allait sans doute lui répugner au point de la faire changer d'avis.

— J'y insisterais, voyez-vous.

Elle écarquilla les yeux, puis murmura après un instant :

— Oui, je pourrais le faire, car je désire fort avoir des enfants.

Il leva un sourcil.

— Des descendants de Haverstock ?

— Ils seraient aussi descendants d'Annette de Mouchet, riposta-t-elle.

Il parcourut des yeux les courbes douces de son corps parfait. Contre son gré, il se demandait ce que cela serait d'avoir une telle femme sous lui dans son lit. Il se sentit hésiter.

Puis il pensa à la réaction de sa mère. Il préférerait se jeter sous les roues d'un carrosse que de lui dire. Elle avait détesté la mère d'Anna.

Comme son père, sa mère ne pourrait jamais voir en Anna autre chose que la fille illégitime d'une catin française. Certainement pas la future marquise de Haverstock.

— Je doute que ma famille puisse jamais vous accepter, protesta-t-il.

Elle rejeta sa tête en arrière et éclata de rire.

— Pensez-vous que cela m'importe ? Je sais très bien ce que votre famille pense de moi. Ma vengeance en est d'autant plus douce. Je veux blesser votre famille comme elle a blessé la mienne.

— Qu'a fait mon père pour provoquer une telle haine ? reprit-il d'une voix plus douce.

Un éclair de colère brilla dans les yeux d'Anna.

— Il a tué ma mère.

Haverstock fronça les sourcils.

— Allons, je sais que mon père n'était pas un saint, mais il n'a tué personne.

— Oh, il n'a pas levé la main sur elle, mais il l'a tuée aussi sûrement que s'il avait envoyé une balle de mousquet dans son cœur.

— Comment cela ? demanda Haverstock, l'air inquiet.

— C'est une longue histoire, et je n'ai pas le temps de vous la raconter ce soir. Une autre fois peut-être.

— Vous n'avez pas le temps parce que vous envisagez de m'épouser ce soir, n'est-ce pas ?

Elle acquiesça de la tête.

Pourquoi la perspective d'épouser la donzelle lui laissait-elle un vide au cœur ? Il n'avait certainement pas nourri l'espoir d'un mariage d'amour. Ses propres parents ne s'étaient manifestement pas mariés pour une raison sentimentale.

Épouser une femme riche avait certes ses mérites. Anna de Mouchet possédait une grande fortune et était d'une rare beauté. Il pouvait inviter quelqu'un de bien pire dans son lit.

Ciel ! cette femme tenait son honneur et sa ruine dans ses mains délicates. Il la détestait pour cela. Elle avait le pouvoir de défaire le fruit de quatre années de travail acharné passées à restaurer la réputation de Haverstock que son père avait si profondément souillée.

Haverstock se leva.

— Je m'avoue vaincu. Je vais de ce pas à Lambeth Palace.

* * *

Anna, généreuse bienfaitrice de Saint-Georges, griffonna une note demandant au vicaire de venir immédiatement à Grosvenor Square. Elle se mit ensuite à choisir sa robe de mariée. Elle opta pour une robe qu'elle n'avait jamais portée, une tenue sophistiquée en soie blanche, digne d'une robe de présentation. Elle avait su qu'elle ne serait jamais présentée à la reine, mais elle avait néanmoins commandé cette robe pour faire plaisir à Colette.

Même si Colette voulait qu'Anna soit une grande lady, elle n'était pas du tout contente de ce mariage. Elle protesta quand Anna l'informa qu'ils allaient échanger leurs vœux ce soir même.

— Pas avec le plus ignoble de tous les hommes !

— Avec le fils de cet homme, se défendit Anna. Il ne ressemble pas du tout à son père.

Elle détestait le fait de ne pouvoir s'ouvrir à Colette de la vraie raison de son mariage.

— Et qu'en est-il de l'amour ? demanda Colette, les yeux brillants de larmes.

Une question à laquelle Anna n'avait pas de

réponse avouable.

Une fois que Colette eut boutonné la robe d'Anna, celle-ci fit un pas en arrière pour se regarder dans le miroir. Ses épaules nues couleur ivoire étaient visibles au-dessus des minuscules manches bouffantes. Le décolleté était beaucoup trop bas pour une jeune fille, mais elle serait désormais une femme mariée. De légères épaisseurs de soie étaient délicatement retenues sous sa poitrine, puis retombaient le long des douces courbes de son corps. Dans le dos, la robe formait une traîne bordée de perles. La reine elle-même n'aurait pu avoir une robe plus ravissante, se dit Anna avec approbation.

Elle enfila de délicats escarpins blancs, en satin et perlés, puis de longs gants.

Elle congédia Colette, puis fit les cent pas jusqu'à la fenêtre. Pourquoi cela lui prenait-il tant de temps ? L'archevêque n'était-il pas à sa résidence ? Ou bien, comme cela était plus probable, Haverstock avait-il changé d'avis ? Le marquis ne semblait pas être homme à se laisser pousser au mariage. Surtout avec elle, la fille d'une catin.

Elle entendit un bruit de sabots sur la place et se précipita à la fenêtre. Un cabriolet avec un cavalier solitaire s'approchait de sa maison. Haverstock était revenu. Elle s'éloigna de la fenêtre et essaya de calmer les battements de son cœur. Faisait-elle le bon choix ? Agissait-elle en insensée ?

Perkins frappa à sa porte quelques minutes plus tard.

— Lord Haverstock est arrivé, miss de Mouchet. Et l'ecclésiastique vous attend également.

Elle ouvrit la porte.

— Faites-les entrer dans le par... dans le salon, se reprit-elle en se souvenant que monsieur Morgan y dormait d'un sommeil de plomb. Je descends tout de suite.

Elle se sentait incapable de faire le pas suivant, un pas qui modifierait irrévocablement son avenir. Elle dut se rappeler qu'en épousant Haverstock, elle aiderait non seulement son pays, mais qu'elle exaucerait aussi le dernier souhait de sa mère. Elle se rappela sa jolie maman sur son lit de mort, lui chuchotant faiblement : « Promets-moi, Anna, tu leur montreras à tous que tu peux être une grande lady ».

— Oui, maman, pour toi, je serai une grande lady, avait répondu Anna.

Si seulement elle pouvait en même temps satisfaire son propre désir d'un mariage d'amour !

La tête relevée avec fierté, Anna sortit de sa chambre et descendit l'escalier.

* * *

Haverstock et le vicaire étaient en train de régler la question du certificat lorsque Haverstock sentit l'eau de rose. Il se retourna pour regarder sa future épouse. La tête haute, elle entra royalement dans la pièce. Un sentiment d'irréalité le saisit. Comme s'il était sorti de son corps et était penché au-dessus de sa beauté éthérée. Elle paraissait si angélique dans sa robe blanche flottante. Elle semblait auréolée de lumière, comme la Madone dans une peinture italienne. Aucune mortelle n'avait été revêtue de beauté aussi parfaite que cette femme qu'il était sur le point d'épouser.

Le curé leur épargna la gêne d'une salutation.

— Y aura-t-il d'autres personnes présentes ?

— Nous deux seulement, dit Anna à voix basse.

S'il vous faut des témoins, mes serviteurs peuvent faire l'affaire.

L'ecclésiastique acquiesça d'un hochement de tête, puis il plaça le couple devant lui. Debout entre eux, il commença la cérémonie.

Haverstock se surprit à prendre la main délicate et gantée d'Anna. Son contact eut un effet dévastateur sur lui. Il pesta intérieurement contre le gonflement entre ses jambes. Il réagissait à la beauté, non à la bonté.

Anna récita ses vœux d'une voix à peine plus haute qu'un murmure.

Puis ce fut son tour. Promettait-il de l'aimer, de l'honorer et de la chérir jusqu'à ce que la mort les sépare ? demanda l'ecclésiastique. Si seulement il le pouvait, se dit Haverstock, un profond sentiment de désespoir l'envahissant. Il promit de renoncer à toutes les autres femmes. Peut-être pourrait-il honorer cette promesse, si elle satisfaisait ses besoins sexuels. Il se sentit alors grossier et méprisable. Comme si c'était une jument poulinière et lui un étalon.

Lorsque vint le moment de passer l'alliance à son doigt, il ôta sa chevalière et la glissa par-dessus son doigt ganté. Deux de ses doigts fins auraient pu y entrer.

— Lorsque je l'obtiendrai de ma mère, murmura-t-il, la bague portant le sceau des Haverstock sera à vous.

Après la cérémonie, Haverstock fourra une poignée de guinées dans la paume du curé, puis le congédia. Ils se retrouvèrent tous deux face à face et à court de mots dans le salon soudain froid.

— Je prendrai des dispositions avec mon avocat au matin, mon seigneur, dit Anna. Vous me trouverez généreuse.

La colère monta en lui. Pensait-elle pouvoir l'acheter comme un cheval chez Tattersall ?

— Je ne veux pas de votre foutu argent ! rétorqua-t-il d'un ton brusque.

Elle le regarda calmement en face.

— Néanmoins, il est à vous, mon seigneur. Tout ce qui est à moi est désormais à vous. Et bien sûr, ajouta-t-elle sans ménagement, votre titre est désormais à moi.

— Absolument, lady Haverstock, répondit-il d'un ton méchant. Acheté de manière injuste.

Blessée par son commentaire, elle jeta à son époux un regard perspicace tout en faisant tourner la grosse chevalière autour de son doigt.

— Dites-moi, mon seigneur, votre mère se trouve-t-elle à Londres ?

Il la regarda avec méfiance.

— Oui.

— Et pourtant, vous avez choisi de ne pas lui demander la bague pour ce soir. Ai-je raison de penser que vous préférez ne pas informer votre mère de notre mariage ?

Il fit le tour du piano, en évitant son regard.

— Je l'en informerai. Mais puisque je vais m'absenter pour deux semaines, je trouve l'idée de lui annoncer la nouvelle par lettre beaucoup moins conflictuelle. Je lui écrirai ce soir, elle recevra mon message demain et aura deux semaines pour préparer la maison à vous recevoir. Je vous donne ma parole que vous y serez maîtresse.

— Figurez-vous que je n'ai aucune idée de l'endroit où se trouve votre marquisat.

— Dans le Devon.

— Je ne suis jamais allée dans ce comté, dit-elle en se dirigeant vers le piano et en l'obligeant à croiser son regard. Est-ce charmant ?

— Très charmant, mais Haymore nécessite de nombreuses réparations.

— Si vous ne voulez pas de ma fortune pour vous-même, alors peut-être pouvez-vous l'utiliser pour restaurer Haymore ?

Cette maudite avait-elle envahi ses pensées ? Comment avait-elle pu savoir combien il avait souhaité rendre à Haymore son ancienne gloire, avant que son père ne dilapide tout son argent aux tables de jeu ?

— J'y réfléchirai, répondit-il froidement, érigeant une barrière entre lui et cette femme.

Sa femme. Il ne devait pas la laisser s'approcher de trop près.

— Madame, je dois maintenant me rendre à mon manoir de ville pour préparer mon voyage, poursuivit-il en se raidissant. Faites-moi la bonté de demander à l'un de vos domestiques de réveiller mon ami monsieur Morgan à quatre heures du matin.

Il lui tourna le dos et se dirigea vers la porte.

La cérémonie avait été légale, se dit Anna. Haverstock s'était même adressé à elle en l'appelant « madame », mais elle n'avait pas confiance en lui. Aux yeux de la loi, elle n'était toujours pas son épouse. Et si le mariage n'était pas consommé, il pourrait facilement la renvoyer avec une annulation une fois qu'il aurait dépensé les cinquante mille livres. Même si elle ne le désirait pas, elle savait ce qu'elle devait faire.

Elle alla vers lui d'un pas décidé et posa doucement la main sur son bras.

— Je sais que vous avez hâte de vous préparer pour votre voyage, mon seigneur, mais vous oubliez que c'est notre nuit de noces. Je souhaiterais que nous consommions notre mariage avant votre départ.

Les yeux de Haverstock s'attardèrent sur la perfection de son visage. Il maudit une fois de plus ce contact, qui provoquait un gonflement dans son pantalon.

Chapitre 4

Si c'était la consommation du mariage qu'elle voulait, eh bien elle allait l'avoir ! jura furieusement Haverstock en arpentant la chambre masculine jouxtant celle de la femme. Il la prendrait rapidement, sans essayer de la faire jouir. Elle était peut-être son épouse, mais de nom seulement. Il satisferait son caprice légal, puis s'en irait. Il avait bien d'autres choses à faire ce soir.

Il lui donna un temps suffisant pour se préparer, puis frappa à sa porte et entra. La seule lumière de la pièce provenait d'un feu qui brillait dans l'âtre et d'une bougie posée à côté de son lit doré. Elle était couchée, adossée à un monticule d'oreillers en dentelle, ses cheveux brossés et détachés autour de son joli visage. Elle portait une chemise de nuit en dentelle blanche boutonnée jusqu'au cou et semblait tellement ingénue. Il étouffa un grognement, doutant de son innocence. C'était la fille d'une catin et probablement une tricheuse et une voleuse. Certainement pas une innocente.

Il n'allait pas lui faire de politesses.

— Vous devez vous dévêtir, madame, lui lança-t-il d'un ton glacial.

Elle écarquilla les yeux le temps d'un éclair, puis tendit le bras pour souffler la bougie et commença à déboutonner sa chemise.

— Je veux que la bougie reste allumée, dit-il

durement. Je suis votre époux, je veux voir ce qui m'appartient.

Il saisit la bougie et se dirigea vers la cheminée pour la rallumer. Il retourna lentement vers le lit et l'observa. Elle passa sa robe par-dessus sa tête, puis remonta la couverture pour cacher sa poitrine, le visage cramoisi.

Il posa la bougie sur le dessus en marbre de sa table de nuit et se pencha sur elle, lui relevant le menton de son index.

— J'ai du mal à croire qu'anciennement miss de Mouchet rougisse à la perspective de montrer son joli corps.

— C'est juste que..., murmura Anna, je ne savais pas que cet acte s'accomplissait... entièrement nu.

Le rire de Haverstock secoua la pièce.

— Oui, ma chère, nous accomplirons cet acte entièrement nus. Je plains vos anciens amants si vous leur avez refusé le plaisir de voir tout votre corps.

Il descendit la main le long de sa poitrine, puis rejeta la couverture et prit un sein dans le creux de sa main tout en taquinant son mamelon rose avec son pouce.

— Il n'y a jamais eu d'amants, mon seigneur, dit-elle d'une voix tremblante.

Il retira sa main et rencontra son regard déconcerté.

— Voulez-vous dire que vous êtes vierge ?

Ses immenses yeux bruns fixés sur lui, telle une biche effarouchée, elle acquiesça de la tête.

— C'est ce que vous prétendez. Mais un homme a des moyens de dire si une femme a déjà couché avec un homme ou non.

Elle releva le menton et parla cette fois d'une

voix sûre.

— Je suis ravie de l'apprendre. Je pourrai ainsi être disculpée au moins d'un acte odieux.

— Oh, mais ma chère, reprit-il en s'asseyant sur le lit à côté d'elle et en lui caressant la poitrine, cet acte n'a rien d'odieux.

— Vous l'avez donc déjà accompli ?

— Ciel ! s'exclama-t-il en éclatant de rire, j'ai trente-deux ans !

— Quel âge aviez-vous la première fois ? demanda-t-elle doucement.

Il se souvint de la jolie Denise à Oxford et sourit.

— Dix-huit ans.

— J'ai aussi dix-huit ans, reprit-elle dans un murmure.

Il lutta contre lui-même pour ne pas ressentir de sympathie pour elle. Il saurait bientôt si c'était une catin ou non.

Elle posa les yeux sur la main de Haverstock qui pétrissait sa poitrine.

— C'est sans doute une question ridicule à poser à son époux, mais quel est votre prénom, mon seigneur ?

Un sourire se dessina sur les lèvres de Haverstock.

— Charles.

— Avez-vous déjà eu une maîtresse, Charles ?

— Cela ne vous regarde pas, ma chère. J'ai promis à votre prêtre ce soir que j'abandonnerais toutes les autres, et j'ai l'intention d'être fidèle au moins à cette partie de mes vœux, à condition que vous satisfassiez à mes besoins.

— J'y emploierai tous mes efforts, dit-elle doucement. Aidez-moi en m'enseignant, je vous prie.

Il se leva du lit et souffla la bougie. C'était soit une très bonne actrice ou vraiment une vierge. Si elle n'avait en vérité jamais vu un homme nu auparavant, il n'était pas étonnant qu'elle tremble. Il se mit à ôter ses propres vêtements, déterminé à mettre fin à ce simulacre de virginité. Son pantalon glissa par terre. Haverstock grimpa sur le lit à côté d'elle.

— Femme, dit-il formellement alors qu'elle bougeait un peu pour lui faire de la place. Commençons par découvrir quelques vérités l'un sur l'autre.

Il entendit le hurlement solitaire du vent alors qu'il la tirait vers lui, glissant un bras sous elle et l'entourant de l'autre. Il blottit son visage dans le creux de son cou. Il sentit sa chaleur et son parfum d'eau de rose se mêlant à la douceur de ses cheveux défaits. Ciel, comme elle sentait bon, comme elle était douce ! Son membre se mit à vibrer.

Il ne l'embrasserait pas, pas encore. Elle voulait la consommation. C'est ce qu'il lui donnerait, et rien d'autre. Elle était raide comme un pieu. Il l'obligea à écarter ses cuisses, mais elle les resserra aussitôt.

L'entrée ne serait pas facile avec une telle résistance. Il comprit qu'il devait d'abord la détendre. Il se mit à lui caresser le dos. Sentant sa tension se relâcher, il fit glisser ses grandes mains le long de ses hanches nues, se pressant contre ses rondeurs, la rapprochant de ses mains, établissant un rythme qui se poursuivit lorsqu'il cessa de l'attirer à lui.

Pendant que leurs corps se fondaient en un mouvement apaisant et hypnotisant, il continua de caresser sa peau satinée.

Avec un plaisir inattendu, il sentit le corps d'Anna se mouler contre le sien. Il se réjouit d'entendre son souffle se raccourcir. Les vierges et les épouses, lui avait-on dit, restaient rigides pendant que leurs maris jouissaient. Qu'Anna ne fût pas une vierge froide lui causait un soulagement mêlé de déception.

Il la reposa sur le lit et se pencha sur elle, ses lèvres trouvant ses seins et se refermant autour d'un mamelon. Elle commença à gémir doucement.

Une fois de plus, il écarta ses cuisses. Cette fois, elle s'ouvrit même davantage. Lorsque les doigts de Haverstock rencontrèrent l'humidité du désir d'Anna, ses gémissements se transformèrent en petits cris et elle souleva ses hanches vers lui. Il se laissa entrer en elle et se sentit enveloppé par ses profondeurs fermes et humides. Dans une frénésie correspondant à ses mouvements, il cria son nom une fois. Deux fois. Trois fois.

Alors qu'il plongeait davantage dans ses douces profondeurs, il la sentit se raidir et l'entendit pousser un cri de douleur. Et il savait qu'il devait être doux avec elle. Elle était bel et bien vierge. Ainsi que sa femme. Il la serra tendrement contre lui et murmura son nom, et haleta lorsque sa semence se déversa en elle.

Il demeura en elle, immobile, tout en desserrant son étreinte. Il écarta les cheveux humides de son front et l'embrassa, sur les joues, sur le nez, puis pressa enfin ses lèvres tremblantes contre les siennes.

Jamais auparavant n'avait-il crié le nom d'une femme comme il venait de le faire avec Anna. Mais à vrai dire, il n'avait jamais eu de femme comme elle. Il avait toujours évité de déflorer les vierges.

Et il n'y avait aucun doute qu'Anna ait apporté sa virginité à son lit de noces. Cette pensée adoucit sa colère et sa haine envers elle.

Cependant, lorsque son nom s'était presque révéremment échappé de ses lèvres, la jouissance évidente d'Anna lui avait donné envie de la maudire, elle et la longue lignée de Chypriotes dont le sang coulait dans ses veines.

Pourquoi cette rencontre intime ne pouvait-elle pas l'affecter de la même manière que toutes ses expériences précédentes ? Il avait toujours été capable de jouir sans autre engagement qu'une dépense de quelques livres. Ce soir était si différent. Le plaisir physique, il devait le reconnaître, avait été intense. Et il l'était toujours en fait. De loin le plus intense dont il puisse se souvenir. Mais il y avait quelque chose d'autre. Quelque chose qui semblait envelopper son esprit et ses émotions comme jamais. Une vague de tendresse inconnue envers la simple fille qui frissonnait sous lui, privée de son innocence, faillit le submerger.

Il se maudit pour cette faiblesse. Et pour la première fois de sa vie, il regrettait de ne pas ressembler davantage à son père sans cœur. Pourquoi n'avait-il pas pu jouir sans rien ressentir pour Anna ? Pourquoi s'était-il plié comme une pousse printanière et avait-il soufflé cette fichue bougie ? Il avait traité Anna avec la même compassion qu'il lui aurait manifestée s'il l'avait vraiment choisie pour épouse, alors que ce n'était qu'une intrigante qui ne reculerait devant rien pour obtenir son titre.

Pourtant, contre sa volonté, il la serra davantage dans ses bras. À son contact et à son odeur, une étrange sensation de tendresse l'envahit.

* * *

Maintenant que c'était fini, Anna se retint pour ne pas caresser les muscles souples du corps de Haverstock. Et maintenant qu'elle pouvait plus ou moins rassembler ses pensées, elle aurait voulu mourir de honte. Des années d'efforts soigneux pour se comporter en lady, pour ressembler à une lady, pour penser comme une lady, s'étaient retrouvées gâchées ce soir. Parce que son corps l'avait trahie.

Elle avait complètement succombé à l'intimité enivrante avec ce traître égoïste qui était désormais son époux.

Elle avait agi comme une catin. Comme la femme que tout le monde voyait en sa mère. Mais Anna n'avait jamais cru ce que les autres disaient de sa mère. Sa mère lui avait dit que ce qui s'était passé en privé entre elle et le père d'Anna était beau, parce qu'ils s'aimaient.

Au moins, Annette pouvait se sentir digne, sachant que son corps appartenait à l'homme qu'elle aimait.

Anna ne pouvait même pas prétendre cela.

Ce devait être une catin. C'était ce que les Anglais disaient des belles Françaises. Peut-être avaient-ils raison. Peut-être y avait-il une malédiction sur les Françaises qui les rendaient esclaves de la chair.

Deux choses la retinrent de rassembler ses affaires et de s'enfuir : elle savait qu'elle aidait l'Angleterre et que le marquis serait le seul à avoir connaissance de sa faiblesse honteuse.

* * *

Se lever pendant qu'Anna dormait déclencha un embarras chez Haverstock. Il aurait aimé passer toute la nuit avec elle et la reprendre à son réveil. Se réveiller avec elle à ses côtés, la lumière matinale mettant en valeur sa volupté de jeune fille.

Il s'habilla en silence, remplit une petite valise de pièces d'or, puis affrontant le froid, il rentra chez lui dans Half Moon Street. Là, il prépara ses bagages. Il ne souhaitait pas réveiller son valet. Il ne voulait même pas que Manors ait connaissance de sa mission.

Une fois ses valises prêtes, il s'assit pour écrire à sa mère, l'informant de son mariage à la hâte avant son voyage d'affaires. Il ne communiquerait à personne les circonstances dans lesquelles lui et Anna s'étaient mariés. Il dit à sa mère que le mariage secret était dû à l'aversion de sa mère pour la famille d'Anna. L'acte étant accompli, écrivit-il, sa mère devait accepter l'épouse qu'il s'était choisie. « Je vous prie d'accueillir ma femme avec le respect qui lui est dû », conclut-il, après lui avoir annoncé qu'Anna serait la maîtresse de Haverstock House deux semaines plus tard.

Puis il écrivit à Anna.

Il laissa enfin une note à son secrétaire, lui demandant d'informer les journaux du mariage entre miss Anna de Mouchet et le marquis de Haverstock.

Ces devoirs accomplis, il alla lui-même chercher son cheval aux écuries pour se rendre au manoir de ville de Morgie. Comme Haverstock l'avait instruit aux domestiques d'Anna, ils l'avaient réveillé, puis ramené chez lui.

Lorsque Haverstock arriva, Morgie l'attendait en tenue de voyage et ses bagages prêts.

— La France est-elle toujours notre destination

ou m'emmenez-vous à Newgate ? demanda Morgie, la tête basse, plutôt honteux.

— Nous discuterons de vos indiscrétions une fois que nous serons sur le bateau pour la France, déclara Haverstock sur un ton sévère, alors que les deux hommes montaient à cheval et disparaissaient dans l'obscurité matinale.

Sur le bateau, les deux hommes partageaient la même cabine privée. Pourtant, ils échangèrent peu et leur dialogue fut limité. Morgie, qui expulsait le contenu de son estomac de manière désagréable, insistait sur le fait qu'il était en train de mourir. Haverstock, quant à lui, affirmait que son malaise était dû au mouvement du navire ou à une surabondance d'alcool.

Une fois à Bordeaux, ils réservèrent des chambres dans une auberge près du front de mer. Au dîner, qu'il toucha à peine, Morgie passa la main dans ses cheveux et dit :

— Haverstock, j'ai vraiment honte d'avoir perdu cette fichue somme d'argent. Comment l'avez-vous récupérée ?

— Je l'ai regagnée, mentit Haverstock.

Morgie le regarda avec admiration.

— Je croyais que vous détestiez les jeux impliquant des mises élevées, à cause de votre père.

Haverstock avala son pain avec le vin réputé de la région.

— Avions-nous le choix ?

— Vous avez raison, répondit joyeusement Morgie. Au fait, n'avez-vous pas trouvé miss de Mouchet la plus belle créature que vous ayez jamais vue ?

Le cœur de Haverstock s'emballa au souvenir du corps d'Anna, ravissant et souple sous lui.

— En effet. Il ne s'agit d'ailleurs plus de miss de Mouchet. La prochaine fois que vous la verrez, vous pourrez l'appeler Lady Haverstock.

Morgie faillit s'étouffer avec son vin.

— Juste ciel, que dites-vous là !

Les yeux noirs de Haverstock brillaient malicieusement.

— Comment aurais-je pu partir un minimum de deux semaines et espérer la trouver toujours libre à mon retour ? Il n'y avait qu'une seule chose à faire : je suis allé chercher un certificat spécial à Lambeth Palace.

Morgie se pinça les lèvres.

— Vous plaisantez, je ne vous crois pas un instant. Vous n'avez jamais agi de manière impulsive de votre vie.

— Ah, mais mon cher, je n'avais jamais rencontré la ravissante miss de Mouchet !

Se souvenant de la beauté extraordinaire d'Anna, il crut presque à ses propres paroles.

* * *

Épuisée après avoir joué aux cartes avec sir Henry toute la nuit précédente, Anna dormit dix heures. À son réveil, elle sentit les chauds rayons du soleil lui parvenant par une demi-douzaine de fenêtres. Et autre chose. La profonde douleur entre ses cuisses lui rappela ce qui s'était passé entre son époux et elle.

Elle ouvrit alors brusquement les yeux et se tourna pour voir s'il était toujours à ses côtés, devinant pourtant à la lumière extérieure qu'il avait dû partir plusieurs heures auparavant. Elle se demanda s'il avait disparu juste après avoir pris son plaisir ou s'il avait passé toute la nuit dans ses bras.

Les draps de satin portaient toujours

l'empreinte de son corps. Anna éprouva un sentiment de perte. Une sensation de froid pénétra jusque dans ses os. Elle remonta les couvertures pour se réchauffer. Comme il aurait été rassurant de le trouver à côté d'elle à son réveil, en train de la couvrir de doux baisers pour lui faire savoir que leurs ébats avaient été acceptables, qu'elle était son épouse, pas une catin !

Enveloppée de solitude comme à son habitude, elle se sentait maintenant abandonnée et souillée de sa semence. Ses draps en étaient encore humides. La semence de Haverstock, se dit-elle, le cœur battant douloureusement.

Chapitre 5

Plus tard dans l'après-midi, un messager de Haverstock House apporta à Anna une lettre de son époux. Elle l'emporta dans sa chambre, leur chambre désormais. Les mains tremblantes, elle brisa rapidement le sceau et se tint près du lit pour lire sa missive.

Ma chère épouse, Au moment où vous lirez ces mots, je serai loin. Je déteste avoir dû prendre congé de vous sans vous dire au revoir, mais vous dormiez si profondément que je n'ai pas voulu interrompre le sommeil dont vous aviez tant besoin. Ma mère a maintenant été informée de notre mariage et a reçu l'instruction de faire de Haverstock House votre maison. Je viendrai vous rendre visite à mon retour à Londres. J'ai hâte de poursuivre votre éducation. Bien à vous, Haverstock.

Anna serra la lettre contre sa poitrine. Une chaleur l'envahit. La lettre s'avérait un plaisir inattendu, venant d'un homme qui avait pleinement l'intention d'honorer ses vœux. Ce seigneur au teint sombre n'était assurément pas le fils de son père. Cet homme, qu'elle avait épousé, cet homme qui avait entièrement pris possession d'elle, avait l'intention d'honorer ses vœux.

Si seulement il pouvait être aussi honnête envers son pays, se dit-elle amèrement.

Elle referma la lettre avec un ruban en satin rose et la rangea dans un tiroir de la table de chevet.

Cette nuit-là, elle eut du mal à s'endormir. Elle se demandait si à l'heure qu'il était, Haverstock avait déjà donné l'argent aux Français. Elle maudissait sa trahison. Inexplicablement, elle se demandait s'il avait pensé à elle.

* * *

Les deux semaines qui suivirent, Anna essaya de rester constamment occupée afin d'éviter de penser à Haverstock. Au début de chaque journée, elle s'habillait méticuleusement à la dernière mode, attendant une visite de sa belle-mère qu'elle savait informée du mariage. Mais cette visite n'eut jamais lieu.

Anna et Colette, en compagnie d'escortes s'ajoutant au nombre déjà formidable de leurs préposés, se rendirent dans l'East End pour y distribuer des vêtements, des pièces et de la nourriture aux malheureux.

Anna s'occupait à un certain nombre d'autres tâches. Elle commença un ouvrage complexe en suivant son propre patron. Elle affecta une somme à chacun de ses serviteurs et supervisa l'emballage de ses biens les plus essentiels. Elle prit des dispositions pour louer sa demeure à Grosvenor Square.

Deux semaines plus tard, Anna se surprit à se précipiter vers la fenêtre à chaque bruit de sabot, vérifiant si Haverstock était arrivé. Elle pensait à lui à chaque respiration. Et s'en maudissait.

* * *

Haverstock rencontra son contact français dans une ferme à la périphérie de Bordeaux. Morgie, armé, faisait le guet. L'entrevue se déroula sans encombre. Monsieur Herbert présenta à Haverstock plusieurs pages de dates et de descriptions d'envois aux troupes dans la Péninsule, ainsi que leurs emplacements. En échange, Haverstock lui remit les cinquante mille livres.

— Mon besoin d'argent devient urgent, annonça le Français grassouillet. Je serai bientôt obligé de quitter la France.

Haverstock le regarda, la tête penchée sur le côté.

— Et pourquoi cela ?

— Notre gouvernement a été informé qu'un traître transmet des informations aux Britanniques. Jusqu'à présent, personne ne connaît mon identité.

— Je n'ai dit votre nom à personne, déclara Haverstock.

— Savez-vous que quelqu'un qui travaille à votre Foreign Office est un espion pour les Français ?

Haverstock éprouva un profond malaise.

— En êtes-vous sûr ?

Le Français acquiesça de la tête.

— Mais tout comme il ne connaît pas mon nom, je ne connais pas le sien. Je vous avertis néanmoins d'être très prudent.

Pendant le voyage de retour, Haverstock fut reconnaissant de pouvoir continuer à lire, à traduire et à mémoriser les documents. Pour la première fois depuis son départ de Londres, il était trop occupé pour penser à son étrange mariage et à l'attirance indésirable que sa femme causait sournoisement en lui.

Il fut heureux de découvrir que certains de ces

documents esquissaient même des plans de bataille et énuméraient les troupes françaises. Dans l'ensemble, l'Angleterre avait réalisé une bonne affaire en payant monsieur Herbert pour obtenir cette information.

Tandis que le voyage tirait à sa fin, Haverstock traduisit en code une grande partie de l'information et brûla les originaux. Il garda les documents codés sur sa personne en permanence.

Alors que lui et Morgie approchaient de Londres, Haverstock se retrouva face à un dilemme : qui devait-il voir en premier, Anna ou sa mère ? Il avait écrit à Anna qu'il lui rendrait visite immédiatement après son arrivée, mais il voulait également arranger les choses avec sa mère avant d'amener Anna à Haverstock House.

En fin de compte, son impatience de revoir Anna l'emporta. Était-elle vraiment aussi jolie que dans son souvenir ? Il se rappelait encore la sensation lorsque, debout devant l'ecclésiastique, il avait pris la mince main gantée de son épouse dans la sienne et avait glissé sa chevalière à son doigt. Il entendait de nouveau sa voix réciter ses vœux dans un murmure. Il la reverrait toujours, assise sur le lit, essayant de couvrir son corps exquis tout en déclarant son innocence d'une voix tremblante. Par-dessus tout, il se souvenait de la sensation et de l'odeur de son corps nu contre le sien. Alors qu'il s'approchait de Grosvenor Square, il se sentait comme un écolier grisé par son premier flirt.

Chapitre 6

Morgie accompagna Haverstock chez Anna. Haverstock avait décidé de l'amener avec lui pour être sûr qu'il n'allait pas relever les jupes d'Anna et la prendre par terre dans son salon. Car il était consumé de désir pour elle.

Lorsque Perkins lui ouvrit, Haverstock lui dit :

— Annoncez mon arrivée à mon épouse, s'il vous plaît.

Perkins fit entrer les deux messieurs dans le salon. Anna se présenta quelques minutes plus tard. La mémoire de Haverstock n'avait pas exagéré sa beauté extraordinaire. Elle était en fait encore plus jolie qu'il se la rappelait. Il ne l'avait pas encore vue à la lumière du jour. Elle portait une robe de chambre blanche et soyeuse ornée de violettes, aux manches trois-quarts et aux volants ourlés de rubans en velours violet. Au-dessus de son corsage décolleté, sa peau était douce et blanche. Et son visage aussi parfait que dans son souvenir. À la lumière du soleil, il pouvait distinguer des reflets de couleur brandy dans ses cheveux d'un brun profond.

Il lui prit la main et l'embrassa.

— J'espère que vous vous êtes bien portée ces deux semaines, Anna.

Elle rougit légèrement en lui assurant que sa santé avait été bonne.

Se souvenant de son compagnon, il lui dit, en désignant Morgie :

— Ma chère, vous vous souvenez de monsieur Morgan, n'est-ce pas ?

Morgie s'inclina profondément.

— Votre serviteur, Lady Haverstock.

— Prenez place, leur dit Anna en s'asseyant sur un canapé en brocart rose, et parlez-moi de votre voyage : où êtes-vous allé ?

Haverstock s'assit sur une chaise française qui semblait beaucoup trop petite pour sa corpulence.

— Nous sommes allés vérifier différents investissements dans le pays.

— Les investissements pour lesquels vous aviez besoin d'argent, mon seigneur ? lui demanda-t-elle.

Il pinça les lèvres et fronça les sourcils.

— Ne vous ai-je pas demandé, ma chère, de ne pas employer cette expression de « mon seigneur » ?

— Je suis désolée, Charles, répondit Anna.

— Oui, ma chère, nous avions besoin de l'argent pour les investissements.

— Avez-vous vu votre mère ? reprit-elle.

— Non, je suis venu directement ici. Combien de temps vous faut-il pour vous préparer à vous installer à Haverstock House ?

— Je suis prête. J'ai pris des dispositions pour louer cette maison.

— Très bien, déclara Haverstock. Au fait, ma mère vous a-t-elle rendu visite ?

— Non, mais je ne m'y attendais pas. Je ne peux la blâmer d'être déçue par notre union. Elle a sans doute décidé que j'étais absolument impropre à la situation, expliqua Anna d'une voix assurée. Avez-vous d'autres parents que votre mère ?

— J'ai cinq sœurs et un frère, James. Je lui ai

acheté son fanion et il est maintenant dans la Péninsule. Je me fais un sang d'encre pour lui, dit-il en secouant la tête.

Et soupirant, il ajouta :

— Ma sœur Mary s'est mariée l'année dernière et vit dans les Cornouailles. Lydia est ma sœur la plus proche de moi en âge et en tempérament. Elle a trente ans et pas de prétendant. Malheureusement pour elle, elle me ressemble beaucoup. Je crains qu'elle ne soit trop grande et trop forte pour attirer des candidats. Ce qui est une perte pour eux, car c'est la femme la plus plaisante que j'aie jamais connue. Mais mon avis est peut-être influencé par le fait qu'elle pense et agit plus comme un homme.

— Une cavalière du tonnerre, ajouta Morgie. Et une redoutable joueuse de whist.

— Il est clair que Lydia est votre préférée, conclut Anna.

Haverstock réfléchit un instant en silence.

— Je suppose que vous avez raison. Lydia est aussi probablement celle qui m'est la plus fidèle, à cause de notre proximité en âge, j'imagine.

— Et vos trois autres sœurs ?

— Je suis désolé de reconnaître qu'il s'agit d'une meute d'écervelées qui feront toutes un bon mariage. Elles sont relativement belles et ne pensent à rien d'autre qu'à la dernière mode en matière de vêtements et de coiffures.

— Comment s'appellent-elles, et quel âge ont-elles ?

Il réfléchit un instant.

— Je ne suis pas très doué pour retenir ce genre de choses. Je sais que Charlotte est la plus jeune. Elle a dix-sept ans et sera présentée la saison prochaine.

Il fronça les sourcils pour réfléchir.

— Voyons, Cynthia a été présentée l'année dernière et a refusé plusieurs offres. Elle doit avoir en vue quelqu'un de son milieu, je pense qu'elle a dix-neuf ans. Et puis il y a Kate. Elle a un an de plus que Cynthia.

— Les trois plus jeunes semblent être proches de mon âge, conclut Anna.

— Et je suis sûr qu'elles vous adoreront, car vous possédez ce qui leur tient le plus à cœur : une garde-robe enviable.

— Je me ferai alors un plaisir de leur trouver des vêtements en vogue.

Il plissa les yeux.

— Je vous ai dit que je ne voulais pas de votre argent, Anna.

— Dans la plupart des domaines, mon seigneur, je respecterai vos décisions, mais en ce qui concerne mon argent, je le dépenserai comme je l'entends. Gratifier vos sœurs de jolis vêtements me procurera un immense plaisir.

Il se leva et arpenta la pièce. Lui tournant le dos, il lança :

— Je m'en vais m'assurer que Haverstock House est prête pour vous, madame. Si tout va bien, je viendrai vous chercher plus tard dans l'après-midi.

Elle tendit d'abord la main à Morgie, puis à son époux, qui l'embrassa tendrement avant de prendre congé.

* * *

Lydia fut la première à venir à sa rencontre lorsqu'il pénétra dans Haverstock House. Elle l'entraîna sans dire un mot vers le petit salon et lui parla à voix basse.

— Je n'ai pas besoin de te dire à quel point

maman a été bouleversée par la nouvelle de ton mariage. Elle est alitée. Qu'est-ce qui t'a pris ? Tu n'as jamais agi de manière si inconsidérée de toute ta vie.

Il posa ses mains sur ses larges épaules.

— Tu comprendras quand tu la rencontreras.

— Te connaissant comme je te connais, je ne peux croire que tu fasses une grossière mésalliance. Je m'efforcerai de faire en sorte que ton épouse soit la bienvenue à tous les égards.

Haverstock embrassa sa sœur sur la joue.

— Tu es la meilleure des sœurs.

Puis il sortit rapidement de la pièce et monta l'escalier. Il trouva sa mère couchée dans la chambre de la marquise.

— Mère, cette pièce était censée avoir été préparée pour mon épouse, déclara-t-il, rouge de colère.

Des larmes se mirent à couler sur les joues de la femme.

— J'ai été trop bouleversée par ton mariage pour faire quoi que ce soit.

— Vous avez eu seize jours pour vous en remettre. Je vous demande de vous retirer immédiatement de ce lit. Mon épouse arrive cet après-midi.

— Charles, tu es un sans-cœur.

— Je ne vous jette pas à la rue, je vous demande seulement de changer de chambre. J'ai trente-deux ans, mère, pensiez-vous que je ne prendrais jamais de femme ?

Elle renifla.

— C'est juste que je m'attendais à ce que tu fasses publier les bans et que j'aie plus de temps pour me préparer aux changements. Et jamais, dans mes pires cauchemars, aurais-je pu imaginer que tu épouserais une femme tellement au-dessous de toi, ajouta-t-elle en fondant de nouveau en larmes.

— Mon épouse est la fille d'un duc et sa mère était membre de l'aristocratie française. Je doute qu'elle soit tellement au-dessous de moi.

— Sa mère était une...

— Je vous défends de dire jamais du mal de mon épouse ou de sa mère, l'interrompit-il avec colère. Jamais ! Est-ce compris ?

— Je ne puis donc même pas espérer que tu changeras d'avis sur ton mariage ?

— Non, vous ne le pouvez pas.

— Alors le mariage a été consommé ?

— De fait, il a été consommé, répondit-il, la mâchoire serrée, les lèvres pincées en une ligne sévère.

La femme observa son premier-né.

— Tu es exactement comme Steffington. Il était complètement obsédé par la de Mouchet. Simplement en raison de sa beauté extraordinaire. La fille est-elle aussi jolie ?

— Vous jugerez par vous-même. Je suis d'avis que sa beauté est sans pareille.

Elle secoua la tête.

— Tu me brises le cœur, tout comme Steffington a brisé le cœur de ma pauvre sœur.

— Tante Margaret est morte, dit-il sur un ton sévère. Steffington est mort, Annette de Mouchet est morte. Vous devez oublier le passé, mère. Ne blâmez pas Anna pour les circonstances de sa naissance, et espérons qu'elle ne nous blâmera pas pour le traitement cruel qu'elle et sa mère ont reçu de Père.

Tard dans l'après-midi, les femmes de

Haverstock se rassemblèrent dans le salon pour rencontrer la nouvelle marquise. Anna avait choisi une robe en laine gris foncé impeccablement taillée, avec une pelisse assortie. La pelisse était ourlée de velours bordeaux. Une plume d'autruche teinte dans la même couleur ornait le chapeau gris à la mode posé de côté sur sa tête. Elle portait un énorme manchon de fourrure également teint en bordeaux et des bottes en cuir gris. Elle se sentit comme un cheval précieux trottant devant les enchérisseurs chez Tattersall alors que Haverstock l'escortait dans le salon. Les femmes présentes l'examinèrent sans honte sous toutes les coutures et jetèrent des regards envieux à sa tenue exquise.

Haverstock la présenta d'abord à sa mère, qui la salua froidement, puis à chacune de ses sœurs, avant de s'asseoir à côté d'elle sur le canapé.

Haverstock ressemble beaucoup à sa mère, se dit Anna. La douairière était une forte femme, grande surtout, même si elle avait une corpulence de matrone. Comme son fils, elle avait les yeux noirs. Ses cheveux étaient toujours châtain foncé.

Lydia partageait le teint et la stature de son frère et de sa mère. Anna pensa qu'elle paraissait même plus âgée que ses trente ans.

Les trois plus jeunes sœurs se ressemblaient considérablement, mais avaient peu de traits en commun avec les autres. Elles étaient blondes et petites, quoique pas autant qu'Anna.

— Vous avez de nombreux domestiques, semblerait-il, dit la douairière à Anna.

— J'ai seulement amené ma femme de chambre, répondit Anna. Elle a été à mes côtés toute ma vie, et avec ma mère avant cela.

Anna remarqua que la mère de Haverstock se

raidit à la mention de sa mère.

— J'aurais probablement dû vérifier avec vous ces deux dernières semaines combien de serviteurs vous accompagneraient, afin de préparer leurs quartiers, mais j'ai été indisposée, expliqua la douairière.

Lydia se leva et sonna un domestique. Lorsque le majordome entra, elle lui dit d'ordonner aux serviteurs de préparer une chambre pour la servante d'Anna.

— Merci, Lydia, dit Anna avec gratitude.

Un silence gêné s'ensuivit, avant que Cynthia ne prenne la parole.

— Puis-je vous demander le nom de votre modiste, Anna ? dit-elle. Ce sont les vêtements les plus exquis que j'aie jamais vus.

Anna sourit.

— Si cela vous convient, je vous emmènerai toutes demain et demanderai à madame Devreaux de préparer des robes pour chacune d'entre vous.

— Mon épouse est dotée d'une grande fortune. Malgré mes objections, elle est déterminée à la partager généreusement avec ma famille.

— Je ne trouve là aucun motif d'objection, commenta Kate en souriant.

Sa mère lui jeta un regard désapprobateur.

— Pas demain, mes filles. Souvenez-vous, il y a une réception à l'Abernathy ce soir et vous allez rentrer très tard.

— Alors après-demain, intervint fermement Anna.

Elle avait décidé d'exercer son autorité dès le départ et de ne pas laisser à la douairière la possibilité de la miner.

Le visage sombre, la mère se tourna vers Haverstock.

— Nous accompagneras-tu avec ton épouse ce soir ?

Anna remarqua que sa belle-mère avait évité de la désigner par son prénom.

— Je ne pense pas, mère, dit-il. Je désire profiter d'une soirée tranquille à la maison avec mon épouse. Vous oubliez que nous ne nous sommes pas vus depuis plus de deux semaines.

Chapitre 7

Ils s'assirent tous les deux devant le feu dans la chambre d'Anna et prirent un dîner léger dans un silence presque total. Après que les domestiques eurent débarrassé la table, Haverstock servit de l'eau-de-vie rapportée de France. Il tendit le verre à Anna, puis vint s'asseoir à côté d'elle sur un canapé devant le feu.

Elle avala une gorgée et grimaça.

— C'est la première fois que je bois de l'eau-de-vie, mon... Charles.

Ses yeux brillèrent malicieusement.

— Comment, une Française qui n'apprécie pas une excellente eau-de-vie ?

— Je ne suis pas française, rétorqua-t-elle avec défi. Ma mère ressentait une grande amertume envers son pays et elle désirait que je sois parfaitement anglaise. J'ai été baptisée dans l'Église d'Angleterre et ma mère me parlait uniquement en anglais, même si Colette parlait seulement le français. Dans cette horrible guerre, je peux vous assurer que mes sympathies sont entièrement pour les Anglais.

Sa poitrine se serra lorsqu'elle se rappela tristement que son époux ne partageait pas ces sympathies.

— J'ai donc épousé une véritable Anglaise, dit doucement Haverstock en lui prenant la main.

Son contact eut un profond effet sur Anna.

— Il y a juste un domaine où ma mère n'a pas

réussi à m'angliciser, dit-elle, essayant de garder son sang-froid alors qu'elle brûlait intérieurement à la sensation des mains énormes de Haverstock autour des siennes. C'était son souhait le plus cher que je reçoive mon éducation à l'École de jeunes filles de miss Sloan. Je ne voulais pas quitter la maison, mais maman insistait.

Anna s'interrompit et regarda dans les yeux d'obsidienne de son époux.

— C'est votre père qui m'a empêchée d'aller à cette école.

— Assurément, telle n'est pas la raison pour laquelle vous le jugez responsable de la mort de votre mère ?

— Cela lui a brisé le cœur, répondit doucement Anna. Après son départ ce jour-là, elle s'est mise à pleurer, elle était inconsolable. Il faisait un froid glacial ce jour de janvier et elle est sortie sans même un châle. Elle a marché pendant des heures sur la place. Je ne savais même pas qu'elle était sortie. Elle est rentrée à la nuit tombée, bleue de froid. Elle a attrapé une pneumonie et est décédée un mois plus tard, poursuivit Anna en baissant la voix. Sur son lit de mort, elle m'a fait promettre de devenir une lady.

Haverstock relâcha sa main.

— Alors, plutôt que la vengeance contre ma famille, telle était votre vraie raison de m'amadouer pour que je vous épouse.

— Vous êtes très gentil d'utiliser le verbe *amadouer*, alors que vous savez très bien que je vous y ai forcé, commenta Anna sur un ton plus léger, un sourire se dessinant sur ses lèvres.

— C'était mon destin de me retrouver enchaîné à une autoritaire, répliqua-t-il pour la taquiner. Je ne serai pas maître dans ma propre maison.

Était-ce l'eau-de-vie ou la présence de son époux qui la détendait au plus profond de son être ? Elle se laissa presque aller à rire en prenant conscience de son désir stupéfiant pour cet homme qu'elle s'était préparée à tolérer avec stoïcisme. Elle en était arrivée à brûler d'envie d'entendre le son de sa voix, d'admirer son corps puissant et la beauté sauvage de son visage. Mais surtout, elle se languissait d'être dans ses bras. Elle reconnaissait parfaitement la nature de ce désir : une attirance physique extrêmement forte qu'elle ne pourrait jamais confondre avec l'amour. Car elle ne pourrait jamais donner son cœur à un homme qui se retournait contre son propre pays, ses propres frères.

La voix rauque d'une passion qu'elle essayait de réprimer, Anna le regarda dans les yeux.

— Vous serez mon maître, mon professeur, Charles.

Leurs regards se rencontrèrent et se soutinrent un long moment. Anna refit l'expérience de la sensation d'unité éprouvée la nuit de leur mariage. Elle voulait sentir ses lèvres sur les siennes, se blottir dans le confort de ses bras.

Il posa doucement un doigt sur sa joue. Elle se surprit à porter la main de Haverstock à ses lèvres. Ce geste instinctif supprima toute barrière entre eux. Il l'enveloppa de ses bras robustes et elle se blottit contre sa poitrine, écoutant les battements de son cœur.

Il baissa la tête et elle leva son visage. Elle sentit la douce chaleur de sa bouche sur la sienne et passa ses bras autour de lui, savourant la sensation de solidité qui émanait de lui.

Après leur baiser, il lui parla doucement.

— J'ai quelque chose pour vous, *ma lady*.

Il mit la main dans sa poche et en sortit une énorme bague émeraude sertie de diamants qu'il lui présenta.

Elle se recula pour la regarder, sans la prendre.

— Voulez-vous me la passer au doigt ? lui demanda-t-elle.

Il la glissa sur son majeur gauche.

— Je la ferai ajuster pour vous, ma chère.

— Cela m'ennuie de l'enlever, Charles, elle est très belle, je ne... j'en suis indigne.

Il fronça les sourcils.

— Elle vous appartient, car vous êtes devenue mon épouse à tous égards, l'avez-vous oublié ?

Elle fixa ses yeux noirs, se rappelant à quel point il s'était emparé d'elle.

— Je suis à vous, dit-elle dans un souffle.

Il lui caressa les seins par-dessus ses vêtements, les massant avec une tendresse surprenante. Ce qui eut un effet dévastateur sur Anna. Son corps frémit sous ses doigts. Cet instant avait été sa seule raison de vivre ces deux dernières semaines.

Avec aisance, il déboutonna et baissa le haut de sa robe, puis sa chemise et son corset. Elle inclina la tête et vit ses seins imposants à la lueur du feu. Aucun autre homme ne les avait vus auparavant. Et, cependant, elle ne ressentait aucune gêne.

Il saisit un de ses seins avec révérence.

— Oh, mon Anna, vous avez le corps d'une déesse.

Il couvrit son sein de baisers, fit le tour du mamelon avec sa langue, puis le prit profondément dans sa bouche et le suça.

La chaleur l'envahit. *Mon Anna*. Ces mots semblaient si magiques, et elle se sentait si comblée à chacune de ses caresses enivrantes.

Lorsqu'il la regarda, le visage humide et enflammé, quelque chose se mit à brûler en elle comme un parchemin se consumant dans les flammes.

Il se leva et son corps majestueux bloqua la lumière de l'âtre. Elle haleta en le voyant ôter rapidement son manteau. Ses pieds bottés, il se tenait droit, le dos à la cheminée. *Mon titan noir.* Elle descendit son regard de ses larges épaules sous sa douce chemise de lin vers son torse en forme de V, puis vers sa taille plate, et enfin vers son membre tendu. Elle voulait voir sa chair dorée à la lumière des flammes. Elle voulait sentir son humidité contre son propre corps nu.

Les yeux noirs et affamés, il tendit les mains vers elle et la fit se lever, tandis que sa robe et sa chemise tombèrent sur le tapis. Elle dénoua sa cravate sans jamais détourner son regard du sien, puis descendit sa main pour caresser sa chair humide. Elle déboutonna habilement son habit et il l'aida à enlever sa propre chemise.

Il dévorait des yeux sa nudité et son souffle haletant excitait d'autant le désir en Anna. Le désir. Elle était finalement parvenue à mettre un nom sur cette envie qu'elle avait de lui.

Sans effort, comme si elle était aussi légère qu'une feuille de papier, il la souleva dans ses bras et la porta jusqu'à son lit. Il la déposa doucement sur le couvre-lit en soie, s'allongea à côté d'elle et l'attira à lui. Ses lèvres rencontrèrent les siennes dans un baiser passionné, tandis que de ses mains fortes et douces, il caressait son dos, ses hanches, puis ses jambes. Une chaleur humide jaillit entre les jambes d'Anna. Comment un homme pouvait-il avoir un effet si débilitant sur elle ? Elle ne pouvait que s'arquer contre lui.

Les mains magiques de Haverstock se glissèrent entre ses cuisses et remontèrent lentement jusqu'à ce qu'elle écarte les jambes. Il enfonça son majeur dans son humidité. À bout de souffle comme si elle avait couru, elle enroula sa langue autour de la sienne. Des vagues de plaisir submergèrent ses pensées, des pensées qui n'étaient rien d'autre que des fragments palpitants. *Désir. Besoin. Amour.*

Il retira son doigt humide et le fit remonter le long de son ventre. Ce geste érotique lui coupa le souffle.

Quand il souleva ses hanches pour enlever son pantalon, elle put à peine supporter leur brève séparation et l'attente de ce qu'il s'apprêtait à faire.

Le spectacle glorieux de sa peau dorée et brillante à la douce lumière des flammes était à lui couper le souffle. Elle caressa tendrement les muscles fermes de sa poitrine et sa toison douce et noire, puis descendit sa main vers son membre gonflé. Elle l'entoura de ses doigts. Il laissa échapper un gémissement profond. Qu'elle puisse provoquer un son si primitif de son géant la grisait.

Les mains de Haverstock se remirent à exercer leur magie sur elle. D'abord un doigt, puis un autre, alors qu'elle s'ouvrait de plus en plus. Toute pensée disparut de son esprit. Elle ne pensait qu'à leur union, à cette fusion avec son géant au teint sombre.

Elle lui donna un baiser affamé, puis une série de baisers fiévreux et humides, tout en arquant son corps contre le sien, sa respiration de plus en plus haletante. Elle sentit sa chaleur, son souffle chaud sur elle, et son membre frôla sa chair. Elle écarta alors les jambes et le guida. Il plongea profondément en elle. Tout l'être d'Anna se trouva secoué par le plaisir engourdissant qu'il lui procurait. Les mouvements de Haverstock s'accélérèrent et le corps d'Anna se mit à trembler convulsivement. Il ne cessait de répéter son nom, et elle s'en délectait.

Leurs poitrines se soulevaient ensemble comme si leurs cœurs étaient unis par les mêmes battements. Les doigts d'Anna s'enfoncèrent dans le dos de son époux. Elle ne percevait plus la limite entre le rêve et la réalité. Elle savait seulement qu'elle avait attendu cela toute sa vie, ces moments de rêve où rien ne s'immisçait entre eux deux. Elle savoura la sensation de Haverstock en elle et caressa amoureusement son corps ferme.

Il se roula de nouveau sur le côté. Elle bougea aussi pour que leurs corps restent unis. De sa main puissante, il effleura légèrement sa tempe et repoussa ses cheveux humides, tout en l'embrassant doucement sur le front. Il passa son doigt sur son visage et déposa de doux baisers sur ses paupières, sur son nez, puis sur sa bouche. De manière étrange, la chaleur d'Haverstock, l'odeur d'eau-de-vie et de leur union la comblait.

Elle tint ses bras enroulés autour de son dos dur comme la pierre. Le visage posé sur sa poitrine à la respiration lourde et rassurante. Enveloppée par la paix de Haverstock, une sensation de profond contentement l'envahit.

* * *

L'esprit comme stupéfié par les sensations qu'elle avait suscitées en lui et les émotions irrésistibles qu'elle avait éveillées, il la serra contre lui, se délectant de son odeur d'eau de rose et de sa peau douce contre la sienne. Lorsque le brouillard sensuel commença à se dissiper dans son esprit, il se souvint très clairement de tout. Sa façon d'embrasser langoureusement sa bouche et son corps extraordinaire. Son soin à lui procurer du plaisir plutôt qu'à rechercher le sien. La répétition fréquente de son nom. Dans sa vie de passion vagabonde, il n'avait jamais fait cela avec une femme.

Il la tint serrée contre lui, caressant sa chair satinée avec une douceur qui le surprenait. Bientôt, sa respiration régulière lui indiqua qu'elle dormait. Même si son propre corps aspirait au sommeil, son esprit le combattait. Des pensées frénétiques l'assaillaient, provoquées par la beauté fragile de la femme qu'il tenait dans ses bras. Le désir sans nom qui l'avait hanté ces deux dernières semaines, il le savait maintenant, avait été sa faim insatiable d'Anna. De son Anna.

Il la berça dans ses bras. Il se délectait de la béatitude de sa possession. Il se rappela son vœu de la chérir. Il savait que, quoi que l'avenir leur réserve, il la protégerait jusqu'à son dernier souffle.

Quand il se réveilla au matin, les immenses yeux bruns d'Anna scrutaient les siens. Un doux sourire éclairait son joli visage. Elle avait remonté le drap pour couvrir sa nudité.

Il passa un doigt le long de sa joue et de son cou, puis suivit doucement le contour de ses seins.

— Votre aptitude à apprendre dépasse toutes mes attentes.

Il interrompit le sourire d'Anna avec un lourd baiser.

— Reprenons votre instruction.

Chapitre 8

Il faisait nuit noire lorsque Haverstock rentra le lendemain. Anna l'avait guetté de la fenêtre de sa chambre et s'était précipitée dans le large escalier pour le saluer.

Elle le regarda prudemment tendre son pardessus au majordome. Le pas lent, les cheveux ébouriffés, il semblait épuisé comme s'il avait longuement travaillé la terre. Son cœur se serra à la vue de son air défait. Il paraissait deux fois plus vieux. Puis elle réalisa que son travail clandestin au Foreign Office était ce qui l'épuisait. Une colère amère monta en elle.

Arrivé au bas des marches, elle se rappela les instructions de sir Henry, de jouer la femme aimante. Elle tendit les bras vers lui et se força à sourire.

— Mon seigneur, vous avez l'air si épuisé.

Une lueur de plaisir passa sur son visage lorsqu'il la regarda.

— En vérité je le suis, ma chère.

— Veuillez apporter du thé frais dans ma chambre, ordonna Anna à Davis, en prenant son époux par le bras et en gravissant les marches avec lui. Charles, vous devez venir vous réchauffer devant mon feu. Une tasse de thé, voilà exactement ce dont vous avez besoin.

Haverstock se laissa tomber sur le canapé devant l'âtre. Anna se pencha sur lui et dénoua tendrement sa cravate.

— Voilà, mettez-vous à l'aise et détendez-vous.

Leurs regards se rencontrèrent et chassèrent la colère d'Anna. Elle caressa sa barbe naissante.

— Vous avez travaillé beaucoup trop dur aujourd'hui.

Elle se dit qu'elle jouait seulement le rôle que sir Henry lui avait demandé de jouer, gagnant la confiance de son mari par un dévouement feint. Le problème était qu'avec Haverstock, elle avait du mal à feindre. En sa compagnie, elle voulait lui manifester son affection sans faire semblant.

Une fois séparée de lui seulement se souvenait-elle de ses actes de trahison. Trop éloignée pour se laisser attirer par son profond regard noir et séduire par son corps élancé à la peau dorée.

Il lui prit la main et la porta à ses lèvres.

— Venez vous asseoir près de moi, Anna.

Elle obtempéra.

— C'est tellement agréable d'être de retour chez nous, je vais aller bien maintenant, lui dit-il. Il m'est venu à l'esprit aujourd'hui que j'aimerais beaucoup posséder une miniature de vous. Je pourrais la regarder lorsque je suis absent.

— Je suis très flattée, dit Anna, espérant que sa voix ne révèle pas trop son enthousiasme et l'accélération de son pouls.

Elle serra sa main en retour, puis lui lança un regard inquiet.

— Dites-moi, sur quoi travaillez-vous si dur ?

Il passa ses grandes mains dans ses cheveux et soupira.

— Lorsque mon père est décédé, j'ai appris qu'il avait sottement dilapidé la majeure partie de notre patrimoine. Depuis, je m'efforce de rétablir notre fortune ainsi que la bonne réputation des Haverstock. Et je ne réussis vraiment ni à l'un ni à l'autre.

— Oh ! Charles, je préférerais que vous preniez mon argent au lieu de travailler si dur. Votre compagnie m'est tellement plus agréable que cette maison pleine de femmes.

Sans Charles, elle s'était sentie si seule et comme une étrangère à Haverstock House. Même si une seule journée était insuffisante pour évaluer comment elle s'entendrait avec sa famille, ce premier jour lui avait causé une déception amère. Sa belle-mère n'était pas sortie de sa chambre de la journée. Anna avait très envie de quitter cette maison et d'aller à Haymore.

— Ne pourrions-nous pas nous rendre à Haymore ? suggéra-t-elle.

— Rien ne me ferait plus plaisir, ma chère, mais c'est hors de question en ce moment, car j'ai beaucoup trop de travail.

Le majordome entra dans la pièce avec un plateau de thé et le posa sur une table devant le canapé.

— Merci, Davis, dit Anna.

Il s'inclina et sortit.

Haverstock regarda Anna verser du thé dans une tasse dorée.

— Cela me chagrine que vous vous sentiez si malheureuse ici, Anna. Ma famille ne vous a pas fait bon accueil ?

— Ce n'est pas cela, dit-elle en lui tendant son thé. C'est seulement qu'elles restent dans leur chambre presque toute la journée, à l'exception de Lydia, qui a été tout à fait merveilleuse. Elle m'a fait visiter la maison, m'a commenté les différents portraits de famille et m'a même montré l'office du majordome.

— Comment trouvez-vous Lydia ?

— C'est la plus merveilleuse des sœurs, je me considère très chanceuse.

Anna se versa une tasse de thé fumant de la théière en argent.

— Elle m'a dit ne pas aimer la vie citadine. C'est peut-être ce qui m'a donné envie d'aller à la campagne. Elle m'a décrit les collines verdoyantes et les chemins. Elle est très éprise de chevaux, n'est-ce pas ?

Haverstock se mit à rire.

— Oui. Mes autres sœurs ne partagent pas son enthousiasme. Lydia aime beaucoup le plein air. Lorsque nous avons dû nous limiter à un seul jardinier à Haymore, Lydia s'est mise à travailler aux côtés de Benton pour essayer de restaurer le parc à sa beauté d'antan. Je crains que ce ne soit un autre effort futile.

— J'aimerais tant découvrir Haymore.

Il prit sa main dans la sienne et la serra chaleureusement.

— Et vous le ferez. Je vous le promets, dès que la guerre... je veux dire, dès que j'en aurai fini avec mon travail, je vous y emmènerai. Ce sera notre lune de miel.

— Vous êtes si bon d'honorer nos vœux de mariage, alors que m'épouser a dû vous être extrêmement désagréable.

— Oh ! oui, répondit-il sur un ton malicieux, c'est un tel fardeau d'être enchaîné à une femme si laide. Je dois me forcer à faire l'amour au vieux dragon, ajouta-t-il en prenant l'un de ses seins dans sa main.

De son autre main, il commença à déboutonner sa robe dans le dos.

— Un désagrément si épouvantable.

Elle passa une main sur son visage rigide.

— Ne vous forcez pas, mon seigneur.

— En vérité, je suis impuissant à résister à mes désirs lorsque je suis avec vous, Anna, dit-il d'une voix basse et rauque.

* * *

Satisfait par le corps complaisant de son épouse et sentant sa douce chaleur contre lui, Haverstock la tint longtemps dans ses bras après qu'ils eurent fait l'amour. Son contact avait le pouvoir de le libérer de l'inconfort des longues heures passées à recopier toutes les manœuvres que monsieur Herbert avait minutieusement écrites en français.

Haverstock ne voulait rien de plus que de faire confiance à Anna. Il se sentait coupable de n'avoir pas été honnête avec elle en ce qui concernait ses responsabilités. Le mariage devrait être fondé sur la vérité et la confiance, et il avait pleinement l'intention que ce soit un véritable mariage.

Mais il ne connaissait pas vraiment Anna. Il n'avait été avec elle que trois jours. Trois jours qui avaient réorienté son monde. Rien ne serait plus jamais pareil. Aucune femme ne l'avait jamais autant obsédé qu'Anna. Il ne pouvait pas être en sa compagnie sans éprouver une irrésistible poussée de tendresse possessive. Plus encore, une envie de lui faire l'amour jusqu'à son dernier souffle.

Comme la pureté et la passion qu'Anna apportait à leur lit conjugal, son épouse était un paradoxe. Il semblait inconcevable que cette femme qui avait probablement triché et intrigué afin d'obtenir son titre puisse être la même douce amante qui s'offrait sans réserve.

L'esprit hanté par Anna, il céda à l'épuisement et s'endormit.

Il fut réveillé une heure plus tard par Evans qui frappait à la porte. Haverstock sursauta. Puis il aperçut Anna entièrement habillée debout près de la porte.

— Qu'y a-t-il ? demanda-t-elle, son regard amusé allant de la porte fermée à son mari toujours nu.

— Madame la comtesse demande si vous comptez vous joindre à la famille pour le dîner.

— Dites-lui que nous descendrons dans un instant, répondit Anna avec autorité.

Elle alluma une bougie et se dirigea vers le lit. Elle se pencha pour embrasser son époux.

— Souhaitez-vous que j'accomplisse les tâches de votre valet, mon seigneur ? lui demanda-t-elle avec gaieté.

— Je vous supplie de ne pas le faire.

Il descendit du lit.

— J'ai bien peur de reconnaître que vos mains ont un effet très dévastateur sur moi. Je n'arriverais jamais à temps au dîner si vous m'offriez votre aide, et je crains excessivement la colère de ma mère.

Anna posa la bougie et se pencha pour ramasser les vêtements que son époux avait rapidement ôtés dans sa hâte de lui faire l'amour.

— Pensez-vous que votre mère devine ce que nous avons fait ici ?

Il prit le pantalon qu'elle lui tendit et l'enfila tout en lui lançant un sourire amusé.

— Très certainement.

Anna rougit.

— Il n'y a pas de quoi avoir honte, ma chère, dit-il en lui touchant légèrement le menton. C'est ce que font toutes les personnes mariées. N'oubliez pas que ma mère a donné naissance à sept enfants, alors elle l'a certainement fait un bon nombre de fois.

* * *

La douairière et ses filles étaient déjà assises à la longue table à manger lorsque Haverstock et Anna descendirent. Il jeta un coup d'œil à sa mère, siégeant en bout de table.

— Je vois que vous occupez toujours la place de la marquise, mère. C'est très aimable à vous d'encourager Anna à s'asseoir près de moi.

Il tira une chaise pour Anna à côté de la sienne en tête de table.

Elle prit place en jetant un coup d'œil rapide à sa belle-mère qui fixait le couple d'un regard noir. Ses belles-sœurs l'examinaient avec insistance. Une fois de plus, Anna eut l'impression d'être un cheval aux enchères.

— C'est une robe très élégante, Anna, dit Charlotte.

— Merci, dit Anna alors qu'un valet découvrait les plats et la servait abondamment de crabe au beurre. Je suis bienheureuse de posséder une garde-robe exquise. La seule chose qui me manque, ce sont de jolies robes de bal. Pour des raisons que vous connaissez sans doute, je n'ai pu aller dans le beau monde.

Charlotte baissa les yeux.

— Nous y remédierons bientôt, mon amour, déclara Haverstock. Ce sera ma bonne fortune d'escorter la plus ravissante femme de Londres à tous les bals de cette saison.

— Si elle n'est pas allée en société, comment l'as-tu rencontrée ? demanda la douairière à son fils.

L'estomac d'Anna se serra. Elle se demanda comment Charles allait répondre.

— En fait, c'est d'abord Morgie qui a fait sa connaissance, répondit-il sincèrement.

Puis il avala une bouchée de haricots verts.

Le pouls d'Anna revint à la normale. Elle se sentait néanmoins insultée que sa belle-mère choisisse de s'adresser à Haverstock plutôt que directement à elle.

— La saison commence dans quelques semaines. Je vous suggère de commander des robes, lady Haverstock, reprit Charles en se tournant vers elle.

— Oui, mon seigneur. J'aimerais rendre visite à madame Devreaux demain. Voudriez-vous m'accompagner ? demanda-t-elle en se tournant vers les sœurs. Personne ne peut mieux nous parer que madame Devreaux.

— Maman a eu une robe taillée par cette modiste, annonça Kate. C'était la plus jolie robe qu'elle ait jamais possédée. C'était avant que Molly ne commence à tailler nos vêtements.

— Alors vous devez toutes venir avec moi demain et choisir des tenues pour la saison, conclut Anna en souriant. Nous enverrons les factures à Charles. Qu'il veuille bien l'admettre ou non, sa bourse est bien garnie maintenant qu'il m'a épousée.

— Maintenant que vous êtes ma sœur, dit Lydia à Anna, je n'aurai plus besoin de chaperonner les filles. Je préférerais de loin ne pas assister à tous les bals, et les vêtements délicats ne m'intéressent pas.

Anna lança un regard incertain à Haverstock.

— Je comprends parfaitement, Lydia. Ma marquise peut vous remplacer. L'ennui d'assister à ces réceptions te sera ainsi épargné. Je sais combien tu les trouves désagréables. Lydia préfère de loin rester lire à la maison, expliqua-t-il en se tournant vers Anna.

— Je serai alors ravie de rendre service, déclara Anna. Mais si vous avez besoin d'une nouvelle robe, veuillez aller chez madame Devreaux et envoyez la facture à votre cher frère.

Toutes éclatèrent de rire, sauf la douairière.

Après le dîner, ils se retirèrent au salon. Haverstock et sa mère firent une partie de whist contre Anna et Lydia, tandis que les autres filles parcouraient des magazines de mode et discutaient des différentes robes qu'elles commanderaient le lendemain.

La partie de whist était de force égale, avec les deux groupes déployant un talent hors du commun. Chaque équipe menait à tour de rôle. Anna et Lydia finirent par gagner.

— Je devrais choisir mon épouse comme partenaire la prochaine fois, mère, déclara Haverstock. Elle possède un talent remarquable aux cartes.

— Évidemment, fit la douairière avec un sourire sournois. N'oublie pas qui était sa mère.

* * *

Comme les membres de la famille se préparaient à rejoindre leurs chambres, la douairière s'adressa à son fils :

— J'ai un mot à te dire, Charles.

Anna rencontra le regard de Haverstock, puis monta l'escalier.

— Bien sûr, mère.

— Je trouve ta conduite très inappropriée, lui dit la douairière, une fois Anna arrivée à l'étage. Tu dois être conscient que tes quatre sœurs sont des jeunes filles, et qu'elles n'ont pas besoin d'être exposées à ta luxure.

— Je présume que vous faites référence au fait que j'ai passé une grande partie de mon temps dans la chambre de ma femme.

— Oui, répondit-elle, le regard froid.

— Je vous demande de ne pas utiliser le mot de *luxure* lorsque vous parlez de ce qui se passe entre mon épouse et moi. Il est naturel qu'un jeune marié jouisse de la compagnie de sa femme. Il est vrai que c'est une expérience nouvelle pour notre famille qu'un homme et sa femme souhaitent être ensemble, ajouta-t-il sèchement.

Elle resta le souffle coupé alors qu'il lui tourna le dos et commença à gravir les marches du vaste escalier.

Chapitre 9

Des trois sœurs ou de madame Devreaux, Anna ne savait qui était le plus enthousiaste à l'idée de mesurer et de commander des dizaines de robes et de tenues. Kate, Charlotte et Cynthia étaient timidement entrées dans le magasin l'esprit débordant d'idées, et portant à la main des magazines de mode aux pages cornées. La modiste française n'était que trop heureuse de satisfaire les besoins de ces dames. D'autant plus lorsqu'elle apprit que sa très fidèle cliente, l'exquise miss de Mouchet, était désormais marquise de Haverstock. Dans ses yeux brillants, Anna pouvait voir qu'elle anticipait déjà les commandes qu'elle recevrait lorsque la société verrait les femmes de Haverstock revêtues de ses robes.

Elle complimenta Anna pour ses idées de robes de bal.

Après le rendez-vous, les quatre jeunes filles montèrent gaiement dans la calèche de Haverstock. Anna regarda le ciel gris, l'air soucieux, tandis que le cocher l'aida à monter dans le véhicule. Le sol avait déjà été saturé ce matin-là, elle espérait qu'il n'allait pas pleuvoir de nouveau. Haverstock avait promis de l'emmener au parc dans l'après-midi, et elle ne voulait aucun obstacle à cette sortie.

Anna donna au cocher l'adresse du chapelier de Conduit Street.

— Comme c'était plaisant ! s'exclama Kate.

— Surtout pour moi, rétorqua Anna. Je ne peux vous dire combien je suis ravie d'avoir enfin des sœurs ! Je ne recommande pas du tout une vie d'enfant unique.

— Je suis sûre que vous ne serez plus jamais seule, ajouta Charlotte. Charles semble difficilement supporter d'être éloigné de vous.

— Il a tellement changé depuis son mariage, renchérit Kate. Ce n'est plus du tout le frère que nous avons toujours connu.

— Plus du tout, en convint Charlotte. Qu'est devenu notre frère sévère et avare ? En vérité, je ne saurais le dire.

— Ne dites pas de mal de votre frère, je vous en prie, intervint Anna. S'il semblait parcimonieux, c'était parce qu'il était excessivement inquiet de votre bien-être.

— C'est si charmant de voir combien vous êtes dévoués l'un à l'autre, commenta Charlotte. J'espère que la nouvelle saison m'apportera un homme aussi épris de moi que Charles l'est de vous.

— Il l'est incontestablement, acquiesça Cynthia.

Anna voulait protester. Charles n'était certainement pas épris d'elle. Si c'était le cas, il passerait toutes ses journées auprès d'elle, au lieu de courir à son bureau. Certes, elle devait admettre qu'elle satisfaisait ses... comment avait-il dit ? Ses besoins sexuels. Mais rien de plus.

— Dépêchez-vous, les filles, dit Anna lorsque le cocher s'arrêta devant le chapelier. Je dois rentrer à temps pour aller au parc avec Charles.

Elle avait bien l'intention de s'habiller à la perfection pour leur promenade, espérant le rendre fier, se rappelant affectueusement ses mots de la veille : « Ce sera ma première occasion d'exhiber ma ravissante épouse », avait-il dit.

— Voulez-vous dire que Charles va vraiment arrêter de travailler pour vous emmener au parc ? demanda Kate, choquée.

— Il doit vraiment être épris, ajouta Cynthia en descendant de la calèche.

Les trois filles achetèrent presque tous les chapeaux de la boutique. Tant et si bien que le cocher dut y retourner les prendre après avoir déposé les femmes à Haverstock House.

* * *

Les mains adroites de Colette arrangèrent les cheveux d'Anna en boucles autour de son visage. Anna observait son talent artistique dans le miroir. De temps en temps, Colette était saisie par une quinte de toux et devait s'arrêter.

— C'est une terrible toux, Colette, dit Anna d'un ton inquiet. Tu n'es habituellement jamais malade.

— Mais je n'ai jamais dormi dans une pièce aussi froide, expliqua Colette en reniflant.

Anna se retourna vers sa dame de chambre.

— Tu ne veux quand même pas dire qu'il n'y a pas de feu dans ta chambre !

Colette acquiesça de la tête.

— Montre-moi ta chambre, ordonna Anna.

Les yeux brillants de colère, elle se leva d'un bond et se dirigea vers la porte.

Colette la conduisit à une minuscule pièce sombre au troisième étage. Anna considéra avec consternation les quartiers sentant le moisi. Le sol était en pierre froide, sans tapis. Un petit lit de paille occupait la plus grande partie de la petite chambre. Il n'y avait qu'une seule croisée, fissurée, où l'air froid pénétrait. Et pas de cheminée.

— Ça ne se passera pas comme ça ! s'exclama Anna, les lèvres serrées de colère.

Au milieu d'une vague de protestations de Colette en français, Anna se dirigea en trombe vers la chambre bleu roi de la douairière. Lydia s'était jointe à sa mère et elles faisaient des travaux d'aiguille devant un feu crépitant. La vieille femme lança un regard glacial à sa belle-fille lorsque Anna fit irruption dans la pièce sans prévenir.

— Ma lady, dit Anna à bout de souffle, je dois vous parler d'un sujet important.

La douairière n'invita pas Anna à s'asseoir. Elle se contenta de la regarder de ses yeux bleus et froids comme l'acier, puis se remit à coudre.

— Et de quoi s'agit-il, je vous prie ? demanda-t-elle tout en poussant son aiguille.

— De la chambre malheureusement inadéquate qui a été attribuée à Colette.

— À qui ? s'enquit calmement la douairière.

Anna, consciente que la douairière savait parfaitement de qui elle parlait, ravala sa remarque désobligeante. Du miel, pas du vinaigre, se mit-elle en garde contre elle-même. Avec du miel, elle pouvait obtenir tout ce qu'elle voulait.

— Ma chère dame de chambre, ma lady. Je crains de l'avoir excessivement gâtée toutes ces années. Elle n'a pas l'habitude de rester dans une chambre sans feu, et sa constitution est assez délicate. Si vous ne trouvez pas de chambre de domestique avec une cheminée, je me trouverai dans l'obligation d'insister qu'on lui attribue la chambre d'amis située au bout du couloir.

Anna remarqua un sourire amusé sur le visage

de Lydia. Mais celle-ci le réprima avant que sa mère ne l'aperçoive.

La douairière leva les sourcils à la suggestion d'Anna.

— Je ne suis pas habituée aux coutumes françaises. Vos serviteurs se mêlent-ils à leurs supérieurs ?

Anna se retint d'exploser de colère.

— Je ne suis *pas* française, mère. Je veux simplement procurer à ma femme de chambre ce à quoi elle est habituée.

— Je ne connais pas bien le troisième étage, reprit la douairière en évitant le regard d'Anna. Mais il doit y avoir des pièces avec une cheminée, n'est-ce pas Lydia ?

Lydia se leva.

— Il y en a plusieurs, je veillerai à ce que Colette soit installée dans de meilleurs quartiers.

— Et, s'il vous plaît, ajouta Anna en s'adressant à Lydia, assurez-vous que le sol soit recouvert d'un tapis.

* * *

Vêtue d'une pelisse en velours rose foncé ornée de douce fourrure blanche au col, aux poignets et à l'ourlet sur le devant, Anna descendit gracieusement les marches, une main dans un manchon en fourrure et l'autre tenant son chapeau. Haverstock et Morgie l'observèrent du bas de l'escalier, remplis d'admiration.

— Que vous êtes ravissante, ma chère ! s'exclama Haverstock en s'inclinant sur sa main et en la pressant contre ses lèvres. Faites-moi la bonté de distraire Morgie pendant que je me change en une tenue plus appropriée.

Il monta l'escalier et elle tourna son attention vers Morgie. Son manteau bleu marine surfin et très bien coupé correspondait à l'élégance discrète et renommée de Morgie.

— Voulez-vous m'accompagner dans le petit salon, monsieur Morgan ?

— Vous avez une bonne influence sur Haverstock, lui dit Morgie dès qu'ils se furent assis. Je ne me souviens pas de l'avoir jamais vu quitter ce bureau avant la nuit tombée. Il travaille beaucoup trop.

— Je suis entièrement d'accord avec vous. Je m'efforce de le persuader de ne pas travailler aussi dur, mais je crains que ce ne soit une bataille perdue, monsieur Morgan.

Il acquiesça.

— S'il vous plaît, appelez-moi Morgie comme tout le monde.

— Très bien, Morgie.

— Je m'excuse de m'imposer dans votre promenade. Vous êtes jeunes mariés, mais Haverstock a insisté.

— Bien sûr qu'il a insisté, et j'en suis ravie, rétorqua Anna. Charles m'a dit que vous étiez son meilleur ami. Je suis reconnaissante qu'il veuille encourager notre amitié.

Les yeux baissés, Morgan triturait son chapeau.

— Je vous présente mes excuses pour mon état d'ébriété l'autre jour à Grosvenor Square.

Envahie de culpabilité suite aux événements de ce jour-là, Anna lui répondit avec douceur :

— Vous n'avez pas à vous excuser. En fait, c'est moi qui devrais m'excuser de vous avoir poussé à boire tant d'alcool. Je vais devoir plaider l'ignorance de la société. Voyez-vous, non seulement je suis orpheline, mais aussi enfant unique. Je ne me suis jamais trouvée en société.

Je n'avais aucune idée de la façon dont une demoiselle de bonne famille devait agir. De plus, je me sentais désorientée d'avoir un si bon parti dans mon salon.

Morgie rougit.

— J'espère que nous pourrons devenir amis, poursuivit Anna au moment où son époux ouvrit la porte.

— C'est aussi mon espoir le plus sincère, affirma Haverstock.

La poitrine d'Anna se serra à son charme viril.

— Désolé d'apprendre qu'elle est fille unique, fit Morgie en se levant. J'espérais qu'elle avait une sœur.

Prenant Charles et Morgie par le bras, Anna dit :

— Non, je n'ai pas de sœurs, mais Charles en a quatre. Je suis sûre qu'il serait très heureux que vous deveniez son frère.

— Cela ne m'est jamais venu à l'esprit, répondit Morgie au moment où ils atteignaient la porte, tenue ouverte par un valet. Les trois petites sont trop jeunes pour moi, et Lydia est...

Il jeta un rapide coup d'œil à Haverstock.

— Et Lydia n'a aucun désir de se marier, finit Haverstock.

Dans le phaéton, Haverstock saisit les rênes.

— Comment s'est passée votre matinée, ma chère ? demanda-t-il.

— Oh, très bien. Cette année, vos sœurs seront incontestablement les mieux habillées de la saison londonienne. Cependant, cela me peine beaucoup que Lydia n'ait rien eu... Vous savez Charles, j'ai pensé à quelque chose...

— Attention, mon vieux ! intervint Morgie.

Anna sourit à Morgie et continua.

— Étant de la ville, je ne connais rien aux chevaux, mais ne pourriez-vous pas choisir une monture pour Lydia ? Tous les deux, vous pourriez faire des promenades matinales dans le parc. Je crois qu'elle aimerait cela.

Elle observa le visage de Haverstock où se dessinait un sourire.

— Je le crois en effet. J'irai chez Tatt demain.

— Dites, j'aimerais y aller avec vous. Haverstock est renommé pour sa connaissance des chevaux, poursuivit Morgie en se tournant vers Anna.

— Lydia a sans aucun doute été influencée par son frère aîné, déclara Anna.

Il y avait un embouteillage à l'entrée de Hyde Park. Les véhicules de toutes sortes entraient poliment à tour de rôle. Haverstock et Morgie saluèrent du chapeau quelques vagues connaissances.

Haverstock jeta discrètement un coup d'œil à Anna. Le bord blanc et fourré de son chapeau en soie rose encadrait parfaitement son joli visage et ses boucles noires. Son parfum de rose semblait beaucoup plus suave que toutes les fleurs des parterres de Hyde Park. Il était en effet très heureux d'être ici avec elle aujourd'hui. Tout en regrettant l'absence de soleil, il était reconnaissant qu'il ne pleuve pas.

Il présenta avec fierté sa jeune mariée à plusieurs connaissances, mais il évita de longues conversations qui auraient pu ralentir la procession des véhicules.

— Dites, Haverstock ! appela une voix.

Haverstock aperçut devant lui son vieil ami John Thornton. Son cabriolet était embourbé.

— Pourriez-vous me donner un coup de main

avec Morgie ? demanda Thornton. Je n'arrive pas à faire bouger ce vieux canasson.

— Avec plaisir, répondit Haverstock en ralentissant.

Il passa les rênes à Anna et sauta de son siège en compagnie de Morgie.

Sans prendre garde à la boue, le marquis et son ami se placèrent derrière le véhicule de Thornton et le poussèrent de l'épaule. Les hommes crièrent leur approbation lorsqu'il se mit à avancer.

Au mouvement soudain du hongre de Thornton, l'un des chevaux d'Anna s'emballa et bondit en avant. Anna perdit le contrôle des rênes et se mit à crier.

Haverstock leva les yeux et vit son phaéton détaler à toute bride. *Ciel, à quoi pensais-je ?* Ne lui avait-elle pas dit qu'elle n'y connaissait rien en chevaux ?

Il jura et courut après son cabriolet, n'imaginant qu'une seule chose : le véhicule renversé et le corps d'Anna affreusement écrasé.

Il se précipita à toute vitesse après l'équipage fou, mais le cheval gris augmentait la distance qui les séparait. Amer devant la futilité de ses efforts, Charles s'arrêta pour reprendre son souffle, sans jamais quitter des yeux le phaéton et la femme terrifiée vêtue de velours rose.

Lorsque la monture atteignit le bois, elle se tourna dans l'autre sens comme au bout d'une piste et se dirigea vers Haverstock. Il resta sur place, immobile, sur la trajectoire du cheval, et entendit Anna lui crier de s'écarter. Au moment où les sabots du gris s'approchèrent dangereusement de lui, Haverstock l'évita de justesse et bondit pour lui attraper le cou et la crinière, tout en essayant de se hisser sur le dos de l'animal. Le cheval le traîna sur plusieurs mètres avant que Charles ne parvienne à passer une jambe sur son dos et à le chevaucher. Pendant tout ce temps, il entendait les hurlements horrifiés d'Anna.

Il immobilisa le phaéton en quelques secondes. Il sauta à bas de cheval et en deux longues enjambées se retrouva devant Anna, l'attrapant de ses énormes bras tendus. Elle se jeta dans son étreinte protectrice. Il serra contre lui son corps tremblant, puis la posa à terre et lui parla d'une voix plus calme qu'il ne l'était.

— Vous n'êtes pas blessée, j'espère ?

— Mon seigneur, vous auriez pu vous faire piétiner ! s'exclama-t-elle, la voix tremblante et le visage blême.

— Madame, il semble que je doive vous apprendre une chose ou deux en matière de maniement des chevaux, dit-il en lui souriant.

Morgie accourut.

— Ciel, j'étais terriblement inquiet pour vous deux ! Charles, vous auriez pu vous faire tuer. Vous n'auriez jamais dû lui passer les rênes, mon vieux. Cette idiote... je vous demande pardon, ma dame, s'interrompit-il en jetant un coup d'œil embarrassé à Anna.

Anna sourit faiblement.

— Vous avez raison, Morgie, en matière de chevaux, je suis bien une idiote.

La nouvelle de l'héroïsme de Haverstock se répandit rapidement et on le complimenta maintes fois. Il trouva cela si ennuyeux qu'il décida d'écourter leur sortie et de quitter le parc.

Chapitre 10

Le jour suivant la présentation d'Anna à la société londonienne comme épouse du marquis de Haverstock, grâce à leur tour très remarqué à Hyde Park, une douzaine d'invitations à des bals arrivèrent par le courrier du matin. Anna et ses sœurs les parcoururent pendant leur petit déjeuner. Et pour la première fois depuis l'arrivée d'Anna, la douairière se joignit à elles.

C'était également la première fois que la douairière s'adressait directement à Anna :

— La meilleure chose de votre mariage, c'est que tous les deux, vous pouvez escorter les filles aux bals de la saison, me libérant ainsi de cette corvée. Ayant déjà présenté quatre filles, je suis trop âgée pour me retirer à ces heures si tardives. Plus vous vieillissez, plus il vous tarde de retrouver le confort de votre lit.

La douairière ajouta une nouvelle cuillère de sucre à son thé.

— Et je sais que Charles est impatient de montrer votre beauté à tout Londres, ajouta-t-elle. Il n'a apparemment pas perdu de temps à commander votre miniature.

C'était le plus proche d'un compliment qu'Anna pouvait jamais espérer recevoir de sa belle-mère.

— Le résultat est assez réussi, déclara Lydia. Il faut reconnaître que l'artiste avait un charmant modèle.

Se sentant mal à l'aise, Anna changea de sujet.

— Mère, vous devez m'indiquer quelles invitations nous devons accepter.

L'expression sur le visage de la douairière s'adoucit. Elle tendit la main vers les invitations, les examina à la hâte et en choisit cinq à refuser. Elle tendit les autres à Anna, avec l'instruction que Lord Haverstock y assiste.

Elle lui assura que le secrétaire de Haverstock pouvait s'occuper de la correspondance. Après le petit déjeuner, Anna décida néanmoins d'écrire elle-même un mot aux cinq invitations rejetées, exprimant son regret de ne pouvoir assister au bal, expliquant qu'ils avaient déjà une autre obligation ces soirs-là.

* * *

Colette attendait joyeusement le bal de Wentworth. Comme un enfant attendant Noël avec impatience, pensa Anna. Sa vieille femme de chambre souriait et chantonnait alors qu'elle coiffait les cheveux noirs d'Anna en anglaises autour de son visage.

— J'aimerais tant te voir éclipser toutes les autres, ma chérie, dit Colette.

— Tu es décidément partiale.

Anna se regarda dans le miroir, très satisfaite du talent artistique de Colette.

Lorsque Colette eut fini de coiffer Anna, elle l'aida à s'habiller.

— Dis-moi, comment trouves-tu tes nouveaux quartiers ? lui demanda Anna.

— Très bien, répondit Colette en enlevant la robe du cintre. Cette chambre n'est pas aussi triste que l'autre, parce qu'elle est en coin et la lumière du soleil pénètre par les fenêtres des deux côtés.

— Je suis très heureuse d'entendre cela,

déclara Anna.

— Et un adorable nouveau tapis recouvre maintenant le sol.

Colette aida Anna à enfiler la robe, puis attacha les boutons en satin dans le dos.

Anna se leva et fit un pas en arrière pour s'admirer dans la psyché. La jupe du dessus était séparée sur le devant et révélait un jupon en soie. Là où la jupe se fendait, de larges volants dorés donnaient l'impression d'un V inversé. Des volants dorés similaires bordaient la traîne.

Colette fouilla dans le tiroir d'Anna et en sortit de longs gants en satin blanc. Elle les tendit à Anna, puis se recula pour admirer sa protégée.

— Oh ! ma chérie, tu es ravissante.

La dernière touche fut d'attacher les cheveux d'Anna avec un ruban doré d'où partaient trois plumes d'autruche blanches.

— Si seulement ta maman pouvait te voir ! fit Colette. Elle serait si heureuse.

— Elle me voit, murmura Anna avec un sourire poignant.

Elle s'assit devant sa coiffeuse pour enfiler des escarpins or et blanc. Elle entendit alors quelqu'un frapper à la porte, et Haverstock entra dans son cabinet de toilette. Il portait un manteau en velours bleu royal bien coupé, avec des boutons en diamant, sur une chemise blanche et un haut-de-chausse de même couleur.

Anna sourit à son époux. Elle remercia Colette et la congédia.

Haverstock s'approcha d'Anna, incapable de détacher son regard d'elle. Sa beauté ne cessait jamais de le captiver, qu'il la regarde dormir à la lueur brumeuse de l'aube ou qu'il l'admire en tenue de promenade alors qu'elle bavardait joyeusement avec ses sœurs. Lorsqu'il se trouva assez près d'elle pour sentir son eau de rose, il ressentit comme une ivresse grisante. Il passa un doigt le long de son épaule douce comme du satin.

— Je vous ai apporté quelque chose, murmura-t-il en lui tendant une boîte en velours de la taille d'une miche de pain.

Elle la prit et l'ouvrit. Des dizaines de diamants étincelaient à la lueur des bougies.

— C'est le plus joli collier que j'aie jamais vu.

— Il est à vous pour toujours. À contrecœur, ma mère a cédé les bijoux à la nouvelle marquise. Lady Haverstock, permettez-moi de l'accrocher à votre cou très exquis, poursuivit-il en ouvrant le collier.

Lorsqu'il eut fini, il ajouta :

— Et maintenant, s'il vous plaît, veuillez vous lever afin que je détermine si vous ferez l'affaire.

— Je suis sûre que oui, mon seigneur, car votre mère elle-même a approuvé cette robe, dit Anna en feignant l'assurance.

Haverstock tourna autour d'elle.

— Je peux voir que ce soir, je ferai l'envie de tous les hommes présents chez Lord Wentworth.

Ses yeux amusés rencontrèrent les siens.

— J'espère ne pas vous causer d'embarras.

— Je vous supplie d'éviter la salle de jeux, ma chère, lança-t-il d'un ton taquin. Il ne siérait absolument pas à Lady Haverstock de soulager mes amis de leur argent.

— Je m'efforcerai de vous obéir, mon maître.

Il regarda dans ses yeux rieurs et l'embrassa doucement.

* * *

Son époux était manifestement fier d'elle. Cela la soulagea beaucoup de ses craintes concernant la réception chez Wentworth. L'appréhension l'avait en effet rendue malade toute la semaine. Les détails de ses origines circulaient maintenant parmi le beau monde, elle en était sûre. Elle ne cessait de se rappeler les mots cinglants prononcés à huis clos par son beau-père en cette froide journée de janvier, cinq ans plus tôt. *Je ne laisserai pas la fille illégitime d'une catin française fréquenter l'école avec mes propres filles.* D'autres voudraient-ils aussi éviter d'entacher leurs épouses de sa présence ? Serait-elle snobée au bal de Wentworth ?

— J'appréhende ce bal, admit Charlotte alors qu'ils attendaient, assis dans leur véhicule sombre, dans la file des dames et messieurs bien habillés qui arrivaient chez les Wentworth.

— Tout se passera bien pour toi, lui assura son frère. Je ne t'ai jamais vue aussi charmante, ajouta-t-il en parcourant des yeux sa robe blanche virginale.

— Charles ne m'a jamais dit des mots aussi gentils l'année dernière lors de ma propre présentation, réagit Cynthia en faisant la moue.

— Oh ! C'est juste que Charles est beaucoup plus gentil et plus sensible à la beauté depuis son mariage, expliqua Kate.

— Vous êtes toutes les trois très jolies, ajouta Anna, essayant d'inculquer à ses sœurs l'assurance qui lui manquait.

Alors que Charlotte exprimait ses craintes de faire tapisserie, les pensées d'Anna se tournèrent vers ses propres peurs. Des peurs bien plus grandes que l'embarras de ne pas trouver de partenaire pour danser.

À son tour, leur calèche s'arrêta finalement devant la maison imposante. Des valets étaient postés comme des sentinelles une marche sur deux jusque vers la porte d'entrée ouverte. L'appréhension d'Anna s'intensifia et son cœur se mit à battre plus vite lorsqu'elle donna la main à son époux et descendit du véhicule.

Ils arrivèrent dans une pièce bien éclairée. Les yeux d'Anna se portèrent sur les chandeliers scintillants chargés d'un nombre imposant de bougies. Dans cette seule pièce, Anna estima que plus d'un millier de bougies devaient être allumées.

À l'autre bout de l'immense salle, lord et lady Wentworth accueillaient leurs invités. Les Haverstock attendirent leur tour. Anna était sûre que son époux pouvait entendre les battements rapides de son cœur. Les minutes suivantes étaient cruciales. Un sourire et un mot aimable du lord ou de lady Wentworth assureraient à Anna une réception acceptable. Leur froideur scellerait sa perte.

Elle se retrouva bientôt face à face avec son hôte et son hôtesse, qu'elle jugea être assez âgés pour être ses parents. Anna regarda fixement le collier de diamants de lady Wentworth. Curieusement, elle se demandait comment le cou mince de la femme n'était pas déformé par le poids des bijoux spectaculaires.

— Lord et lady Wentworth, j'ai l'immense plaisir de vous présenter mon épouse, annonça Haverstock.

Anna s'avança timidement et fit une révérence.

— Haverstock, vous avez bien fait de l'épouser avant la saison, remarqua lord Wentworth d'un ton paternel. Une femme d'une telle beauté n'aurait pas duré longtemps.

— Je suis conscient de ma bonne fortune,

déclara Charles.

Lady Wentworth prit la main d'Anna.

— Tout Londres est en effervescence avec l'héroïsme manifesté par Haverstock en vous sauvant dans le parc. Nous sommes très heureux de faire enfin votre connaissance, ma chère.

— Merci, ma lady. Être ici ce soir est très spécial, non seulement pour moi, mais aussi pour notre sœur, lady Charlotte. C'est son premier bal.

Anna prit Charlotte par la main et la présenta.

La présentation redoutée passée, Anna serra la main de son époux alors qu'ils montaient l'escalier en marbre. Haverstock la présenta à toutes ses connaissances dans la salle de bal.

Si Anna n'avait pas été si assurée de son apparence, elle aurait été mortifiée par sa réception. Les hommes et les femmes arrêtaient leurs conversations et fixaient Anna des yeux, qui s'avançait au bras de son époux.

Il leur fallut près d'une heure pour traverser la salle bondée. Anna se raidit lorsqu'elle aperçut la tête chauve de sir Henry Vinson au milieu d'un groupe d'hommes près du mur du fond. Il rencontra son regard et souriant, il vint à leur rencontre.

— Ma chère Anna, comme vous êtes ravissante ! s'exclama sir Henry en la saluant.

Haverstock eut l'air perplexe.

— Vous connaissez mon épouse ?

— Oui, nous sommes de très vieux amis, je la connais depuis son plus jeune âge, répondit sir Henry. Et je dois vous dire, Haverstock, qu'elle était jolie à cet âge-là aussi.

Anna perçut un certain malaise chez son époux en présence de sir Henry. Haverstock regarda bientôt plus loin, puis les excusa, prétextant qu'ils devaient parler à un ami.

Haverstock trouva des sièges pour son épouse et ses sœurs et les laissa pour aller chercher du ratafia.

En passant devant sir Henry, Haverstock l'invita à aller fumer avec lui sur le balcon de la pièce voisine.

Sur le balcon qui donnait sur Berkeley Square, sir Henry accepta le cigare que lui offrit Haverstock. Les deux hommes fumèrent dans l'air frais.

— Vous vous demandez pourquoi je veux vous parler en privé ? lança Haverstock en soufflant une bouffée de tabac épicé.

— Oui.

— Cela me peine d'admettre ne pas avoir été complètement honnête avec mon épouse très satisfaisante, expliqua Haverstock. Anna ne sait rien de mon poste au Foreign Office.

Sir Henry tira une longue bouffée de son cigare.

— Je vois.

— Je vous en supplie, je ne veux pas qu'elle l'apprenne de vous.

— La nature de notre travail rend le secret nécessaire, mon brave, déclara sir Henry.

Haverstock jeta son cigare.

— Je suis ravi que nous soyons d'accord sur ce point.

* * *

Lorsqu'il rejoignit la salle de bal, Haverstock trouva sa femme et ses sœurs entourées d'admirateurs réclamant des partenaires de danse.

— Je demande de danser la première danse avec mon épouse, annonça-t-il en tendant la main vers Anna.

Les conversations bourdonnaient tout autour de la pièce. Anna eut pourtant l'impression que chacun de ses pas résonnait sur le sol, tandis qu'elle suivait son époux pour rejoindre les autres danseurs. Son cœur se remit à battre la chamade. Danser dans son propre salon avec un maître de danse n'était pas du tout la même chose que de danser le quadrille avec une foule d'étrangers et une foule encore plus grande de spectateurs. Mais Haverstock la mit à l'aise, la taquinant au sujet de la nuée d'hommes qui avaient déjà supplié de pouvoir danser avec elle. Elle se trouva si détendue en sa compagnie qu'elle n'eut même pas à penser aux pas de la danse. Ils lui vinrent naturellement. Et ses pieds ne la trahirent pas une seule fois.

Elle commença à avoir néanmoins mal aux pieds après une heure de danse ininterrompue. Elle fut très reconnaissante de pouvoir enfin s'asseoir. Elle s'assit à l'écart, s'éventant rapidement dans une vaine tentative de repousser la chaleur de la pièce, tout en essayant de repérer ses sœurs sur la piste de danse. Mais c'est son époux qu'elle remarqua, tellement plus grand que tous les autres, en train de danser avec Kate. Un éclair de fierté brilla dans les yeux d'Anna. En présence de sa virilité, tous les élégants dandies avaient l'air ridicule. Et même si le tourbillon des mondanités ne lui plaisait pas totalement, il se comportait de manière satisfaisante à tous les niveaux, de la danse à la conversation.

Un homme sentant le bois de santal vint s'asseoir à côté d'elle. Elle se retourna et vit que c'était Morgie, vêtu de façon exquise.

— Comme c'est agréable de vous voir ici ! dit-elle avec plaisir.

— J'avoue ne pas follement apprécier de tels
événements, admit-il, mais Haverstock a exigé ma
présence. Il voulait s'assurer que ses sœurs aient
un partenaire de danse.

— Comme c'est gentil à lui, même si ses peurs
étaient totalement injustifiées. Les filles ont dansé
chaque danse.

Morgie observa la piste.

— Weatherford a une affreuse cravate,
murmura-t-il. Je me demande combien Tolivar a
payé Prangle pour qu'il danse avec sa grosse
sœur.

— Morgie, vous êtes très méchant.

— Pas méchant, juste honnête.

— Et critique... que diriez-vous donc de moi si
j'étais maintenant sur la piste de danse ?

— Je ne critique pas mes amis. D'ailleurs, je ne
pourrais rien trouver de désobligeant à dire de
vous.

— Je suis heureuse que nous soyons amis.

— Je vois Kate, Charlotte et Cynthia. Où est
Lydia ?

— Elle n'a pas voulu venir.

— J'ai toujours dit qu'elle était la plus
intelligente du lot.

— Vous êtes vraiment honnête. Et vous avez
raison.

Une voix les interrompit :

— Ah ! Lady Haverstock, lança sir Henry.
Comme il est bon de vous trouver assise. Je vous
prie de m'accorder cette danse.

Anna s'excusa auprès de Morgie, se leva et prit
la main tendue de sir Henry. Elle boitait
légèrement à cause des ampoules à son pied
gauche.

— Vous allez bien, Anna ? demanda sir Henry.

— C'est juste que mes pieds n'ont pas l'habitude de danser si longtemps.

— Nous devons alors nous asseoir, suggéra-t-il, la conduisant hors de la pièce, le long d'un couloir en marbre, vers une bibliothèque vert asperge.

Se rendant compte qu'il n'y avait personne d'autre dans la pièce, Anna s'arrêta brusquement. Se trouver seule avec un homme qui n'était pas son époux pouvait nuire à sa réputation.

— Je vous prie que nous retournions immédiatement dans la salle de bal. Mon époux n'approuverait pas que je rencontre un autre monsieur ici.

Ignorant sa demande, sir Henry referma la porte sur eux.

— Mais, ma lady, une autorité beaucoup plus élevée que celle de votre époux exige que vous entendiez ce que j'ai à vous communiquer.

Tremblante, elle se laissa tomber dans un fauteuil.

Chapitre 11

Les sourcils froncés, sir Henry avait vu Anna lever le visage vers son mari pendant qu'ils dansaient. C'était seulement avec le marquis pour partenaire qu'Anna s'animait, les yeux rieurs et une grâce détendue. Sir Henry avait remarqué comment elle caressait tendrement la large épaule de Haverstock, la façon dont leurs mains se serraient en un geste intime. Il l'avait vue nonchalamment repousser une mèche brun foncé du front de son époux. *Flûte ! Elle est tombée amoureuse de son époux !*

Après avoir entendu parler du sauvetage héroïque d'Anna dans le parc, sir Henry avait soupçonné que le marquis était excessivement attaché à son épouse. Il savait désormais que les sentiments de Haverstock envers Anna dépassaient de loin l'attachement. Même lorsqu'elle avait dansé avec d'autres, les yeux de Haverstock l'avaient suivie à chaque mesure, alors qu'elle tournoyait gracieusement parmi la foule de danseurs richement vêtus.

Quel idiot avait-il été de ne pas avoir pensé à cette complication indésirable ! La fille serait maintenant beaucoup moins malléable. Il devrait faire très attention à la façon dont il la manipulait. À ce stade, suggérer que quelque chose puisse arriver à son époux ne marcherait pas du tout. De simples révélations sur ses activités présumées suffiraient. Et lorsque Anna l'aurait aidé à

découvrir l'identité des complices de Haverstock,
une belle somme pourrait arriver dans sa propre
bourse.

Une fois qu'ils furent installés dans la
bibliothèque, il baissa la voix.

— Vous devez découvrir l'identité des contacts
de votre époux à Londres. Les informations que
votre époux a transmises ont coûté la vie à des
milliers de Britanniques, nous devons les arrêter.

— Même mon époux ?

Il secoua la tête.

— Il est beaucoup trop précieux.

— Je n'ai rien appris du tout depuis notre
mariage.

— Vous devez trouver un moyen de le faire, ma
chère, et vite. Même si nous supervisons tous
deux les opérations d'espionnage, parce que nous
parlons couramment le français, votre époux
protège farouchement ses contacts, même de moi.
Il est obsédé par son désir de réussir. Peu
d'hommes lui faisaient confiance, à cause de son
père. L'arrogance du feu marquis lui a coûté cher.
L'homme devait toujours être supérieur à tout le
monde, avoir plus que tous, parier le plus, perdre
le plus. Il en vint à refuser de payer ses dettes de
jeu. Le fils a été amené à réhabiliter la réputation
de son nom de famille, même au prix de son pays.
Sa froideur s'étend à tous. Il ne fait confiance à
personne, sauf à Ralph Morgan.

— Morgie a-t-il accompagné Charles en
France ?

Sir Henry acquiesça de la tête.

— Ces deux-là sont plus proches que la plupart
des frères. J'ai entendu dire que Haverstock a pris
la défense de Morgie quand ils étudiaient à Eton.
Il semble que Morgie ait beaucoup souffert, parce

qu'il est de descendance juive. On raconte que Haverstock a sauvé Morgie au moment où il subissait une raclée par plusieurs gars. Tous les garçons admiraient Haverstock. Il était alors vicomte et les dominait tous d'une tête. Jusqu'à ce jour, Morgie adore votre époux comme un dieu. Si Haverstock voulait se servir de la tête de son ami pour ses exercices de tir à la cible, je suis persuadé que monsieur accepterait de s'y prêter.

— Et pourtant, vous ne croyez pas que Morgie soit au courant de la trahison de Charles ?

— Je ne le crois pas en effet. Les Morgan ont une profonde haine pour les Français, surtout depuis que le petit tondu s'est emparé de leurs possessions prussiennes.

Sir Henry se leva brusquement.

— Nous devons retourner à la salle de bal, lui dit-il en lui offrant la main, avant que vous manquiez à votre mari. Nous nous retrouverons désormais tous les mercredis à midi chez Hookam.

La porte de la bibliothèque s'ouvrit soudainement et Anna vit entrer son géant d'époux au teint sombre, la bouche serrée, les yeux brillants de colère. Elle eut l'impression qu'on lui vidait l'air de ses poumons.

Haverstock fixa sir Henry d'un regard d'acier.

— Je souhaite m'entretenir en privé avec mon épouse.

— Je vous en prie. J'ai amusé lady Haverstock avec mes histoires de sa jeunesse.

Bien qu'il fût grand, sir Henry sembla petit en passant devant Haverstock pour sortir de la bibliothèque.

* * *

Pendant que Haverstock dansait avec sa sœur,

il avait été heureux de voir son épouse et Morgie parler ensemble. Mais quand il se retourna une minute plus tard, elle avait disparu. Il fronça les sourcils lorsqu'il aperçut la tête chauve de sir Henry et le vit accompagner Anna hors de la salle de bal.

Il ne s'était jamais pris de sympathie pour sir Henry, même s'il était obligé de travailler en étroite collaboration avec lui. Haverstock ne pouvait blâmer les efforts de l'homme. Il avait passé une grande partie de sa vie en France, et pourtant, c'était un vrai patriote de la couronne d'Angleterre. Il était accepté partout, y compris dans le lit de la moitié des patronnesses de Londres.

C'était peut-être la façon dont sir Henry traitait les femmes qui exaspérait Haverstock. Il abandonnait ses maîtresses sans leur laisser la moindre indemnité, et il révélait des secrets de femmes mariées à un degré qu'aucun homme d'honneur ne pouvait accepter.

Que sir Henry porte son attention sur Anna déplaisait excessivement à Haverstock. Son inquiétude grandissant, il put à peine attendre la fin de la danse pour aller retrouver son épouse.

La danse enfin terminée, il chercha en vain Anna et sir Henry à la table des rafraîchissements. De plus en plus inquiet et en colère, il alla voir sur le balcon. Personne.

Sapristi de femme ! Il avait laissé son goût impeccable et sa voix cultivée le tromper en lui faisant croire qu'elle était une vraie lady, et à son premier bal, elle se comportait en catin.

Les ayant enfin trouvés dans la bibliothèque de lord Wentworth, il lui démangeait d'envoyer son poing dans la figure de sir Henry et de ramener sa femme dévoyée chez eux. Mais il refusait de fournir de quoi alimenter les commérages.

Le visage rigide, Haverstock referma la porte de la bibliothèque et parla avec une colère maîtrisée.

— Vous vous êtes conduite d'une façon tout à fait inconvenante, lady Haverstock. Vous enfermer seule dans une pièce en compagnie d'un homme est une atteinte à la bienséance. Et le faire avec un célibataire reconnu pour ses relations avec des femmes mariées est inexcusable.

— Mais vous ne pouvez certainement...

Il l'interrompit.

— Vous et moi savons bien que ce n'est pas par amour que vous avez manigancé pour devenir ma femme. Mais puisque vous l'êtes, je m'attends à ce que vous donniez toutes les indications d'être une compagne fidèle. Est-ce clair ?

Anna acquiesça d'un hochement de tête.

— Je vois maintenant que mon comportement était déplorable, dit-elle, la voix brisée. Je m'efforcerai de me conduire désormais d'une manière acceptable, si vous pouvez me pardonner.

Elle sait simuler l'innocence de manière très convaincante, se dit-il en la conduisant hors de la bibliothèque.

Pendant le reste du bal, Haverstock la surveilla de manière très possessive, essayant de paraître jovial pour neutraliser les rumeurs désagréables qui auraient pu résulter du tête-à-tête entre son épouse et sir Henry.

Mais dans la calèche, il abandonna sa façade. Pendant que ses sœurs bavardaient gaiement, il boudait.

— Kate, n'as-tu pas trouvé que le capitaine Smythe était l'homme le plus fringant du bal ? demanda Cynthia.

— En effet, dommage qu'il ne soit pas le fils aîné.

— Oh ! rétorqua Cynthia, cela me serait égal s'il me manifestait une certaine préférence, car je pense que c'est absolument l'homme le plus beau que j'aie jamais vu. Je le jure, Charlotte, poursuivit-elle en se tournant vers sa sœur cadette, tu as dansé toutes les danses et jamais deux fois avec le même partenaire.

— Si, j'ai dansé deux fois avec monsieur Hogart, répondit calmement Charlotte.

— Était-ce l'homme au manteau terriblement mal taillé ? demanda Kate.

— On ne peut pas juger un homme simplement à ses vêtements, se défendit Charlotte.

— Mais vraiment, il se faisait remarquer comme le nez au milieu de la figure, déclara Kate.

— Je n'ai jamais entendu parler de monsieur Hogart, ajouta Cynthia. De quel genre de famille est-il ? Sais-tu quelque chose de lui, Charles ?

Haverstock revint au moment présent.

— De qui ?

— De monsieur Hogart, précisa Cynthia d'un ton irrité.

— Je n'ai jamais entendu parler de lui, dit Haverstock d'un air sombre.

— Eh bien, je peux tout vous dire sur lui, reprit Charlotte, les yeux scintillants. Il n'a ni argent ni famille, mais il est merveilleusement gentil. Il est très pieux et envisage de devenir pasteur.

Kate leva les yeux au ciel.

— Charlotte, ma chère, tu peux faire beaucoup mieux que cela. Je t'en prie, n'encourage pas le pauvre homme.

— S'il a la bonté de me rendre visite, je t'assure que je serai tout ce qu'il y a de plus aimable envers lui, riposta Charlotte avec fermeté.

Anna approuvait la profonde bonté de Charlotte, mais elle jugea plus sage de garder son opinion pour elle, de crainte de mettre en colère Kate ou Cynthia. De plus, elle n'avait pas envie de parler, toujours piquée par les mots de son époux. *Vous avez manigancé pour devenir ma femme. Pas par amour.*

Repensant à cela, et aux instructions de sir Henry. Anna était incapable de trouver le sommeil. Elle entendit Charles dans son cabinet de toilette, mais il ne vint pas près d'elle. C'était la première nuit que Charles ne partageait pas son lit depuis qu'elle était à Haverstock House.

* * *

Le lendemain matin, tout juste de retour du parc, Lydia et son frère rejoignirent Anna dans la salle du petit déjeuner.

— Oh ! Anna, s'exclama Lydia avec enthousiasme, l'alezan que Charles m'a acheté est sans aucun doute le meilleur de cheval de Londres. Charles m'a dit que c'était votre idée, et je vous remercie très sincèrement.

— Voir votre visage si animé est un remerciement en soi, déclara Anna.

Davis entra dans la pièce et se tourna vers Haverstock.

— Madame la marquise vous demande dans sa chambre, mon seigneur.

* * *

— Vous vouliez me voir ? demanda Haverstock en entrant dans la chambre dorée de sa mère, où elle prenait son petit-déjeuner au lit.

Il remarqua son visage sombre. Même dans sa jeunesse, sa mère n'avait pas été une beauté. Mais elle possédait ce que son père avait voulu chez une femme. Fille de comte, avec une dot généreuse, elle lui avait donné sept enfants, tout en restant détachée de lui.

— Assieds-toi, lui ordonna-t-elle d'une voix aiguë.

Il obéit.

— On m'a remis une lettre ce matin. Peu importe l'expéditeur. Elle m'a appris la conduite déplorable de ton épouse hier soir. Tu m'as causé une déception sans nom en la choisissant pour femme, Charles. Catin un jour, catin toujours.

Écumant de rage, Haverstock se leva et se dressa devant sa mère.

— Je ne vous permets pas de parler de mon épouse de cette façon, dit-il, sa voix tremblant de colère. Elle est absolument innocente. Si elle s'est comportée de façon inconvenante hier soir, c'est qu'elle ignore les manières du beau monde.

— Elle t'a ensorcelé, lança la douairière avec dégoût. Nous ne pouvons accepter que la fille de cette horrible femme porte le titre de marquise de Haverstock. Divorce avant qu'elle ne puisse devenir la mère du futur marquis. N'en vois-tu pas l'importance, Charles ?

— Je vois que vous êtes dangereusement près de rompre le lien de mon devoir filial, mère. Mon épouse a commis une erreur innocente. Ne parlez plus jamais d'Anna ainsi.

Il tourna les talons et quitta la pièce.

Chapitre 12

Aujourd'hui, plus que jamais depuis la mort de sa mère, Anna broyait du noir. Elle n'avait pas du tout fermé l'œil de la nuit.

Elle s'était remémoré en boucle les dures paroles que Charles lui avaient lancées en colère, une colère amplement méritée. Elle se demandait comment elle pourrait apprendre la vérité sur ses activités quand il refusait même de partager son lit. Elle se sentait d'autant plus misérable qu'elle craignait ce qui pourrait arriver à Charles si elle le trahissait.

Peut-être arrêterait-elle de s'apitoyer sur son propre sort si elle se rendait dans l'East End.

En rentrant plus tard à Mayfair, Anna ne ressentit pas sa satisfaction habituelle après une telle expédition. Elle avait égayé une journée de la vie de ces pauvres, mais elle n'avait rien fait pour améliorer leur sort. La pauvreté engendrait la pauvreté. Ces gens n'avaient aucune compétence, aucune connaissance. Ils se trouvaient enfermés dans un cycle interminable de misère. S'ils pouvaient au moins apprendre un métier pour gagner leur vie ! Mais comment le pourraient-ils ?

Une idée lui vint. Elle et Colette étaient douées en couture. Peut-être pourraient-elles fournir des tissus de bonne qualité et du fil et instruire les femmes. En développant leurs aptitudes, les couturières pouvaient même recevoir des commissions et coudre pour les classes supérieures. Son idée prit de l'ampleur et la morosité d'Anna fondit comme neige au soleil. Avec son aide, certaines femmes pourraient même ouvrir un magasin. Une modiste. Une chapelière. Une tailleuse. Une gantière. Une vendeuse de jolies robes de baptême.

Les yeux étincelants, Anna se tourna vers Colette :

— Nous allons ouvrir ensemble une école pour les couturières à White Chapel.

Un sourire compréhensif se dessina sur le visage ridé de Colette.

— Très bien, c'est une très bonne idée, ma lady.

* * *

Haverstock réprima un bâillement alors qu'il tentait de décoder un message de l'un de ses hommes sur le terrain. Il s'était retourné toute la nuit, incapable de dormir, luttant contre le désir d'aller voir Anna. Mais sa colère l'avait retenu. Non, pas vraiment la colère. Plutôt la désillusion. Son épouse était une énigme : d'un côté, elle était l'innocente amoureuse avec qui il partageait une intimité touchante ; de l'autre, un garçon manqué, une intrigante qui avait soûlé Morgie et avait probablement triché pour s'emparer de fonds substantiels. Cette même créature s'était comportée comme une catin chez Lord Wentworth.

Comme il l'avait déjà fait tant de fois auparavant, Haverstock se demandait pourquoi Anna s'était acharnée à vouloir prendre l'argent de Morgie alors que sa propre fortune lui donnait accès à tout ce dont elle pouvait avoir besoin. Peut-être sa mère avait-elle raison. Quelque chose dans l'innocence d'Anna sonnait faux. Tout en chérissant la virginité qu'elle avait apportée à leur lit conjugal, il mettait en doute les scrupules de la femme. Était-elle une séductrice intrigante qui se plaisait à manipuler les hommes ? S'était-il en effet laissé ensorceler par la fille d'Annette de Mouchet ?

Cette pensée le troublait. Jusqu'à la veille au soir, lorsque les actions d'Anna l'avaient mis en rage, il avait été totalement épris d'elle. Était-elle consciente du pouvoir qu'elle exerçait sur lui ? Comme il avait été faible face à son joli visage et à son corps doux et docile. Eh bien, il allait lui faire voir ! Il allait résister à la tentation de lui faire l'amour et se libérer de son emprise.

Il ne pourrait jamais se libérer par le divorce que sa mère voulait si ardemment. Après tout, Anna était son épouse. Peut-être portait-elle déjà son enfant. Dieu sait qu'ils avaient eu de nombreuses occasions de concevoir. Il serait toujours responsable d'elle.

Il se promit de se consacrer tellement à son travail qu'il lui resterait peu de temps pour s'attarder près d'Anna et se laisser envoûter par elle. S'il ne voyait pas sa beauté, il pourrait lui résister et maintenir sa dignité. Il serait à l'abri de ses charmes tout en continuant à l'emmener en société, mais sans jamais se trouver seul avec elle. Et elle n'aurait plus jamais l'occasion de l'humilier comme elle l'avait fait avec sir Henry.

Ses pensées se tournèrent vers son travail. Il était toujours inquiet de ce que monsieur Herbert lui avait annoncé : un traître se cachait dans le bureau de Londres. Qui cela pouvait-il être ? Si seulement il pouvait apprendre l'identité de ce misérable !

* * *

Les petits bouquets commencèrent à arriver à

Haverstock House pour les jolies sœurs, bien avant la visite des messieurs les envoyant, mettant toute la maison en effervescence. Les femmes de chambre se précipitèrent avec des robes fraîchement repassées et des barrettes afin que les femmes soient convenablement vêtues pour accueillir leurs nombreux admirateurs.

Il revenait à Anna de les chaperonner, puisque la douairière avait fait savoir qu'elle refusait de quitter sa chambre. En transmettant le message de sa mère à Anna, Lydia fit l'erreur d'ajouter :

— J'avoue ne pas savoir ce qui lui prend ces semaines-ci, Mère sort rarement de sa chambre. Depuis le mariage de Charles...

Voyant le visage chagriné d'Anna, Lydia s'interrompit.

— Oh ! je suis vraiment désolée, Anna, murmura Lydia en rougissant.

— Je suppose que votre mère ne peut que m'en vouloir.

Lydia se dirigea vers la coiffeuse où Anna était assise et embrassa sa belle-sœur.

— Donnez-lui du temps, déclara Lydia. Lorsque Mère vous connaîtra mieux, elle vous acceptera comme une de ses propres filles.

— Pardonnez-moi, mais je ne trouve pas cela réconfortant, vu son manque d'affection maternelle à votre égard.

Lydia se laissa tomber sur le lit d'Anna, les sourcils froncés.

— Vous avez raison, Mère n'a jamais été trop affectueuse avec ses filles. Je crois que c'est dû au fait que sa propre mère est décédée lorsqu'elle était enfant. Elle n'a pas eu d'exemple de dévouement maternel. Tout son amour était dirigé vers sa sœur, tante Margaret. Savez-vous que tante Margaret était l'épouse de votre père ?

Anna écarquilla les yeux.

— Je l'ignorais, répondit-elle doucement. Cela explique tout.

— Maman et tante Margaret étaient comme deux corps partageant un seul cœur. Lorsque tante Margaret souffrait dans son mariage, Mère le ressentait tout aussi vivement. Je crois que c'est à cause du rôle de votre mère dans le malheur de tante Margaret que Mère vous en veut.

Anna acquiesça solennellement et garda le silence pendant un moment.

— Vous dites que votre mère montre peu d'affection à ses filles. Qu'en est-il de ses fils ?

— Même si vous n'en avez probablement pas beaucoup vu de preuves, Mère a toujours été obnubilée par Charles. Il devait toujours avoir ce qui était meilleur, il devait toujours être le premier. Et Charles étant Charles, il s'efforçait de plaire. C'est seulement dans son choix d'épouse qu'il ne s'est pas laissé guider par elle. Elle a toujours clairement indiqué qu'elle voulait qu'il épouse Lady Jane Wyeth. Je pense que la femme qui serait assez bonne pour Charles aux yeux de Mère n'existe pas, ajouta Lydia en rencontrant le regard pensif d'Anna.

La porte de la chambre s'ouvrit brutalement et Charlotte entra en trombe, portant un petit bouquet de pensées fanées.

— Oh ! Anna, monsieur est arrivé. Voudriez-vous bien m'accompagner tout de suite s'il vous plaît ?

Anna aurait aimé en savoir plus sur Lady Jane Wyeth, mais ce n'était pas le moment. Elle se leva en jetant un dernier coup d'œil à sa mousseline couleur pêche dans son miroir.

— Bien sûr. Venez-vous avec nous ? demanda-t-elle en se tournant vers Lydia.

— Je ne voudrais manquer l'occasion de rencontrer le parangon, monsieur Hogart.

Lorsque les trois femmes entrèrent finalement dans le salon, plusieurs autres jeunes prétendants étaient maladroitement assis dans des fauteuils. En tant qu'hôtesse, Anna les accueillit d'abord, puis elle demanda à la domestique de servir du thé. Quelques minutes plus tard, Cynthia et Kate, toutes deux habillées à la perfection grâce aux créations de madame Devreaux, entrèrent dans la pièce, le visage souriant.

Au grand étonnement d'Anna, Kate fixa son attention sur un certain monsieur Reeves, que Anna estimait avoir la quarantaine. Il ne possédait ni titre ni bonne allure. Il était coincé dans des vêtements trop étroits qu'il avait dû porter lorsqu'il faisait douze kilos de moins. Son menton charnu s'enfonçait dans un foulard fortement amidonné et son crâne chauve reflétait les rayons du soleil qui baignait la pièce.

Anna regarda avec intérêt Cynthia se concentrer sur le fringant capitaine Smythe, qui semblait apprécier la beauté de Cynthia autant qu'elle était attirée par la qualité de ses traits. Anna appréciait le goût de Cynthia. Les larges épaules du capitaine Smythe remplissaient son habit rouge aux boutons polis. Il était grand, avait le teint sombre, et souriait facilement. Ses manières étaient élégantes.

Anna savait avec certitude que quatre hommes maintenant présents avaient envoyé des fleurs à Charlotte. Pourtant, Charlotte choisit de porter le pitoyable bouquet envoyé par le modeste monsieur Hogart. Anna remarqua aussi que personne, excepté Charlotte, ne parlait à l'homme au physique ordinaire. Elle se rappela l'observation de Kate, qu'il se faisait remarquer comme le nez au milieu de la figure. Le pauvre homme ne semblait en effet pas à sa place parmi ces fraîches créatures du beau monde. Plutôt comme une ronce au milieu des jardins botaniques de Kew.

Mise à part sa chemise blanche défraîchie, il était entièrement habillé de noir. Ses vêtements étaient depuis longtemps démodés. Mince et de taille moyenne, il semblait beaucoup plus jeune que les autres hommes présents. Ses cheveux étaient toujours blond pâle, encadrant un visage trop sérieux. Avec ses yeux bleu clair et son nez bien fait, il émanait de sa personne une certaine élégance, malgré ses vêtements démodés. Anna conclut qu'elle aimait bien ce jeune homme.

— Charlotte m'a dit que vous avez l'intention de devenir pasteur, dit Anna à monsieur Hogart en lui tendant son thé. Pour l'Église d'Angleterre ?

Il prit maladroitement la tasse.

— Non, ma lady, je suis méthodiste.

Les plaisanteries de la douzaine de jeunes personnes s'arrêtèrent brusquement et tous les yeux se dirigèrent sur lui. Même s'il avait dit être bouddhiste, ils n'auraient pu éprouver plus d'aversion, pensa Anna.

— Comme c'est intéressant ! s'exclama Anna en forçant un sourire. J'avoue que les écrits de monsieur Wesley m'ont donné à réfléchir.

— Si seulement mes parents étaient aussi éclairés que vous ! déclara Hogart. Ils n'approuvent pas mon choix.

— Que voulaient-ils que vous fassiez ? demanda timidement Charlotte, le regard admiratif.

— Mon père espérait que je reprenne ses fermes.

— Est-il propriétaire terrien ? demanda Anna.

Il acquiesça de la tête.

Tournant son attention vers le capitaine Smythe, Anna lui demanda de leur parler de ses activités dans la Péninsule. Il obtempéra, ravissant Cynthia. Même Kate, qui le dédaignait parce qu'il était fils cadet, semblait pendue à ses lèvres.

Alors que l'obscurité tombait, Haverstock entra dans le salon. Ses yeux rencontrèrent d'abord ceux d'Anna, puis il s'adressa aux visiteurs.

Anna remarqua avec fierté qu'il ne méprisait pas monsieur Hogart comme l'avaient fait les autres. Elle se poussa sur le canapé pour que Charles puisse s'asseoir à côté d'elle, mais il resta debout, faisant les cent pas dans la pièce. Anna lui offrit du thé. Il refusa, semblant préoccupé par ses propres pensées.

Après le départ des prétendants, ses sœurs interrogèrent Haverstock.

— Le capitaine Smythe ne possède-t-il pas tout ce qu'il y a de plus agréable ? demanda Cynthia.

— Bien que monsieur Hogart soit très réservé, je vois que tu l'apprécies, déclara Charlotte. N'est-ce pas, Charles ?

Haverstock flatta ses sœurs avec les réponses qu'elles désiraient.

— Ai-je détecté une préférence de ta part pour monsieur Reeves ? demanda-t-il en rencontrant le regard de Kate.

Elle acquiesça d'un signe de tête en baissant

pudiquement les sourcils.

— Comment est-ce possible ? rétorqua Charlotte. Tu le dédaignais il y a deux saisons.

— Mais c'était avant de savoir qu'il allait hériter du duché de Blassingame. Il semble que Sa Grâce le duc de Blassingame n'ait pas engendré des fils, expliqua Kate. Et monsieur Reeves est son neveu, ajouta-t-elle gaiement.

Cynthia se tourna brusquement vers sa sœur aînée.

— Tu veux dire que tu épouserais monsieur Reeves uniquement pour devenir duchesse ?

Les épaules droites, le regard dansant. Kate ajouta :

— Pourquoi devrais-je me contenter d'être une simple lady quand je pourrais être duchesse ?

— C'est absolument détestable ! protesta Charlotte.

— Tu ne trouveras pas cela si détestable lorsqu'on m'appellera Sa Grâce, reprit Kate en se dirigeant vers la porte. Je ne sais pas pour vous, les filles, mais moi, je dois choisir ma robe pour ce soir.

Ses sœurs se mirent à discuter de ce qu'elles allaient porter en suivant Kate hors de la pièce.

Anna tourna son regard chaleureux vers son époux.

— Voulez-vous venir dans ma chambre, Charles ?

— Je ne crois pas, ma chère, répondit-il. Je dois parler à mon secrétaire.

Ravalant sa déception, Anna lui rappela le bal auquel ils devaient aller ce soir-là.

— Soyez bien sûre que je vous accompagnerai, Anna, dit-il, son regard noir et froid. Je ne vous laisserai pas seule une minute, de peur que vous ne séduisiez tous les hommes.

Anna rougit.

— C'est injuste, Charles ! pesta-t-elle.

Elle souleva ses jupes et sortit de la pièce en courant avant qu'il ne puisse voir ses larmes.

Chapitre 13

Le sourire aux lèvres, Anna faisait semblant d'écouter ses sœurs bavarder dans la calèche alors qu'ils rentraient du bal. En réalité, elle pensait à son époux, assis en silence à côté d'elle. Elle s'était sentie comme une princesse de conte de fée toute la soirée, avec son Charles, son prince charmant, lui prodiguant ses attentions. Il n'avait dansé avec aucune autre femme. Avec sollicitude, il était allé chercher du ratafia pour elle et ses sœurs chaque fois qu'elles donnaient la moindre apparence d'avoir soif. Il l'avait couvée toute la soirée, ses mains la caressant tendrement.

Mais maintenant, en présence de sa seule famille, il l'évitait et ruminait dans son coin. Elle savait que la soirée avait été un simulacre. En public, il prenait des airs d'époux dévoué, mais il gardait ses distances lorsqu'ils se retrouvaient seuls. Pourquoi ce maudit désaccord entre eux ? Elle devait y remédier. Sinon, comment pourrait-elle apprendre la vérité sur ses activités en France ? Il était impensable d'admettre qu'elle puisse être inquiète à cause d'une autre raison.

Un brusque tournant projeta Anna contre son époux. À la chaleur et au confort de son corps robuste, elle ressentit le désir qu'il se presse contre elle. Jetant un regard discret vers son visage sombre, elle ravala sa déception devant son refus de la regarder. Le cœur serré, elle observa ses lèvres pincées et son air sévère. Elle se rappela douloureusement le temps pas si lointain où ces mêmes lèvres avaient le pouvoir d'accélérer les battements de son cœur et de faire naître son désir.

* * *

Lorsqu'ils arrivèrent à Haverstock House, il gravit les marches à côté d'Anna et sur un ton brusque, lui souhaita bonne nuit à la porte de sa chambre.

— Je voulais vous parler de quelque chose, dit Anna. Accepteriez-vous de venir vous asseoir quelques minutes dans ma chambre ?

Il regarda dans ses grands yeux innocents. Bien qu'il ait décidé de résister à son emprise séduisante, il ne trouva pas la force de rejeter sa simple demande.

Elle le conduisit au canapé près du feu crépitant et l'invita à s'asseoir à côté d'elle.

— Je ne veux pas interférer avec vos promenades matinales avec Lydia, commença-t-elle, mais j'aimerais me joindre à vous. Ce jour-là dans le parc, vous avez promis de m'apprendre à conduire les chevaux. Je voudrais que vous me choisissiez une monture calme et que vous me laissiez vous accompagner avec un palefrenier tous les matins. Le palefrenier pourrait m'instruire pendant que vous et Lydia irez galoper.

Il se rappela la peur qui l'avait saisi lorsqu'il avait entendu ses cris et sa terreur en voyant le gris l'éloigner, fou furieux. Il se rappelait son désespoir en pensant qu'il allait la perdre. Elle devait en effet apprendre à manipuler les chevaux.

— Vous pouvez commencer demain, annonça-t-il.

— Une autre chose, reprit-elle. M'emmènerezvous bientôt au parc ? J'aimerais y retourner.

— Pas dans l'immédiat, j'ai un travail urgent.

Étrangement, la lueur de déception qui passa dans son regard lui plut.

— Alors je sollicite votre permission de demander à Morgie de nous emmener au parc certains après-midis, Lydia et moi. Après mon faux pas au bal de Wentworth, je veux vous demander permission avant de passer la moindre minute en présence d'un autre homme.

— Morgie n'est pas un *autre* homme. Vous êtes libre de vous trouver en présence de Morgie quand bon vous semble, mais je préfère en effet que vous emmeniez Lydia avec vous.

Il se leva et se pencha au-dessus d'elle, déposant un chaste baiser sur sa joue.

— Je vous verrai demain matin en tenue de cheval, ma lady.

Quand il arriva à la porte, elle l'appela par son nom.

Il se retourna, un sourcil levé.

— Êtes-vous toujours en colère contre moi ?

Sapristi ! Comme il la voulait !

— J'étais plus déçu que fâché, ma chère, dit-il en ouvrant la porte et en quittant la pièce.

Se retournant constamment dans son grand lit vide, il se demandait pourquoi son pouvoir de lui résister ne lui apportait aucune joie.

* * *

Vêtue de la tenue d'amazone de Cynthia, Anna retrouva Lydia dans le hall d'entrée le lendemain matin. Les deux femmes passèrent devant le valet qui leur tenait la porte ouverte. Dans un voile de brume, Haverstock et le palefrenier tenaient les rênes de quatre chevaux dans la rue pavée en contrebas.

Examinant Anna avec admiration, Haverstock lui dit :

— Cette couleur vous va bien, ma chère.

Elle jeta un coup d'œil au velours vert foncé.

— Je l'ai emprunté à Cynthia.

Ravalant ses larmes lorsque son époux l'avait brusquement quittée la veille au soir, Anna s'était immédiatement précipitée dans la chambre de Cynthia pour y trouver une tenue convenable, les deux femmes étant à peu près de la même taille.

— Cette couleur vive vous va bien mieux qu'à Cynthia, déclara-t-il, serrant ses énormes mains autour de sa taille fine pour la soulever et la déposer sur le dos du gris.

Mécontente du faux compliment de son époux, Anna lui lança un coup d'œil en fronçant les sourcils.

Il plaça les rênes entre ses mains.

— La première chose que vous devez apprendre, c'est que lorsque vous tirez dessus, le cheval va ralenti.

Haverstock fit un signe de tête en direction du palefrenier.

— Jimmy et moi, nous vous avons choisi ce steppeur facile.

D'un air de défi, Anna se tourna vers le palefrenier.

— Alors vous êtes Jimmy.

Elle étudia le jeune homme fermement planté, de ses cheveux blonds bouclés à ses bottes éclaboussées de boue. Il était grand, quoique pas autant que Charles. Ses longs membres semblaient avoir récemment poussé et attendre encore l'étoffe qui viendrait avec l'âge. Elle espérait qu'il allait convenir à ses plans.

Il s'inclina.

— Oui, ma lady.

— Et il s'appelle comment ? demanda-t-elle en caressant la crinière de son cheval.

— Son nom est Lady Gray, répondit Jimmy en étouffant un rire.

— J'espère que mon ignorance des chevaux ne mettra pas trop votre patience à l'épreuve, reprit-elle.

— Je suis certain que ma lady chevauchera avec les meilleurs en un rien de temps, déclara le palefrenier.

— J'ai découvert que mon épouse est une étudiante prodigieuse, ajouta Haverstock avec un sourire malicieux.

Se rappelant les leçons de son époux sur les façons de faire l'amour, Anna sentit la chaleur monter à ses joues.

Jimmy aida Lydia à grimper sur sa monture. Haverstock monta sur son bai et vint se placer près de son épouse. Il chevaucha à côté d'elle jusqu'au parc, apaisant ses craintes et lui donnant des instructions rudimentaires sur la manipulation des chevaux.

Quand ils atteignirent le parc, Anna invita Charles et Lydia à continuer à leur rythme habituel pendant qu'elle et Jimmy resteraient en arrière.

Haverstock ne s'éloigna qu'après avoir donné ses instructions au palefrenier.

— Jimmy, mon brave, je vous confie mon épouse. Veillez je vous en prie à ce qu'elle ne se fasse pas tuer, elle n'y connaît rien en chevaux.

— Vraiment, Charles, intervint Lydia, tu vas tellement effrayer le pauvre Jimmy qu'il ne va pas oser cligner des yeux.

Une fois Haverstock et sa sœur disparus, Anna

se tourna vers Jimmy.

— Je dois vous avouer ne pas avoir été totalement honnête avec vous, Jimmy. C'est vrai que je veux apprendre à faire du cheval, ce que je désire surtout, c'est votre aide pour protéger mon époux.

— Votre époux est un éminent cavalier, ma lady, il n'a pas besoin de mon aide.

— Je ne crains pas qu'il se brise le cou. Ce que je crains, c'est qu'il reçoive une balle de mousquet.

Jimmy écarquilla les yeux.

— J'ai terriblement peur que quelqu'un cherche à le tuer, et j'aimerais que vous gardiez l'œil sur lui pour sa protection.

— Je ferai plus que ça, ma lady, reprit-il, la mâchoire serrée. Si je vois quelqu'un essayer de faire du mal à mon maître, je le tuerai de mes propres mains.

Anna jeta un regard admiratif à ses grosses mains.

— Je ne voudrais pas non plus vous mettre en danger.

— Ne vous inquiétez pas pour moi. Nous devons tous deux nous assurer que Lord Haverstock reste sauf, ajouta-t-il avec un clin d'œil entendu.

Elle lui sourit chaleureusement.

— Chaque fois que vous pouvez vous libérer, j'aimerais que vous suiviez discrètement Sa Seigneurie. Prêtez attention aux gens qu'il rencontre, à ceux qui vous semblent suspects.

Il acquiesça de la tête.

— Et une autre chose, Jimmy. Personne d'autre ne doit être au courant du danger que mon époux encourt.

— Je peux tenir ma langue.

Enfonçant ses talons dans les flancs de sa monture et instruisant Anna à faire de même, il partit en direction de Haverstock et de Lydia, tout en prenant soin de rester aux côtés d'Anna.

À mesure qu'ils avançaient sur le chemin, Anna s'habituait à la sensation d'un énorme cheval sous elle et commença à se détendre. Elle apprit à faire tourner Lady Gray à droite et à gauche, à ralentir et à accélérer. Son assurance augmentant, elle poussa sa monture plus souvent qu'elle ne la retint.

Peu de temps après, ils aperçurent Haverstock et Lydia à une certaine distance, leurs chevaux faisant la course au coude à coude.

— Ne vous inquiétez pas pour moi, Jimmy, je me sens maintenant très à l'aise avec Lady Gray. Veillez à ceux qui ont l'air suspect.

— Vous voulez dire quelqu'un qui se cache derrière un arbre ou quelque chose du genre ?

— Exactement.

Jimmy se mit à sa tâche comme un chat boit du lait, aux aguets dès qu'il voyait un individu. Gardant Anna à proximité, il suivit un cavalier solitaire dans une allée ombragée, puis fit demi-tour lorsque l'homme bien habillé se dirigea vers la Serpentine.

Sur ce, Haverstock et Lydia déboulèrent d'un bois au galop. Anna observa Lydia en train de caresser tendrement le flanc de sa monture. Elle remarqua le regard affectueux échangé par le frère et la sœur, et déglutit, jalouse que Charles ne partage pas un tel lien avec elle.

Le dos droit, essayant de donner l'impression qu'elle était née pour chevaucher, Anna poussa son cheval à la rencontre de son époux.

Il ralentit et la regarda admirativement, puis s'adressa au palefrenier.

— Je dois vous féliciter, je vois que mon épouse est toujours en un seul morceau.

— Sa Seigneurie apprend vite.

Les yeux de Haverstock étincelèrent de malice.

— Oui, j'en ai eu la preuve. Vous pourrez galoper avec Lydia et moi en un rien de temps, ajouta-t-il en chevauchant près d'Anna.

— Je crains que Lady Gray ne m'instille un faux sentiment de confiance.

— Elle vous convient bien. Vous n'avez pas peur comme tant de minaudières ?

Elle secoua la tête

— Je trouve l'expérience très grisante. Si seulement nous pouvions chevaucher à Haymore !

Il lui lança un regard curieux.

— Pourquoi un tel désir d'aller à la campagne alors que vous êtes de la ville ?

Ils quittèrent le parc et chevauchèrent l'un à côté de l'autre dans la rue.

— Précisément parce que je ne suis jamais allée à la campagne. Il me tarde de voir le vaste ciel et de grandes étendues de verdure à perte de vue. Et je désire un époux reposé, ajouta-t-elle en lui faisant les yeux doux, et adonné au plaisir plutôt que déterminé à se tuer à la tâche.

Il fronça les sourcils.

— Me suis-je montré un tel ogre ?

— Jamais un ogre, Charles, lui répondit-elle avec douceur. Vous êtes presque toujours la gentillesse même. J'étais si fière de vous hier, vous étiez le seul à parler courtoisement du pauvre monsieur Hogart.

— Quelle sorte d'hôte serais-je pour ignorer un invité dans ma propre maison ?

— Vous n'avez manifestement pas appris vos manières de votre père.

Il refusa de mordre à l'hameçon.

— Vous dites que je suis *presque* toujours gentil. Vous ai-je blessée, ma chère ?

— J'avoue avoir pleinement mérité vos paroles cinglantes chez lord Wentworth l'autre soir, mais elles m'ont blessée au plus haut point.

Il lui rappela que leur alliance n'était pas un mariage d'amour, qu'elle devait *paraître* fidèle. Il souligna que c'était sa colère à lui qui l'avait stupidement amené à la faire souffrir, alors qu'en vérité, elle n'avait pas mérité une réprimande aussi cruelle. Sa seule transgression était sa totale innocence. Comme elle semblait innocente maintenant, avec la lumière matinale dansant dans ses cheveux noirs ! L'émotion l'envahit lorsqu'il repensa à sa voix douce et à sa compassion envers l'infortuné monsieur Hogart. Elle semblait presque enfantine dans sa pureté. Son cœur se serra de savoir qu'il lui avait causé de la peine.

Pourtant, il avait résolu de résister à ses charmes. Il lui fallait découvrir qui était la vraie Anna.

* * *

Le même après-midi, Morgie se présenta dans le salon de Haverstock, triturant nerveusement son chapeau tout en suppliant la marquise et Lydia de l'accompagner pour un tour dans Hyde Park.

Anna lui adressa un sourire reconnaissant et remercia silencieusement son époux absent d'avoir encouragé son ami à l'escorter.

— Oh ! Morgie, comme c'est gentil à vous de prendre pitié de la femme négligée de Charles, dit

Anna. Je ne peux pas parler pour Lydia, mais je vous assure qu'une promenade dans le parc serait bienvenue.

Les yeux de Morgie rencontrèrent ceux de Lydia.

— Je vous remercie de m'inclure, lui dit Lydia alors que les deux femmes allaient chercher leurs chapeaux.

Les sœurs prirent place aux côtés de Morgie qui saisit les rênes. Quand ils eurent quitté Half Moon Street, Lydia s'adressa à Anna :

— Je dois vous prévenir que maman a décidé d'organiser un dîner.

— Je suis ravie qu'elle quitte sa chambre, déclara Anna.

— Mais ce n'est plus son rôle d'être hôtesse à Haverstock House, protesta Lydia. C'est maintenant vous la marquise.

— Je ne suis loin d'être prête à remplir le rôle de votre mère, dit Anna. Et si c'est son désir de me présenter à ses amis, je ne peux l'en blâmer.

— Je suis sûre que toutes ses connaissances seront présentes, poursuivit Lydia. Et vous aussi, Morgie.

— Comptez-y, marmonna-t-il. Promettez-moi d'être mon partenaire au whist, lady Lydia. Je n'ai jamais vu une femme qui comprenait aussi bien le jeu, comme un homme, ajouta-t-il en secouant la tête.

— C'est peut-être parce que vous et Charles m'avez toujours traitée comme l'un de vos compagnons, avança Lydia.

Un sourire se dessina sur ses lèvres.

— Vous vous souvenez de l'été où vous étiez la seule fille à qui nous autorisions l'entrée dans notre fort ?

Lydia rejeta la tête en arrière et se mit à rire.

— Je soupçonne, Morgie, que c'était une façon de me rendre la pareille pour avoir accroché votre ver quand nous sommes allés pêcher.

Il frissonna en conduisant son phaéton vers Hyde Park.

— Je ne supporte pas ces créatures visqueuses. J'avais de la chance de vous avoir.

— En parlant de chance, reprit Lydia, les yeux étincelants de joie, avez-vous vu ma jument ?

— J'étais avec Haverstock quand il a fait une offre sur elle chez Tatt, et c'était une offre exceptionnelle ! Je n'ai jamais vu de ma vie une bête se vendre pour quatre cents guinées.

— Quatre cents guinées ! s'exclama Lydia en serrant sa main contre sa large poitrine. Mais c'est une fortune !

— Votre frère peut maintenant se le permettre.

Anna était reconnaissante que Morgie n'en dise pas davantage sur sa richesse.

— Voudriez-vous la chevaucher un jour ? proposa Lydia à Morgie.

— Ma foi, ce serait bien agréable.

— Charles et moi faisons du cheval tous les matins juste après l'aube.

Il grimaça.

— Diable ! Trop tôt pour moi.

— Vraiment Morgie ? Je pensais que vous vous rangeriez maintenant que Charles est marié, dit Lydia.

— Vous savez très bien que votre frère a commencé à se ranger il y a quatre ans, il ne pense qu'à travailler.

Quand Morgie reconduisit ses passagères à Haverstock House, Anna lui demanda :

— Vous êtes sûr de ne pas vouloir venir

chevaucher avec nous le matin ?

— Tout à fait sûr, dit-il catégoriquement. Se promener l'après-midi est une chose, me lever tôt pour chevaucher dans la brume matinale en est un autre. Ce n'est pas mon idée du plaisir.

— Si vous acceptiez d'essayer, je suis sûre que vous aimeriez ça, déclara Lydia.

Morgie fronça les sourcils et fit une grimace.

Chapitre 14

Privée de toute intimité avec son époux, Anna remplit les jours suivants de manière uniforme : elle accompagnait Haverstock et Lydia le matin dans le parc, puis elle travaillait avec Colette à l'établissement de leur école de couture. L'après-midi, à l'heure mondaine, Morgie venait la chercher avec Lydia pour faire un tour dans Hyde Park.

Les nuits aussi étaient à peu près les mêmes. Bals et banquets avec son époux rayonnant à ses côtés. Mais chez eux, il l'ignorait et la laissait dormir seule.

Le soir de la fête organisée par la douairière approchant, la maison était agitée par les préparatifs. On installa des bouquets de fleurs fraîches dans tous les vases, on polit l'argent, on plaça des centaines de bougies en rang sur les lustres en cristal. La douairière se levait tôt chaque matin, vêtue de robes de chambre colorées, pour surveiller personnellement tous les préparatifs. Elle passa des jours à composer sa liste d'invités, pour laquelle elle ne demanda ni n'accepta aucune recommandation. Elle se risqua même à se rendre en calèche chez madame Devreaux où elle se fit faire une robe lilas.

Haverstock n'était pas occupé au point de ne pas remarquer les arrangements de sa mère. La veille du dîner, il resta dans la salle du petit déjeuner après le repas pour lui parler en privé :

— C'est bon de vous voir hors de votre chambre à préparer la fête de demain avec enthousiasme, commença-t-il.

Elle sourit.

— Cependant, je ne peux m'empêcher de penser que vous empiétez sur le domaine de la marquise.

Son sourire disparut aussitôt, remplacé par un regard froid.

— Je veux simplement m'assurer que ton épouse connaisse les bonnes personnes.

— J'apprécie cela, et je sais qu'Anna ne connaît pas autant de monde que vous, mais je dois vous rappeler que c'est sa maison. Je vous prie de lui permettre de siéger à la place qui lui revient à table demain soir.

— Comment y manquerais-je quand tu m'as si clairement rappelé que mon ancien siège est maintenant celui d'Anna ? rétorqua-elle sur un ton de défi.

— Très bien, dit-il, les lèvres serrées. Puisque vous vous souvenez de cela, tâchez de ne pas oublier de traiter mon épouse comme le joyau de notre couronne familiale.

— Vraiment, Charles, tu vas trop loin.

— Je ne pense pas. C'est la femme que j'ai choisie. Je suis heureux avec elle et si la situation ne vous convient pas, vous pouvez aller vivre ailleurs.

— Cette horrible femme va me chasser de ma maison et m'éloigner de l'affection de mon propre fils.

— Elle ne fait rien de tout cela et elle n'est *pas* horrible.

Il recula brusquement sa chaise, puis se leva rapidement, le visage rouge de colère.

— Pas un mot de plus contre elle. Plus jamais, lança-t-il, le doigt pointé vers sa mère.

* * *

Anna devenant plus expérimentée à cheval, Haverstock insista pour qu'elle chevauche avec lui et Lydia, ne lui laissant aucune chance de parler à Jimmy en privé. Elle voulait surtout s'entretenir avec lui avant de rencontrer sir Henry à midi chez Hookam. L'occasion se présenta enfin lorsque Haverstock et Lydia entrèrent dans une discussion animée sur les mérites de deux chevaux qui devaient s'affronter à Newmarket ce jour-là.

— Je vous retrouverai aux écuries après le petit déjeuner, chuchota Anna à Jimmy, qui acquiesça d'un hochement de tête.

Après le petit déjeuner, elle rejoignit Jimmy dans la ruelle des écuries. Il l'informa que personne n'avait suivi Haverstock et qu'il n'avait rencontré personne de suspect.

— Mais si quelqu'un menace lord Haverstock, vous avez ma parole, ils auront d'abord affaire à moi.

— Vous êtes un ange, lui dit sincèrement Anna.

Elle se dressa sur la pointe des pieds et l'embrassa sur la joue.

Deux heures plus tard, Anna flânait dans les rayons remplis de livres chez Hookam. Elle aperçut sir Henry, plus grand que tout le monde, lire un gros volume dans le coin des livres en latin.

Elle était soulagée qu'il ait choisi cette section où il n'y avait personne d'autre. Elle passa près de lui en murmurant :

— Je n'ai rien appris.

Il se retourna et la suivit, la saisissant

fermement par le bras.

— Cela me déplaît excessivement que vous ayez été si inefficace, nous aurions mieux fait de prendre les cinquante mille livres.

— Lâchez-moi, dit-elle entre ses dents, regardant autour d'elle pour s'assurer que personne ne les observait. Je fais tout ce que je peux. Vous oubliez que Charles et moi ne nous connaissions pas du tout avant notre mariage. Instaurer la confiance prend du temps.

— Combien d'autres devront mourir pendant que vous *instaurez la confiance* ?

— Je refuse de me sentir responsable des victimes de cette terrible guerre.

Elle lui lança un regard noir, puis tourna les talons et s'éloigna d'un pas raide.

* * *

Après avoir parlé avec sa mère, Haverstock, furieux, ôta rapidement sa tenue de cheval et alla à la fenêtre de son cabinet de toilette. Il y vit un spectacle curieux : Anna se dirigeant vers les écuries. Cette idiote ne savait-elle pas qu'une marquise ne doit jamais mettre les pieds près d'une étable ? Jimmy sortit et échangea quelques mots avec elle. Puis elle se dressa sur la pointe des pieds et l'embrassa rapidement sur la joue avant de revenir vers la maison.

Haverstock eut l'impression d'avoir reçu un coup au cœur. Jusqu'alors, il avait toujours aimé Jimmy. Le palefrenier était au service de Haverstock depuis sa jeunesse. C'était maintenant un beau jeune homme. Il devait avoir dix-huit ou dix-neuf ans. *L'âge d'Anna.*

Ciel ! Anna ne pouvait sûrement pas... Non, c'était trop absurde. Il devait y avoir une explication raisonnable.

Une fois de plus, Haverstock réfléchit à l'énigme qu'était son épouse. Il mourait d'envie de savoir laquelle de ses différentes personnalités était la vraie Anna. Mais plus que tout, il éprouvait le désir étrange de vouloir être l'objet unique de sa complète attention. Et pour la première fois depuis leur mariage, il se sentit totalement perdu.

* * *

— Avez-vous vu mon épouse cet après-midi ? demanda Haverstock à Morgie, à table avec lui chez White ce soir-là.

— Oui, et si je me souviens bien, elle m'a dit que vous deviez assister à une fête ce soir, répondit-il en lançant un regard interrogateur à son vieil ami.

Haverstock leva un verre d'eau-de-vie et l'avala.

— Ces événements deviennent fastidieux. J'ai décidé de passer ma soirée avec vous, mon vieux, et de me soûler.

— Je ne vous ai pas vu dans cet état depuis une dizaine d'années.

— C'est ce fichu mariage. Vous êtes bien avisé de rester célibataire.

— Alors, pourquoi, quand je vous vois avec lady Haverstock, vous avez l'air si victorieux ? rétorqua Morgie sur un ton mélancolique. En comparaison, ma vie semble complètement futile.

— C'est ce qui se passe avec les femmes. Elles peuvent vous apporter la joie la plus complète un moment, et le suivant, vous vous retrouvez plongé dans un désespoir absolu.

— Je ne vois pas comment Anna peut vous conduire au désespoir, elle est beaucoup trop douce.

— Je l'ai vue se dresser sur la pointe des pieds pour planter un baiser sur la joue de son palefrenier.

Morgie éclata de rire.

— Et c'est ça qui vous démoralise ? Vous ne connaissez pas bien le caractère de votre femme si vous ne vous êtes pas rendu compte de sa nature affectueuse. Elle m'a aussi souvent embrassé sur la joue pour ce qu'elle appelle mes bontés à son égard. Elle se dresse toujours sur la pointe des orteils et vous embrasse chastement sur la joue.

Haverstock ne pouvait pas nier le côté affectueux d'Anna. C'était seulement avec lui que ses baisers avaient été plus qu'un frôlement des lèvres sur la joue. Il devenait brûlant même maintenant, rien qu'à se rappeler le goût de sa douce bouche ouverte sous la sienne. Ciel ! Il ne l'avait pas serrée dans ses bras depuis si longtemps ! Une douleur physique intense parcourut tout son corps.

— Quoi qu'il en soit, je ne trouve pas rassurant de savoir que ma femme embrasse toutes sortes d'hommes.

— Rassurez-vous, Sa Seigneurie n'a d'yeux que pour vous... C'est toujours, *Charles par-ci, Charles par-là, Pauvre Charles, il travaille trop dur*. Elle est vraiment folle de vous. Lydia la taquine sans cesse sur l'attachement qu'elle vous porte.

Mon Dieu, se dit Haverstock, allait-elle encore être innocentée ? Ce soir, il avait décidé de la rendre misérable pour ce flirt si scandaleux. Mais il était de nouveau plein de remords.

* * *

Ne voyant pas son époux rentrer à son heure habituelle, Anna s'alarma. Elle et ses sœurs étaient déjà habillées pour la fête de la soirée, et Haverstock n'était toujours pas là. Anna exhorta ses sœurs à y aller sans elle. Elle ne pouvait pas partir avant de savoir si son époux était sain et sauf.

Revêtue d'une robe de fils dorés et couleur lavande, elle arpentait sa chambre, surprise de ne pas encore avoir fait de trou dans le tapis floral devant la fenêtre. Des images de son époux blessé ou souffrant lui nouaient tellement l'estomac qu'elle se sentait sur le point de pleurer.

Vingt-trois heures, et toujours pas de nouvelles de lui. Elle enfila rapidement un manteau et quitta la maison, se dirigeant vers la ruelle des écuries faiblement éclairée. Elle poussa une porte grinçante et gravit un escalier branlant, tout en appelant doucement le nom de Jimmy.

Le jeune gaillard vint à sa rencontre sur les marches.

— Quelque chose ne va pas, ma lady ? demanda-t-il sur un ton inquiet.

— Je suis excessivement inquiète pour mon époux, dit-elle en redescendant, Jimmy sur ses talons. Il n'est pas encore rentré et n'a pas envoyé de message. Je sais qu'il lui est arrivé quelque chose, expliqua-t-elle d'une voix tremblante.

— Que puis-je faire ?

— Je voudrais que vous alliez vous renseigner... Vous savez où habite son ami monsieur Morgan ?

Jimmy acquiesça de la tête.

— Et Sa seigneurie est un membre de White, rue St. James, bien qu'il y aille rarement. Si vous le trouvez et s'il est sain et sauf, protégez-le, je vous en prie, ajouta-t-elle en fermant les yeux et en soupirant.

— Vous avez ma parole.

Il commença à seller un cheval.

Anna retourna dans sa chambre. Ayant envoyé sa femme de chambre se coucher quelques heures plus tôt, elle était seule. Elle enleva langoureusement son manteau et sa robe et enfila sa chemise de nuit sans intention de dormir. Elle continua à arpenter nerveusement la pièce, répétant toutes les prières qu'elle connaissait.

Habituellement, Haverstock lui envoyait un message si quelque chose le retenait et l'empêchait de rentrer. Elle était donc convaincue qu'il était blessé. Elle était morte de peur. Malgré toutes les raisons pour lesquelles elle aurait dû le détester, elle ne le pouvait pas. Elle en était venue à avoir besoin de lui comme elle avait besoin d'air pour respirer. Quels que soient ses méfaits, elle l'aimerait toujours.

Et voilà. Elle l'avait finalement admis. *J'aime mon époux*. Bien qu'il soit un traître.

Quelques heures plus tard, elle entendit un pas léger dans le couloir et courut ouvrir la porte.

— Oh ! Grâces soient rendues à Dieu ! murmura-t-elle.

Haverstock vint s'arrêter devant la porte d'Anna.

— Pour quoi donc remerciez-vous le bon Dieu, ma chère ?

Il l'examina de la tête aux pieds

— Vous êtes sain et sauf.

— Tout à fait. Et puis-je demander pourquoi Jimmy faisait le guet devant White ?

Elle releva le menton.

— Je l'ai envoyé vous chercher, j'étais extrêmement inquiète pour vous.

— Vous semblez exceptionnellement proche du palefrenier, déclara Haverstock sur un ton désapprobateur.

— Il est loyal envers vous.

Haverstock avança sa main pour caresser la

joue pâle de son épouse.

— Et vous ?

Des larmes brillèrent dans les yeux d'Anna.

— Vous avez besoin de poser la question ?

Attiré par la profondeur de ses yeux envoûtants, Haverstock se rapprocha d'Anna. Il la poussa dans la pièce et referma doucement la porte derrière eux. Il la prit dans ses bras et la serra contre lui.

— J'ai été une telle brute.

— Non, non, vous avez…, commença-t-elle à protester. Eh bien, oui en fait. N'auriez-vous pas pu me faire envoyer une note pour ce soir ?

Il lui caressa le dos.

— Je crains que vous ne soyez enchaînée à un monstre.

Anna releva la tête.

— Comment deux personnes peuvent-elles être enchaînées si elles ne sont jamais seules ensemble ? dit-elle, le souffle court.

— J'ai l'intention de remédier à cela cette nuit. Avec la permission de ma lady, dit-il, la voix rauque.

Comme réponse silencieuse, elle passa ses bras autour de lui et posa son visage contre sa poitrine solide comme le roc.

— Mon Dieu ! Ça fait trop longtemps, dit-il doucement, la serrant encore plus fort.

Elle sentit l'eau-de-vie dans son haleine. À l'étrange lueur dans ses yeux et à ses paroles saccadées, elle savait qu'il était soûl. C'était seulement l'alcool qui le faisait la vouloir, mais peu lui importait. Elle rêvait depuis des semaines de sentir les mains possessives de Charles la caresser, de fondre son corps dans le sien dans cet échange si intime, et plus que tout, de lui montrer la profondeur de cet amour intensément physique qu'elle lui portait.

Il posa ses lèvres sur les siennes, doucement d'abord, puis les blessant presque par sa faim frénétique. Elle haletait autant que lui, ses baisers humides, offerts à pleine bouche. Depuis des semaines, elle imaginait cette union, et comment elle allait abandonner toute modestie pour s'offrir tendrement comme instrument de plaisir de Charles. Mais maintenant que leurs retrouvailles tant attendues avaient lieu, elle n'avait plus aucun contrôle de son corps. Chacune des caresses de son époux la rendait captive de son propre désir. Elle ne put que gémir, trembler et se cambrer contre lui dans un effort étourdissant de se livrer totalement à son géant au teint sombre.

Il la souleva, la prit dans ses bras et traversa la chambre pour aller la déposer tendrement sur le lit. Laissant la bougie allumée, il la déshabilla avec une lenteur torturante. Puis elle se retrouva entièrement nue, Charles haletant tout en faisant voyager son regard sur sa chair ivoire.

Happée par la profondeur de ses pupilles noires, Anna fixa ses yeux sur lui et unit son regard au sien, tandis que ses mains adroites caressaient révérencieusement son membre dur. L'éclair de plaisir qui passa sur son visage la réjouit. Puis il baissa la tête vers ses seins et en prit un dans sa bouche chaude.

Elle glissa sa main dans son pantalon pour mieux le sentir. Il cria son nom et se libéra des vêtements qui séparaient leurs deux corps consentants.

Allongé à côté d'elle sur le drap en satin, il l'attira contre lui et l'étreignit.

— Oh ! mon Anna, murmura-t-il à bout de

souffle.

Elle aimait le son de ses mots. *Mon Anna.* Si seulement elle pouvait vraiment lui appartenir. Elle leva ses lèvres vers les siennes. Il l'embrassa avec passion, passant ses mains sur son corps pour rejoindre son intimité brûlante et humide. Elle s'arqua, toute tremblante et se demandant si ce besoin insatiable allait lui faire perdre la raison. Et dire qu'elle avait eu l'intention de le séduire ! Elle ne savait pas combien de temps il avait mis avant d'étendre son corps sur le sien et de la pénétrer pleinement, car une action était le prolongement d'une autre, et toutes se fondaient en un tourbillon de plaisir grisant dans son esprit embrumé.

Une fois leur passion consumée, leurs corps humides et rassasiés restèrent entrelacés et leurs cœurs battaient à l'unisson.

Enlacés, ils sombrèrent dans un profond sommeil.

* * *

Le soleil était déjà haut dans le ciel, sa chaleur pénétrant la chambre d'Anna, lorsque Haverstock se réveilla le lendemain. Au début, il ne se souvenait pas de l'endroit où il se trouvait. Mais quand il releva la tête et ressentit une vive douleur, il se rappela l'alcool. Et tout le reste. Sa résolution de résister à Anna avait fondu comme la neige au soleil devant sa présence extraordinaire et provocatrice. Il frissonna, se souvenant de la sensation de son corps se tortillant sous le sien. Pour une raison implacable, il repensa aux paroles de Morgie. Avec Anna, il *avait l'air victorieux.* Oh que oui ! Aucune femme ne lui avait jamais fait ressentir ce qu'il vivait quand il était avec Anna. Il n'avait pas seulement l'air victorieux. Il était victorieux.

— Avez-vous l'impression que votre tête est entrée en contact avec un mur de briques ? demanda-t-elle gaiement.

Il ouvrit un œil et la regarda, allongée sur le ventre à côté de lui, ses longs cheveux noirs tombant sur ses épaules laiteuses. Malgré son mal de tête, il pouvait recommencer, se dit-il, grisé par sa beauté.

— Il semble que mon épouse comprenne bien les effets secondaires de l'alcool.

— Voulez-vous que je demande à un domestique de vous apporter une tisane ?

— Je déteste ce genre de chose.

Il se redressa légèrement, les yeux toujours fixés sur elle.

— J'espère ne pas avoir été trop... énergique avec vous hier soir.

Elle fit non de la tête.

Il laissa retomber sa tête sur une pile d'oreillers.

— Je pense que je ne vais pas sortir aujourd'hui.

— J'en suis ravie, dit-elle avec enthousiasme. Votre mère désire aussi votre présence pour des décisions de dernière minute concernant la réception de ce soir.

Il roula sur son côté et passa ses bras autour d'Anna.

— Et qu'allez-vous préparer aujourd'hui, ma lady ?

— Votre mère m'a épargné tout devoir, dit-elle, sans soupçon de plainte dans la voix.

De ses lèvres, il effleura son visage, son cou fin et ses seins.

— Vous avez alors du temps pour vos devoirs

conjugaux.

Elle l'entoura de ses bras.

— Je pourrais me laisser contraindre, murmura-t-elle avec avidité.

Chapitre 15

Tandis que son époux et ses sœurs aidaient à adoucir les exigences de la douairière envers les domestiques, Anna et Colette s'esquivèrent pour leur périple quotidien dans l'East End. Comme à leur habitude, elles marchèrent jusqu'à Piccadilly où elles prirent un fiacre pour se rendre à White Chapel. Non seulement les armoiries de Haverstock pourraient annoncer leur présence à toute sorte de criminels, mais la présence de son équipage dans un quartier si indésirable provoquerait assurément la colère de la douairière, s'était dit Anna.

Consciente de leur sécurité, Anna avait sollicité la protection de Jimmy pour ces voyages de l'après-midi. Il était hautement improbable que leurs protégées de l'East End laissent quelqu'un porter la main sur l'ex-Miss de Mouchet et sa servante française. Jeunes et âgées, les femmes dépenaillées aux jambes nues affluaient au numéro 14 de Highberry Street, l'immeuble que l'avocat d'Anna avait loué pour l'école de couture.

Anna et Colette avaient pris plaisir à acheter chez les drapiers des bobines de fils de toutes les couleurs, trois douzaines de paires de ciseaux et des rouleaux de mousseline. Monsieur Wimple avait fait livrer des tables et des chaises et, en un rien de temps, l'école gratuite était au maximum de sa capacité, sans compter une liste d'attente de douze personnes.

Elles ne restaient que deux heures par jour. Le temps passait vite pour Anna et Colette, qui se démenaient pour instruire leurs étudiantes avides d'apprendre les rudiments de la haute couture.

Anna s'attacha rapidement à une jeune femme de son âge. Sally avait déjà deux bébés qu'elle amenait avec elle chaque jour. Elle apprenait vite et désirait vivement trouver une bonne place chez une couturière pour les femmes de la haute société. Ses points étaient soignés et minuscules et elle possédait un vrai talent pour assortir couleurs et formes. Elle portait la même robe tous les jours, une tenue dont Anna s'était débarrassée, mais Anna était heureuse de constater qu'elle était toujours propre.

— Dans combien de temps pensez-vous que je serai assez bonne pour gagner ma vie à la couture, ma lady ? demanda-t-elle à Anna.

— Bien que vos progrès soient excellents, déclara Anna, vous devez vous rappeler que vous devrez rivaliser avec celles qui ont cousu toute leur vie.

La petite blonde hocha la tête d'un air entendu.

— Combien gagnent-elles par jour ?

En vérité, Anna n'avait jamais réfléchi à la question. Combien gagnait une couturière ?

— Combien aimeriez-vous gagner ? lui demanda Anna.

— Assez pour acheter une jolie petite maison avec un jardin pour moi et mes filles.

— Et votre mari ?

Sally rougit.

— J'en ai pas.

— Personne ne vous aide à nourrir vos bébés ?

Elle secoua la tête.

— Je veux que leur vie soit plus facile que la

mienne.

Anna se pencha et prit l'aînée dans ses bras. Elle la serra contre elle. Elle se sentait curieusement jalouse de l'infortunée Sally qui possédait tant de richesses avec ses deux adorables petites filles.

Mais depuis cette nuit passée avec son époux, Anna se sentait moins seule. Une douce satisfaction l'envahit en repensant à leurs ébats.

* * *

Il serait sacrément heureux quand le dîner de sa mère serait derrière lui, se dit Haverstock en conduisant son cabriolet vers Piccadilly. Il espérait seulement ne pas y perdre tous leurs domestiques. Trois avaient donné leur congé ce matin, en larmes, et sa mission était maintenant de trouver des remplaçants de dernière minute à l'agence.

Fredonnant et jouant avec les rênes, il devait reconnaître que ni son horrible mal de tête ni la mauvaise humeur de sa mère ne parvenait à gâcher sa bonne humeur. Une vague de tendresse le submergea à la pensée d'Anna. Sa belle, sa merveilleuse, sa généreuse, sa loyale Anna. Quel idiot il avait été de se méfier d'elle !

Prenant plaisir à se rappeler la délicieuse sensation de son corps sous le sien, il crut la voir du coin de l'œil. Il se retourna pour vérifier et la vit bel et bien, Colette à côté d'elle. Elle offrait des pièces à un conducteur de fiacre.

Son visage s'empourpra de colère au spectacle qui s'offrit à lui : qui se tenait derrière Anna, la dominant comme une gargouille protectrice ? Jimmy.

* * *

Le même soir, une fois complètement habillée,

Anna congédia Colette et attendit que son époux vienne pour l'escorter au rez-de-chaussée. Elle l'entendit parler à son valet de chambre dans le cabinet de toilette adjacent. Puis elle entendit une porte s'ouvrir et en conclut que Manors était parti. Mais Haverstock ne vint toujours pas dans sa chambre. Après avoir attendu quelques minutes, elle entra dans le cabinet de toilette de son époux. Il n'y était pas.

Elle traversa la pièce et entra dans sa chambre à coucher. Personne non plus. Elle jeta un coup d'œil à l'horloge en bronze doré sur la cheminée. Les invités allaient arriver d'une minute à l'autre. Il ne pouvait sûrement pas être parti sans elle. Elle attendit cinq minutes de plus, ce qui lui parut être une heure. Toujours pas de Charles.

Elle retourna dans sa propre chambre, ouvrit la porte du couloir et entendit un bourdonnement de voix venant d'en bas. Refoulant des larmes d'abattement, elle se redressa et descendit l'escalier.

Haverstock se tenait à côté de sa mère dans le comité d'accueil. Se sentant abandonnée, submergée par un sentiment de désespoir et de solitude absolue, Anna força un sourire sur son visage et s'avança royalement pour prendre place à côté de son époux.

— Comme vous êtes ravissante, ma chère ! dit-il froidement avant de la présenter aux invités en tête de file, monsieur et madame Basil Fortesque.

Après les Fortesque, Anna se retrouva face à face avec la plus jolie femme qu'elle ait jamais vue. Petite, blonde et le teint clair, elle portait une robe safran vaporeuse.

— Puis-je vous présenter à ma belle-fille, lady Jane ? dit la douairière avec douceur. Anna, je vous présente lady Jane Wyeth, je suis sûre que vous nous avez entendus parler d'elle.

En entendant le nom de la femme, Anna crut recevoir un violent coup à la gorge. C'était celle que la douairière avait choisie comme épouse pour Charles. Anna trembla et se retrouva sans voix. Mais d'une façon ou d'une autre, ce sourire ridicule resta figé sur son visage alors qu'elle saluait de la tête la magnifique créature vêtue en jaune. Devant le maintien et l'assurance de cette femme, elle se sentit encore plus indigne de sa place de marquise aux côtés de Charles.

Lady Jane lui fit une gracieuse révérence, la félicita pour son mariage et la complimenta sur sa robe cuivrée.

Puis on présenta Anna aux parents de lady Jane, le comte et la comtesse de Langley. Tout portait à croire qu'ils étaient fous de leur fille.

Après que les quarante invités eurent pris place à la grande table de la salle à manger, Anna se glaça de stupeur : lady Jane était assise à l'autre extrémité de la table, à la droite de Haverstock. La douairière avait sans nul doute placé lady Jane là pour souligner l'incapacité totale d'Anna à être la marquise de Haverstock.

Le dîner fut interminable. Les plats se succédèrent pendant des heures. Le cœur serré, Anna avait perdu tout appétit. Incommodée par la chaleur des innombrables bougies, elle se mit à s'éventer. La seule chose qui la retint de se laisser aller à une embarrassante crise de larmes était la présence de Lydia à sa droite et celle de Morgie à sa gauche.

Tôt dans la soirée, Anna vit Lydia jeter un regard froid en direction de lady Jane.

— Lady Jane est très jolie, déclara Anna.

Lydia fronça les sourcils.

— Elle est extrêmement gâtée. Lord et lady Langley ont perdu trois enfants avant sa naissance. Je crains qu'ils ne l'aient trop dorlotée. Son vocabulaire est largement parsemé de ses deux mots préférés : je et moi.

Une lueur brilla dans les yeux de Morgie.

— Comme vous êtes mauvaise langue, lady Lydia !

— C'est de vous que j'ai appris toutes mes mauvaises manières, rétorqua Lydia. Elle est bien sûr si ravissante, poursuivit-elle en se tournant vers Anna, que je doute que les hommes écoutent jamais un mot sortant de sa jolie bouche.

À chaque regard et chaque mot échangés par son époux et lady Jane, des ondes de peur et d'abattement traversaient Anna. Elle devait bien le reconnaître, cette belle dame de noble naissance possédait l'ascendance et la confiance qui lui manquaient. Anna ressentit plus que jamais sa cruelle inaptitude à être l'épouse de Charles.

Tandis qu'une façade de civilité soigneusement feinte masquait l'agonie d'Anna, ses sœurs semblaient de bonne humeur. Kate avait fait en sorte que monsieur Reeves soit placé à sa droite et elle entreprit d'éblouir l'homme en retraite par ses attentions insistantes. Cynthia avait elle aussi persuadé mère de placer le capitaine Smythe à côté d'elle. Les deux se parlaient avec animation.

Seule Charlotte, à côté de monsieur Churchdowne, plutôt charmant, manquait de gaieté. Elle se languissait sans aucun doute de monsieur Hogart, que sa mère avait manifestement jugé indigne de recevoir une invitation.

Après le dîner, Anna se laissa tomber dans un

fauteuil à une table de whist avec Morgie et Lydia. On la présenta à monsieur Churchdowne, le quatrième joueur à leur table.

Comme pendant tout le dîner, Anna sentit les yeux bleu clair de l'homme fixés sur elle. Elle était mal à l'aise. Lydia expliqua que monsieur Churchdowne venait juste d'arriver en ville cette semaine.

— J'avoue vous avoir remarquée hier dans le parc avec monsieur Morgan, lady Haverstock, dit-il. J'étais consumé de jalousie envers monsieur Morgan.

Choquée que l'homme puisse parler ainsi à une femme mariée, Anna se trouva à court de mots.

Il saisit le jeu de cartes dans ses longues mains fines et commença à les distribuer.

— Puis-je espérer le plaisir de vous escorter un après-midi ?

— Je suis mariée, monsieur Churchdowne. Si mon époux me permet de me promener avec monsieur Morgan, c'est qu'il est son meilleur ami. Morgie fait quasiment partie de la famille. Et mon époux se sent terriblement coupable de ne pas avoir de temps à me consacrer, ajouta-t-elle avec un petit rire forcé.

— Votre époux est un parfait imbécile.

Anna tâcha de traiter sa remarque avec désinvolture.

— Je vous prie de ne rien dire de mal de mon époux, il est très gentil.

La voix de son époux les interrompit :

— Comment avez-vous trouvé le dîner, mon amour ?

Elle leva les yeux vers Haverstock, charmant dans son manteau de soie noire et son haut-de-chausse blanc tendu sur ses jambes musclées.

— Assurément excellent.

— Mais j'ai remarqué que vous avez à peine touché à votre assiette.

Elle était reconnaissante qu'il lui ait au moins prêté attention.

— Je ne me sens pas particulièrement bien, Charles. Je dois dire que je me retirerais tôt si ce n'était ma propre maison.

Les mots lui restèrent dans la gorge. Non, ce n'était pas sa maison. Elle n'était pas à sa place ici. Rien ne soulignait plus le fait qu'elle était indésirable que son exclusion du comité d'accueil. La vision de sa belle-mère rayonnante se tenant fièrement à côté d'un Charles affable, saluant leurs amis, restait douloureusement gravée dans sa mémoire.

La douairière vint justement s'immiscer dans leur conversation :

— Ah ! Charles, te voilà. Des femmes chantent dans le salon, j'ai pensé que tu pourrais tourner les pages pour lady Jane pendant qu'elle joue au pianoforte.

— Je ne ferais que tout embrouiller si j'essayais, déclara Haverstock sur un ton ferme, s'éloignant d'Anna mais restant dans la même pièce.

D'une façon ou d'une autre, Anna parvint à passer la soirée sans larmes embarrassantes, mais elle s'excusa dès que les bonnes manières le lui permirent.

Elle laissa Colette lui enlever sa robe. Sa servante se vanta de sa beauté :

— J'ai jeté un coup d'œil du haut du deuxième étage, déclara Colette, aucune femme n'était aussi ravissante que mon Anna, tu étais vraiment la plus jolie de toutes.

— N'as-tu pas vu la belle petite blonde en jaune ? lui demanda Anna.

— Très jolie, répondit sèchement Colette. Mais sa beauté pâlit à côté de la tienne.

Anna leva les bras pour que Colette lui enfile sa robe de nuit par la tête.

— Cette robe n'est pas chaude, reprit Colette, les yeux étincelants, mais avec Sa Seigneurie à tes côtés, tu ne vas pas avoir froid.

Colette sait quand Charles partage mon lit, se dit Anna. Après le départ de sa femme de chambre, Anna grimpa dans le lit. Ce matin seulement, il avait frémi sous leurs ébats. Qu'est-ce qui avait si mal tourné en si peu d'heures ? Anna se le demandait. Qu'avait-elle fait pour le repousser ? Ces pensées mélancoliques l'empêchèrent de trouver le sommeil. Quelques heures plus tard, elle entendit Charles rentrer dans son cabinet de toilette. Contre toute logique, elle espéra profondément qu'il allait la rejoindre.

Ni son désir de lui ni son envie de dormir ne furent satisfaits cette nuit-là.

Chapitre 16

Toujours en tenue de cavalière, Lydia entra dans la chambre d'Anna le lendemain matin.

— Vous ne vous êtes pas jointe à notre promenade ce matin, j'étais inquiète pour vous, dit-elle en venant s'asseoir au chevet d'Anna. Vous sentez-vous encore malade ?

Anna savait qu'il était vain de ne pas être franche avec sa sœur si perspicace.

— Pour tout vous dire, je suis plutôt déprimée. N'avez-vous pas remarqué comment Charles m'a exclue du comité d'accueil hier soir ?

Lydia acquiesça solennellement.

— Absolument inexcusable de sa part. Cela ne se reproduira plus jamais. Je lui en ai déjà parlé ce matin, et il admet que c'était complètement inconsidéré. Je ne sais pas ce qui lui prend ces derniers temps, il est de nouveau soucieux comme avant.

Anna se redressa et écarta les cheveux de son visage.

— Si vous apprenez ce qui le tracasse, confiez-le moi, s'il vous plaît.

Lydia retira son chapeau de cavalière. Elle hésita un moment, le triturant, puis demanda :

— En parlant de confidence, serait-ce trop impoli de ma part de vous demander où vous allez avec Colette chaque après-midi ?

Anna reposa sa tête sur l'oreiller.

— Cela doit en effet sembler mystérieux. Même

si c'est une chose dont je ne parle pas, je n'en ai pas honte.

Anna lui parla de ses années à aider les gens de l'East End et de leur nouvelle école de couture. Lydia acquiesça d'un air entendu lorsque Anna lui expliqua qu'elle avait choisi de ne pas prendre la calèche de Haverstock pour ces incursions.

Lorsque Anna eut fini, Lydia s'écria :

— Quel charmant projet ! J'aimerais tant apporter ma contribution à votre école, aussi insignifiante soit-elle. Vous et Colette, accepteriez-vous que je m'impose à vous ?

— Nous accepterions très volontiers votre aide.

* * *

Les yeux fatigués et les mains douloureuses d'avoir décodé des messages provenant de la Péninsule, Haverstock éprouva néanmoins un tressaillement de fierté. Les informations qu'il avait reçues de monsieur Herbert avaient contribué à la défaite française à Salamanque. Haverstock avait pris soin de transmettre personnellement les informations et de n'en rien dire aux autres membres du bureau de Londres.

Cet après-midi, il retrouverait Pierre à leur nouveau lieu de rencontre. Le pauvre Pierre vivait dans l'illusion que la France redeviendrait ce qu'elle était avant la Révolution. Avant que sa femme et ses enfants n'aient été massacrés. À cette fin, il risquait maintes fois sa vie lors de missions clandestines en France pour servir la cause de la Britannia. Ayant toujours des amis à des postes importants, Pierre avait pu fournir à Haverstock des informations inestimables. Le tout pour quelques guinées et la satisfaction de savoir qu'il hâtait le retour de la paix dans son pays natal.

Haverstock aussi était prêt à tout pour mettre fin à cette guerre dévastatrice. Dans son propre intérêt, il lui tardait de pouvoir faire revenir son frère en Angleterre. Chaque fois qu'il entendait parler de pertes dans la cavalerie légère, son estomac se serrait et il s'inquiétait pour James. Ciel, comme il serait bon de revoir son petit frère !

Il se demandait ce que James penserait d'Anna. En fin connaisseur de la beauté, il l'aimerait bien sûr. Et comment le trouverait-elle ? L'embrasserait-elle et flirterait-elle avec lui ? Il n'aimait pas penser à cela.

Au moins, elle n'avait pas flirté avec cet insupportable Harry Churchdowne la veille au soir. Haverstock avait tant souhaité en découdre avec lui chez Jackson ! L'homme avait même eu l'indécence de ne pas quitter Anna des yeux pendant toute la soirée. Morgie avait dit à Haverstock que Churchdowne avait eu l'audace de demander à Anna de l'accompagner dans le parc.

En y réfléchissant bien, Haverstock n'était plus aussi ouvert qu'avant à l'idée qu'elle chevauche avec Morgie. Et il n'aimait vraiment pas qu'elle l'embrasse. Morgie était l'un des meilleurs partis. Il était passablement beau, extrêmement bien habillé, amusant et possédait une grande fortune. Cependant, Haverstock se souvint qu'Anna connaissait Morgie avant de le connaître lui. Et ce n'était pas Morgie qu'elle avait désiré pourépoux, mais lui. L'amour n'avait pas guidé son choix. Tout le contraire, se rappela-t-il douloureusement.

Il retint son souffle. Le détestait-elle toujours ? Avait-elle feint de s'intéresser à lui dans le seul but secret de semer le chaos dans sa vie ? Il repensa à toutes les fois où elle avait semblé si sincèrement inquiète pour lui. Plus particulièrement, deux soirs auparavant. Il revoyait son visage blême lorsqu'elle avait ouvert la porte de sa chambre et remercié Dieu de le voir sain et sauf. Il pouvait presque sentir son corps trembler sous le sien quand elle lui procurait le plus grand plaisir sexuel qu'il ait jamais éprouvé.

Tout cela n'était-il qu'une façade pour dissimuler ses mœurs impudiques ? Elle était volontiers entrée seule dans la bibliothèque de lord Wentworth avec sir Henry Vinson. Elle s'était rendue seule aux écuries où elle avait échangé un geste plutôt intime avec Jimmy. Et apparemment, ils étaient partis ensemble dans un fiacre loué. Pourquoi la marquise de Haverstock, qui disposait d'une demi-douzaine de véhicules, louait-elle un fiacre, à moins qu'elle ne veuille dissimuler sa destination ?

Il se prit la tête entre les mains. Il était mieux loti avant son mariage. Il n'avait peut-être pas été heureux, mais il ne l'était pas non plus maintenant. Cette maudite femme était une source constante de consternation. Ce matin même, il s'était retenu d'aller voir comment elle allait. Elle ne s'était pas présentée pour leur promenade matinale. Puis il se rappela qu'elle s'était sentie indisposée la nuit précédente. Pendant tout leur tour, il s'inquiéta stupidement pour elle.

C'était le problème avec les épouses. Bonnes ou mauvaises, elles étaient vôtres. Vous deviez vous en occuper, prendre soin d'elles. Et malgré toutes les raisons justifiant le contraire, il voulait prendre soin d'elle et la protéger. Pour elle, il avait dit des choses terribles à sa propre mère.

Si seulement il n'avait jamais posé les yeux sur Anna !

* * *

— Vraiment, Lydia, votre frère serait choqué s'il savait que vous discutez de telles choses avec un homme, la réprimanda Anna alors qu'elles traversaient Hyde Park dans le cabriolet de Morgie cet après-midi-là.

Lydia et Morgie avaient parié sur la probabilité que lady Rand, mariée, rencontrerait son amant John Hancombe dans le parc cet après-midi.

— Morgie ne compte pas comme homme, déclara Lydia.

— Je ne suis pas sûr d'apprécier votre raisonnement, Lyddie, fit Morgie.

Un large sourire se dessina sur le visage simple de Lydia.

— Ce n'est pas ce que je voulais dire. Je voulais dire que vous êtes comme un frère, pas un homme avec qui je dois agir de manière convenable.

— C'est bon de savoir que les femmes n'ont pas à agir convenablement en ma présence, reprit Morgie d'un air malicieux.

— Le fait est, poursuivit Lydia sans s'offusquer de sa remarque, que vous êtes meilleur qu'un frère. Charles est un véritable ogre ces temps-ci.

— Je prends cela pour un compliment, même si c'est au détriment de mon meilleur ami.

— Vous devez reconnaître, Lydia, intervint Anna, que Charles est très tolérant de vous laisser parier sur les chevaux, ce n'est pas un loisir très respectable pour une femme.

— Heureusement ! car c'est lui qui l'a menée sur cette voie peu respectable! avança Morgie en prenant la défense de Lydia, tout en saluant une connaissance.

— Je ne peux pas me plaindre de la façon dont

Charles me traite, reprit Lydia. Je pourrais seulement espérer qu'il soit plus aimable à la maison et qu'il ne s'absente pas si souvent. Quand il est à la maison, il est en colère, fatigué, et il agit comme s'il portait le poids du monde sur ses épaules.

— C'est vrai, se lamenta Anna.

Le visage souriant et les saluant de la main, ils dépassèrent Cynthia et le capitaine Smythe. Lorsque le phaéton du capitaine Symthe fut loin derrière eux, Lydia se tourna vers Morgie.

— L'union attendue entre ma sœur et le capitaine Smythe figure-t-elle dans les paris chez White ?

— Elle y est en effet, répondit-il en conduisant calmement.

— Oh ! s'il vous plaît, pariez pour moi, Morgie, lança Lydia.

— Croyez-moi, Lyddie, même votre frère s'y opposerait.

Elle fit la moue.

— Mais je sais que vous ne me décevrez pas, Morgie, gentleman que vous êtes.

— Très bien, Lyddie. Que voulez-vous parier ?

— Que le capitaine Smythe fera sa demande à la fin de cette quinzaine.

— Cela ne me surprendrait pas si monsieur Reeves faisait la sienne pour Kate à ce moment-là aussi, dit Anna.

— Ah ! Je refuse de parier pour une marquise, déclara Morgie. Haverstock n'aimerait pas du tout cela.

— Je vous assure, Morgie, que je n'ai nulle envie de parier.

Lydia fronça les sourcils.

— Je n'apprécie pas du tout cette union. Kate

le détestait formellement il y a deux saisons, et maintenant qu'elle croit qu'il sera duc, elle accueille ses attentions avec enthousiasme. Ce serait bien fait pour elle si le vieux Blassingame prenait une jeune femme et lui donnait des enfants.

Anna s'abstint d'ajouter un commentaire, même si ses pensées rejoignaient celles de Lydia.

— Morgie ! s'exclama Lydia, vous ne devinerez jamais où Anna et moi étions cet après-midi.

— Laissez-moi réfléchir. À Bedlam ?

— Non ! répondit Lydia, feignant d'être irritée.

— Dois-je énumérer tous les sites de Londres ou allez-vous m'éclairer ?

— Je vais vous éclairer. Nous sommes allées à l'école de couture d'Anna dans l'East End.

— Dans l'East End ? répéta Morgie, le regard surpris.

Elle opina de la tête.

— Puis-je savoir dans quelle rue ?

— Oh ! une rue peu à la mode, je vous assure, répondit Lydia.

— De quoi parlez-vous ? Une école de couture ?

— Oui ! Anna a fondé une école pour enseigner la couture aux femmes pauvres, afin qu'elles puissent trouver un emploi. Elle et sa servante y donnent des instructions tous les après-midi. Elles m'ont laissée les accompagner aujourd'hui, et j'ai beaucoup apprécié. J'ai découvert que je pouvais apporter ma petite contribution, ce fut très gratifiant.

Il tira sur la bride et se tourna vers Anna.

— Qu'en dit Haverstock ?

— Il n'en sait rien.

— Elle ne le lui cache pas, ajouta Lydia.

— Oh ! non, fit Anna. Je lui dirais tout si cela

l'intéressait. Cependant, nous sommes rarement seuls pour converser.

— Eh bien, je peux vous dire qu'il n'approuverait pas du tout que vous vous rendiez dans ce quartier sans escorte.

— Oh ! mais mon palefrenier vient avec nous pour veiller à notre sécurité.

Il fronça les sourcils.

— Je ne peux pas dire que j'aime cette idée, Haverstock ne l'aimerait pas non plus.

Lydia plissa les yeux.

— Quoi qu'il en soit, nous n'allons pas cesser de nous y rendre !

— Alors, je vais devoir vous accompagner.

Lorsqu'ils quittèrent le parc, Lydia aperçut le véhicule de lady Rand suivre un petit chemin peu fréquenté. Derrière elle, John Hancombe la suivait dans son cabriolet.

— Vous me devez une couronne, annonça joyeusement Lydia à Morgie.

* * *

Jimmy faisait le guet devant le bâtiment de Whitehall où se trouvait le Foreign Office. Jour après jour, il montait la garde pour son maître, mais Sa Seigneurie ne quittait jamais le bâtiment avant le crépuscule. Ce jour-là cependant, son pouls accéléra lorsqu'il vit Haverstock descendre rapidement les marches en marbre juste avant deux heures de l'après-midi. Il le vit attendre qu'on lui apporte son cabriolet, puis Jimmy monta son propre cheval et se mit à le suivre.

Un fiacre tourna au coin en se faufilant entre Jimmy et le véhicule de Charles, l'empêchant ainsi de voir Haverstock. Jimmy accéléra et arriva à la hauteur du fiacre juste à temps pour apercevoir Haverstock tourner dans Charing

Cross. Gardant une distance d'une cinquantaine de mètres entre eux, Jimmy tourna lui aussi dans Charing Cross, très animée. Quelques minutes plus tard, il suivit son maître vers le Strand, rempli de piétons et de toutes sortes de véhicules. Un peu plus loin, Haverstock s'arrêta devant l'église St Clement Danes.

Récitant inconsciemment les paroles d'une comptine sur les cloches de St Clément, Jimmy regarda Haverstock attacher son cheval et entrer dans l'église. Jimmy attacha sa propre monture au coin de la rue et se dirigea vers l'église. Il ouvrit doucement l'une de ses portes massives et se glissa dans le vestibule. S'avançant à pas de loup, il vit Haverstock assis sur un banc du premier rang, seul dans cette église obscure.

Un instant plus tard, Jimmy entendit la porte grincer. Il se précipita dans un recoin. Un petit homme au teint basané et habillé comme un gentleman s'avança dans l'allée centrale et vint s'asseoir à côté de Haverstock. Ils parlèrent quelques minutes.

Pendant ce temps, Jimmy sortit discrètement de l'église. Il aperçut un hongre noir accroché à côté du cabriolet de Charles. Il alla au coin de la rue, détacha son cheval et l'enfourcha, et attendit l'homme au teint basané.

Quelques minutes plus tard, l'homme sortit de l'église et s'enfuit rapidement sur son animal noir. Jimmy le suivit discrètement, à distance. L'individu alla acheter du poisson à Billingsgate. De là, il traversa la ville animée, évitant autant de portes de péage que possible, à la grande satisfaction de Jimmy.

Une heure plus tard, il descendit de sa monture à une pension pour chevaux près de

Russell Square. Jimmy resta en retrait et observa l'homme quitter l'écurie pour se rendre dans un bâtiment élancé au numéro vingt-trois dans le quartier de Bloomsbury.

Chapitre 17

Après la promenade d'Anna et de Charlotte dans Green Park, Jimmy attendit au pied des marches de Haverstock House pour parler à Anna en privé.

Elle laissa Charlotte monter seule les marches avant de se tourner vers Jimmy.

— Sa Seigneurie va-t-elle bien ?

— Oui, ma lady, répondit-il. Je veux seulement vous dire que je l'ai suivi depuis Whitehall. Il est allé rencontrer un homme dans des circonstances qui me semblent très suspectes.

Anna s'éloigna des valets de pied, Jimmy à son côté.

Jimmy parla à Anna de la rencontre secrète à St Clement et annonça fièrement qu'il avait suivi l'homme jusqu'à son logement au numéro vingt-trois, Tavistock, dans le quartier de Bloomsbury.

— À quoi ressemblait cet homme ? demanda Anna.

— La quarantaine, de taille moyenne, le teint sombre. Habillé comme un gentleman, mais il ne roule pas sur l'or, si vous voyez ce que je veux dire. Il a fait tout ce qu'il a pu pour éviter de payer les péages.

Anna acquiesça de la tête et remercia Jimmy avant de retourner à la maison. Elle aurait enfin quelque chose à signaler à sir Henry lorsqu'elle le rencontrerait le lendemain.

* * *

Au lieu de rentrer directement chez lui ce soir-là, Haverstock choisit d'aller chez White où il eut la chance de rencontrer Morgie.

Les deux hommes s'assirent à part et se mirent à consommer une grande quantité de porto. Haverstock surveillait Harry Churchdowne du coin de l'œil. Il était avec un groupe de jeunes gens de l'autre côté de la pièce.

— Avec toutes ces femmes qui le convoitent, on pourrait penser que cet homme insupportable ne devrait pas avoir à céder aux moindres caprices de femmes mariées, déclara Haverstock.

— Mais si le mari de la femme n'apprécie pas sa compagnie ? lui lança Morgie sur un ton de défi.

Haverstock rencontra le regard interrogateur de son ami.

— Tu te trompes complètement, mon cher. Je désire vivement la compagnie de ma femme, même si elle est extrêmement contrariante.

— Vous avez une façon étrange de le manifester.

— Je suis tellement fâchée contre elle... Savez-vous ce qu'elle a fait récemment ?

— Éclairez-moi.

— Elle et sa servante ont loué un fiacre et sont sorties avec ce fichu palefrenier ! Je vous le demande, pourquoi la marquise de Haverstock aurait-elle besoin de louer un fiacre si elle n'avait rien à cacher ?

— Lui avez-vous demandé ?

— Bien sûr que non ! Je ne veux pas qu'elle pense que je l'espionne.

— Ni que vous vous souciez d'elle ! L'homme ne doit pas se soucier de sa femme, Dieu l'en garde !

— Morgie, nom d'un chien ! Vous semblez

insinuer que c'est moi qui devrais m'excuser !

— C'est bien ça, mon vieux. Je sais en fait pourquoi votre femme a loué un fiacre, et je vous assure que c'était parfaitement innocent.

— Expliquez-moi, je vous prie.

Morgie secoua la tête.

— Je crois que vous et Sa Seigneurie devriez vous parler. Posez-lui la question.

Haverstock se raidit en voyant Churchdowne se lever et s'avancer vers lui.

— Je vais lui donner un coup de poing s'il me dit une fois de plus combien j'ai de la chance d'avoir épousé Anna avant que le beau monde ne la découvre, murmura-t-il à Morgie.

— C'est amusant de vous trouver ici, Haverstock, quand j'ai vu votre femme il n'y a pas une demi-heure.

Haverstock souleva un sourcil interrogateur.

— Oui, j'ai eu la bonne fortune de parler à lady Haverstock à l'entrée de Green Park. Elle était seule, bien qu'elle ait insisté être là pour y rencontrer lady Charlotte. Quel dommage ! Si une femme aussi ravissante était mon épouse, je ne la quitterais jamais des yeux.

— Je suppose que vous avez offert de l'escorter, répliqua Haverstock.

— Oui, en effet, mais elle a de nouveau refusé. Vous pouvez être sûr qu'une fois l'effet de nouveauté de son mariage dissipé, je serai en première ligne pour recevoir ses faveurs, Haverstock.

Haverstock bondit sur ses pieds et lança son poing dans la mâchoire du petit homme. Churchdowne tomba au sol. Charles était prêt à le frapper de nouveau, mais Morgie le retint et sortit du club avec lui.

* * *

Lorsque Haverstock arriva chez lui, monsieur Reeves l'attendait.

— Ah, mon seigneur, un mot en privé avec vous, je vous prie.

Haverstock, sachant très bien pourquoi Reeves était venu, conduisit l'homme à sa bibliothèque et lui offrit un fauteuil près de son bureau. Il était d'au moins dix ans son aîné et Haverstock n'était pas du tout disposé à l'avoir pour beau-frère. D'autant plus que Kate elle-même l'avait repoussé au cours des deux dernières saisons. Il étudia Reeves. Bien que Haverstock ne soit certainement pas apte à juger de la beauté, il savait qu'aucune jeune fille ne pouvait être attirée par cet homme assis nerveusement devant lui. Il avait un double menton et était si gros que l'un des boutons de son gilet était ouvert. Son manteau aussi était trop serré. Une telle prise de poids était-elle récente ou bien persistait-il à croire que sa taille était la même que dix ans plus tôt ?

— Vous avez peut-être remarqué mon penchant pour lady Kate, commença Reeves.

Haverstock opina de la tête.

— Je viens vous demander la permission de la courtiser.

— Lui avez-vous déjà parlé ?

— Non, mon seigneur. Cependant, j'ose dire qu'elle est consciente de la constance de mon affection. J'ai cru seyant de vous parler d'abord. Je ne suis pas riche, mais j'ai de grands espoirs, car je suis l'héritier de mon oncle, le duc de Blassingame.

Était-ce tout ce que le pauvre homme avait en sa faveur ?

— Vous avez très certainement ma permission

de courtiser Kate, mais je ne peux pas parler en son nom. Si elle accueille votre cour, vous avez ma bénédiction.

Un sourire passa sur le visage en sueur de Reeves.

— Un verre de porto ?

Reeves accepta avec reconnaissance.

* * *

Une fois Reeves parti, Haverstock se hâta de monter les escaliers et d'aller frapper à la porte d'Anna.

Elle trempait ses pieds douloureux dans un seau d'eau chaude lorsqu'il entra. Elle leva les yeux et lui sourit.

— Je vois que vos pieds ne vont pas mieux qu'à notre retour hier soir, lui dit-il.

— Oh ! ils ne me font pas autant mal, répondit-elle, les retirant de l'eau et les essuyant tout en congédiant Colette.

— Avez-vous parlé à monsieur Reeves ?

Elle alla pieds nus vers le canapé et lui fit signe de l'y rejoindre.

— Tout le monde dans la maison est-il au courant de sa visite ?

— Bien sûr.

— Et, dites-moi, quelle devait être ma réponse ?

— Kate a dit que vous seriez enchanté qu'elle devienne duchesse.

— Et vous ?

— J'ai dit que vous diriez à l'homme que vous respecteriez le choix de votre sœur.

Il prit sa main et l'embrassa.

— Il semble que mon épouse me connaisse mieux que ma sœur.

— Je ne pense pas qu'elle sera heureuse avec cet homme, Charles.

— Moi non plus, mais c'est sa décision.

Elle sentit qu'il avait bu et savait que cela avait atténué la rigidité qui le retenait si souvent loin d'elle.

— Êtes-vous allé chez White ?

— Oui, et j'y ai rencontré Morgie.

— Vous semblez plus détendu. Si d'autres épouses se plaignent que leurs maris fréquentent les clubs, je ne peux que m'en réjouir si cela m'amène plus souvent votre compagnie.

Il semblait incapable de détacher ses yeux d'elle.

— Et où êtes-vous allée en fiacre ?

— Comment l'avez-vous su? demanda-t-elle.

— Je vous ai vu payer le chauffeur le jour du dîner de Mère. Vous étiez avec Colette et Jimmy.

La tête lui tourna. Le jour du dîner. Ce soir-là, il l'avait traitée de façon si abominable ! Les deux événements pourraient-ils être reliés ? Pourquoi serait-il si fâché qu'elle aille quelque part avec Colette et son palefrenier, à moins qu'il ne pense qu'elle ait quelque chose à cacher ? Elle éclata de rire.

— Oh ! Charles, pourquoi ne m'avez-vous pas parlé ? Je n'ai rien à vous cacher.

— Eh bien, je parle maintenant.

— Toute ma vie, j'ai fait des œuvres de charité dans l'East End. Je n'aime pas prendre vos véhicules pour m'y rendre, de peur d'attirer l'attention des voleurs, ou pire. J'emmène Jimmy pour nous protéger.

— En quoi consistent vos œuvres de charité ?

— Pendant des années, je me contentais de donner des vêtements dont je n'avais plus besoin, de la nourriture et des pièces. Récemment, Colette et moi avons lancé une école de couture, pour que les femmes puissent apprendre un métier et trouver un emploi. Lydia est aussi une des instructrices maintenant.

— Même si je vous félicite de vos intentions, je n'aime pas du tout que vous alliez là-bas sans plus de protection.

— C'est exactement ce qu'a dit Morgie.

— Il est au courant ?

— Il l'a découvert cette semaine. Il a insisté pour nous escorter aujourd'hui. Mais j'avais trop mal aux pieds pour m'y rendre. Lydia m'a fait comprendre qu'il leur avait fourni une escorte impressionnante.

Elle pensait que cela allait plaire à son époux, mais la colère brilla dans ses yeux.

— Ce n'est pas à Morgie de s'occuper de ma femme et de ma sœur, quand j'en suis parfaitement capable. Cela me déplaît que vous m'ayez caché ces choses, Anna.

— Je ne vous ai rien caché, rétorqua-t-elle sèchement. C'est difficile de parler avec son mari lorsque l'on n'est *jamais* ensemble. Et ce n'est pas non plus de ma faute.

Un sourire se dessina lentement sur les lèvres de Haverstock et la colère d'Anna fondit.

Il l'attira à lui et lui murmura à l'oreille :

— Je ne pense pas que vous devriez sortir ce soir, lady Haverstock. Vos pieds vous font trop mal, et j'ai des projets qui ne vous obligeront pas à rester debout.

Chapitre 18

Pour une fois, Anna arriva chez Hookam avant sir Henry. Elle n'osa pas se rendre directement à la section des livres latins de peur d'attirer l'attention. Quel genre de femme pourrait lire de tels ouvrages ? Elle se dirigea plutôt vers le coin présentant une assez grande sélection de livres de poésie, même s'il était plus fréquenté. Son humeur triste la conduisit à des vers moroses. Elle passa devant des femmes en train de lire Blake et des hommes parcourant Wordsworth. Elle choisit un volume poussiéreux de Donne et l'emporta dans un autre coin où une demi-douzaine de chaises en bois formaient une salle de lecture improvisée. Il n'y avait personne d'autre. Elle s'assit, et tenant l'ouvrage de ses mains tremblantes, elle essaya de lire.

Elle n'avait pu trouver le sommeil la nuit précédente, bien que Charles fût paisiblement endormi à ses côtés, ce qui aurait dû lui fournir une grande satisfaction. Mais son bonheur se trouva entaché par la rencontre imminente avec sir Henry. L'information qu'elle allait lui transmettre pourrait stigmatiser son époux du nom de traître. Elle se demandait si on pouvait pendre un pair britannique pour trahison. La pensée l'horrifia. Elle préférerait mourir.

Elle vit sir Henry entrer dans la librairie. Il la repéra immédiatement, mais ne donna aucun signe de reconnaissance. Il saisit rapidement un très gros livre et vint s'asseoir à côté d'Anna.

Anna tenait son livre et le parcourait des yeux de gauche à droite, tout en chuchotant à sir Henry, comme si elle lisait un poème.

— J'ai appris quelque chose, mais avant que je ne vous le dise, vous devez me promettre qu'il n'arrivera rien de mal à mon époux.

Pourquoi, se demandait-t-elle, avait-elle l'impression d'être elle-même la traîtresse ?

Après un instant, sir Henry tint son livre ouvert presque devant son visage et lui répondit :

— Pourquoi ferions-nous du mal à quelqu'un d'aussi précieux que Haverstock ? Il nous conduira à de plus gros poissons de l'autre côté de la Manche.

— Je crois que je vous ai trouvé un poisson, chuchota Anna. Au numéro vingt-trois, Tavistock, dans le quartier de Bloomsbury.

— Son nom ?

Elle haussa les épaules.

— À quoi ressemble-t-il ?

— Petit, bien habillé, cheveux et peau foncés. La quarantaine.

— Votre mari l'a rencontré ?

— Oui, en secret, murmura-t-elle.

Un sourire se dessina sur les lèvres minces de sir Henry. Il se leva et sortit, laissant le livre sur la chaise.

* * *

Monsieur Reeves, maintenant l'heureux fiancé de Kate, se tenait près de la cheminée en marbre, souriant radieusement aux visiteurs de la matinée rassemblés dans le salon de Haverstock House. Anna détecta chez lui un nouvel air possessif. Il agissait comme si c'était lui qui accueillait les hôtes.

— Comme c'est agréable de vous voir aujourd'hui, dit-il à monsieur Simpson, qui était aux petits soins avec Charlotte.

— Le capitaine Smythe viendra-t-il aujourd'hui ? demanda Anna à Cynthia tout en préparant le thé.

— Je n'en sais absolument rien, répondit Cynthia, irritée, avant de se tourner vers monsieur Simpson et de flirter avec lui.

Le tempérament habituellement enjoué de Cynthia s'était détérioré depuis que Kate avait annoncé ses fiançailles. Tout le monde à Haverstock House s'était attendu à ce que le capitaine Smythe demande la main de Cynthia avant que monsieur Reeves ne fasse de promesse de mariage à Kate. Mais le capitaine n'avait toujours pas parlé d'union.

Davis entra dans la pièce et annonça l'arrivée de lady Langley avec sa fille lady Jane Wyeth. Les deux femmes élégantes se présentèrent avec un sourire déterminé et des adresses courtoises. En ce jour d'été, lady Jane portait une robe de mousseline douce, du même bleu que ses yeux, qui mettait en valeur sa parfaite silhouette et sa jolie peau. Anna ressentit un pincement de jalousie. Si Charles avait possédé la moindre fortune, il aurait très probablement épousé lady Jane il y a longtemps, présumait Anna. Elle se demanda s'il regrettait de ne pas avoir épousé la petite blonde.

Lady Jane, assise dans un fauteuil près du canapé où présidait Anna, jeta un coup d'œil à sa robe rose.

— Vous êtes ravissante, lady Haverstock. Absolument tout le monde à Londres parle de votre goût exquis en matière de vêtements. Je dois savoir qui est votre modiste.

Anna lui tendit une tasse et une soucoupe.

— J'ai toujours utilisé les services de madame Devreaux.

— Mais bien sûr ! s'exclama Lady Jane. J'aurais dû y penser. Les Français s'y connaissent tellement en mode. Comme vous êtes française, quoi de plus normal que vous ayez choisi une couturière française.

— Je ne me considère vraiment pas française, renchérit Anna, réprimant son agacement. Je suis née à Londres, j'ai passé toute ma vie ici. Ma mère était française, mais mon père était parfaitement anglais.

Lady Jane pencha légèrement la tête, soulevant les sourcils.

— Vraiment ? Mais votre nom n'était-il pas de Mouchet ?

Un silence de mort tomba soudain sur la pièce avant que Lydia n'intervienne :

— Dites-nous, Kate, quand envisagez-vous d'épouser monsieur Reeves ?

Anna était reconnaissante de l'intervention de Lydia. Même si elle avait vécu toute sa vie avec le stigmate de fille illégitime, elle n'appréciait pas de se voir ridiculisée dans son propre salon. Et elle ne pardonnerait jamais à lady Jane d'avoir été si impolie. Comme tout le monde à Londres, elle était bien sûr au courant du passé d'Anna.

— Nous pensons nous marier à la fin de la saison ici à Londres, répondit Kate, lançant un doux sourire à monsieur Reeves.

— C'est beaucoup plus pratique pour toute la famille et les amis plutôt que d'aller à Haymore, expliqua monsieur Reeves. Mon oncle, le duc de Blassingame, est en ville, savez-vous.

— Oui, nous avons eu la chance de le rencontrer, déclara lady Langley.

Evans annonça l'arrivée de monsieur Hogart. Il se fit un nouveau silence dans la pièce.

L'homme entra, portant toujours ses vêtements noirs mal ajustés. Anna n'y faisait plus attention. Elle remarqua par contre ses cheveux très blonds fraîchement peignés et son air de sincérité sur son visage angélique. Elle l'accueillit chaleureusement et se poussa pour lui faire de la place à côté d'elle sur le canapé.

— Monsieur Hogart étudie en vue de devenir pasteur, dit Anna en préparant son thé. Dites-nous, monsieur Hogart, vos croyances sont-elles centrées davantage sur Dieu et l'au-delà ou sur l'amour du prochain et l'entrée dans le royaume des cieux par les bonnes œuvres ?

— Sur les deux en fait, répondit-il avec animation. Bien que j'avoue être plus sérieusement attiré par ce que je peux faire pour les autres ici et maintenant.

Charlotte rayonnait d'admiration.

— On m'a laissé entendre qu'il aide toutes sortes de misérables.

— Ma sœur, lady Haverstock, accorde aussi beaucoup d'attention à l'aide des moins fortunés, déclara Lydia.

Anna lança un coup d'œil désapprobateur à Lydia.

— Ce n'est pas quelque chose dont j'aime parler.

— Comme c'est charmant ! s'exclama lady Jane. Je ne savais pas que vous étiez méthodiste.

— On n'a pas besoin d'être méthodiste pour aider les autres, reprit Anna, jetant un regard froid à lady Jane.

— Comme son époux, Anna est anglicane, ajouta Lydia.

Davis vint annoncer l'arrivée de monsieur Harry Churchdowne. Il entra dans la pièce avec élégance et bonnes manières.

Anna n'était pas contente de sa venue. Elle se sentait toujours très mal à l'aise en sa présence.

Monsieur Reeves prit sur lui d'accueillir le nouveau venu.

— Ah ! Churchdowne, quelle surprise de vous voir ici après l'incident chez White !

Churchdowne parcourut la pièce du regard.

— Haverstock n'est pas là ?

— Oh ! non, mon brave, lord Haverstock est rarement à la maison à cette heure, répondit monsieur Reeves.

— J'avais espéré pouvoir m'excuser auprès de lui pour quelque chose que j'ai dit chez White l'autre soir.

— Je le transmettrai à mon époux, proposa Anna.

Elle n'avait pas entendu parler de l'incident.

Churchdowne s'approcha d'elle, sans jamais la quitter des yeux.

— Je vous en supplie, n'en faites rien, car vous étiez le sujet de notre discussion.

La pièce se retrouva de nouveau privée de vie. Anna se demanda si toutes les personnes présentes retenaient leur souffle. Jamais ne s'était-elle sentie aussi mal à l'aise. De quoi son époux et cet homme avaient-ils donc pu discuter chez White qui la concernait ?

Avant qu'elle ne soit forcée de répondre quelque chose, Evans ouvrit la porte et annonça le capitaine Smythe. Il entra avec une grâce désinvolte. Il s'inclina devant Anna, la salua, puis se tourna vers Cynthia.

— Lady Cynthia, vous serez ravie d'apprendre que j'apporte une lettre de votre frère James.

Cynthia poussa un cri de joie, puis tourna son regard plein d'espoir vers sa sœur aînée.

Lydia prit la lettre du capitaine Smythe et la lut silencieusement, des larmes lui montant aux yeux. Quand elle eut fini, elle leur raconta les expériences de son frère à la bataille des Arapiles. Le sujet de la guerre occupa le reste de leur temps.

* * *

Le soir était frais. Sir Henry, vêtu d'un manteau léger et coiffé d'un chapeau de castor, se tenait près de la balustrade en fer d'une maison sombre de Tavistock. Ses yeux étaient fixés sur une maison élancée en briques rouges de l'autre côté de la rue, quelques maisons plus loin. Au numéro vingt-trois. D'après ses enquêtes, sir Henry avait appris que Pierre Chassay, un Français autrefois aisé, y résidait. D'autres recherches auprès de ses amis en France lui avaient permis d'empocher dix mille livres pour faire taire le petit Français.

N'ayant jamais gagné d'argent pour accomplir un tel acte, sir Henry avait longuement réfléchi avant d'exécuter son plan. Il avait accepté l'offre sans hésiter. Il ne reculerait devant rien pour obtenir de l'argent. Mais l'ayant accepté, il se concentrait maintenant sur la façon d'accomplir l'acte sans se faire prendre.

La porte du numéro vingt-trois s'ouvrit et un petit brun apparut. Il suivit l'allée sombre jusqu'à l'autre bout du pâté de maisons d'où se tenait sir Henry.

Sir Henry enfonça davantage son chapeau sur

ses yeux et se mit à suivre monsieur Chassay. Lorsque le petit homme tourna au coin de la rue, sir Henry pressa le pas pour le rattraper. À peine eut-il atteint le bout de la rue qu'il vit le Français entrer dans le pub du Boar and Barrel.

Du pub lui parvinrent les voix fortes d'hommes passant une bonne soirée. Sir Henry prit la précaution de ne pas entrer sur les talons de monsieur Chassay. Debout dans l'ombre quelques portes plus loin, il laissa quelques hommes modestement habillés entrer dans l'établissement. Il y pénétra lui-même dix minutes plus tard. Il sentit immédiatement la présence de monsieur Chassay sans avoir à tourner la tête dans sa direction. Sir Henry savait que le Français serait seul, debout au bar, observant silencieusement ceux qui l'entouraient. Chassay se tenant du côté gauche du bar, sir Henry alla du côté droit. Sans retirer son chapeau, il commanda une bière et la but lentement, gardant sa proie sous ses yeux.

Monsieur Chassay commanda bientôt une autre bière. Il ne parlait à personne, excepté aux serveurs.

Sir Henry sirotait lentement sa boisson pour garder son esprit clair et alerte.

Monsieur Chassay but jusqu'à quatre verres, puis il remit son chapeau, enfila son manteau et sortit.

Sir Henry se mit immédiatement à sa poursuite. La rue était vide à cette heure tardive. Même si sa proie n'était qu'à quelques mètres, sir Henry pouvait à peine le voir à cause du brouillard qui semblait monter du trottoir. Il hâta le pas et arriva bientôt à la hauteur du Français. Essayant de paraître ivre, il lui adressa la parole :

— Dites, j'suis perdu. Pourriez-vous me dire où

est Russell Square ?

Monsieur Chassay regarda gentiment le grand gars au chapeau enfoncé jusqu'aux sourcils. Il le prit par les épaules pour le mettre dans la direction de la place, puis il se positionna devant lui et lui expliqua comment s'y rendre avec un accent français très prononcé. Sir Henry se rapprocha, la main dans la poche. Chassay jeta un coup d'œil à la protubérance dans le manteau de l'Anglais, la peur dans les yeux.

En un geste rapide, sir Henry sortit son poignard et l'enfonça dans le cœur de Chassay. Le Français haleta, sa main agrippant le poignet de sir Henry. Mais sa force, comme son sang, quittait son corps. Sa main retomba. Son regard devint froid. Et il tomba en avant en gémissant. Le couteau enfoncé en lui, son sang gicla sur la main de son assassin.

Sir Henry passa un bras autour de l'homme plus petit que lui et le traîna sur les marches de la maison la plus proche. Il l'abandonna là.

Le corps de Pierre Chassay s'effondra sur le trottoir froid, son sang se répandant autour de lui, le couteau dépassant encore du bas de sa poitrine.

Sir Henry retira ses gants tachés de sang et les fourra dans sa poche en s'éloignant rapidement.

* * *

Anna pouvait à peine croire à sa bonne fortune. Deux nuits de suite, elle pourrait jouir d'une soirée tranquille à la maison avec son époux. Trois mois auparavant, elle n'aurait jamais cru pouvoir autant s'ennuyer en société et rechercher la solitude. Quoiqu'être avec Charles n'était pas vraiment de la solitude. Elle le regarda s'asseoir confortablement sur son canapé et allonger ses longues jambes devant lui. Sa gorge se serra. Et dire que trois mois auparavant, elle ne connaissait pas son existence ! Maintenant, il occupait ses pensées à toute heure du jour et envahissait ses rêves la nuit.

— Lady Haverstock, vos pieds vont mieux ce soir, j'espère ?

— Oh ! oui. J'ai reçu un grand nombre de visiteurs ce matin et j'ai quand même pu donner mes leçons de couture dans l'East End.

Elle alla s'asseoir à côté de lui.

Il couvrit sa main de la sienne et la serra.

— Je suppose que Morgie vous a escortées.

Elle acquiesça.

— Vous n'avez vraiment aucun souci à vous faire pour notre sécurité, car Morgie nous entoure de nombreux protecteurs, dit-elle en repoussant une mèche de cheveux noirs du front de Haverstock. Je crois qu'il le fait surtout pour Lydia. Ils s'entendent comme larrons en foire.

— Elle a toujours été comme une sœur pour lui, ils ont pratiquement grandi ensemble, vous savez.

— Oh ! que oui ! Ils se remémorent sans cesse ce qu'ils faisaient quand ils étaient enfants à Haymore.

— Morgie était-il parmi les visiteurs ce matin ?

— Non, mais le fiancé de Kate et les objets de l'affection de Cynthia et de Charlotte étaient présents.

Il passa la main sur son menton.

— Voyons, le capitaine Smythe faisait la cour à Cynthia. Dites-moi, qui Charlotte a-t-elle choisi ?

— Quel est le seul homme dont elle vous ait jamais parlé favorablement ?

— Vous ne vous attendez sûrement pas à ce

que je me souvienne de tous les hommes qui sont venus voir mes sœurs ces dernières semaines !

— Allons, réfléchissez, Charles.

— Le Méthodiste misérablement vêtu ?

Elle acquiesça de la tête.

— Mais il ne venait plus ces derniers temps.

— Pas par choix, je pense. Il semble s'être pris d'affection pour Charlotte.

— Vous lui avez parlé ?

Elle opina de nouveau de la tête.

— Il est très sérieux, très gentil et, je crois, très amoureux de Charlotte. Je me suis renseigné, et j'ai appris qu'il était de bonne famille. Mais il s'est récemment séparé d'eux, car ils n'approuvaient pas sa décision de devenir pasteur.

— Un homme de principe, donc.

Elle l'embrassa sur la joue.

— Je savais que vous le jugeriez d'après son cœur, pas son aspect.

— Loin de moi l'idée d'être séduit par la beauté ! lança-t-il en souriant et en promenant ses yeux sur son visage et son corps.

— Y avait-il d'autres visiteurs ?

— Oh ! Monsieur Simpson, qui est épris de Charlotte, lady Langley et sa fille, ainsi que monsieur Churchdowne.

Charles se raidit à la mention du nom de Churchdowne.

— Si seulement j'avais pu être là pour éconduire en bonne et due forme cet intrigant ! commenta-t-il avec colère.

— En fait, il a dit qu'il venait s'excuser auprès de vous.

Haverstock souleva les sourcils.

— A-t-il dit de quoi ?

— Il a seulement dit que cela me concernait.

Comme je me sentais très mal à l'aise, je n'ai pas voulu en savoir plus, mais j'attends maintenant une explication de votre part.

— Je l'ai frappé.

— Oh ! Charles, assurément pas chez White ?

Il opina de la tête.

— Avait-il... fait allusion à ma filiation ?

Son époux acquiesça solennellement.

Elle déglutit, évitant l'examen minutieux de ses yeux qui remarquaient tout.

— Oh ! j'allais oublier ! fit-elle. Vous avez reçu une lettre de James.

Elle alla à son bureau et lui apporta l'enveloppe.

Il l'ouvrit avec impatience. Ses yeux s'humectèrent à la lecture. Il la lut lentement une fois, puis la relut. Quand il eut fini, il soupira et regarda dans les yeux d'Anna avec une douceur qu'elle ne lui avait jamais vue auparavant.

— Nous avons été une nouvelle fois épargnés.

Anna n'avait jamais jusque-là réalisé la profondeur de son attachement pour son jeune frère. Comment un frère pouvait-il quotidiennement mettre sa vie en danger pour son pays alors que l'autre trahissait sa patrie, trahissant ainsi son frère? Elle n'arrivait pas du tout à comprendre cet homme qu'elle aimait.

— Puis-je la lire ? demanda-t-elle.

Il lui tendit la lettre.

James donnait un compte-rendu bref et modeste de son rôle dans la bataille des Arapiles et parlait avec tristesse des hommes qu'il avait perdus à Badajoz.

Il ajoutait une note personnelle pour chaque membre de sa famille. Il suppliait sa mère de ne pas s'inquiéter pour lui et espérait qu'elle était en forme pour participer aux bals avec ses jolies filles. À Lydia, il écrivit : « Rends-moi service et exerce ma jument Sultanna quand tu seras à Haymore. Je compte sur toi pour la faire galoper ». N'ayant pas connaissance du mariage de Charles, il rappelait à son frère qu'il ne rajeunissait pas. « Il est grand temps que tu te choisisses une marquise, tu sais », écrivait-il. « Avec ta belle allure et ton titre, n'importe quelle beauté de Londres serait heureuse de t'avoir, même sans fortune ». Il n'avait pas entendu parler de monsieur Reeves et taquinait Kate, lui disant qu'il s'attendait à ce qu'elle soit duchesse à son retour. Il dit à Cynthia qu'il espérait rentrer à temps pour la voir épouser l'homme de ses rêves. Et il déconseillait Charlotte de rapporter à la maison d'autres chatons errants.

La lecture de la lettre permit à Anna de mieux imaginer James. Elle se raidit en regardant son époux et en pensant à ses actes de trahison. Sans un mot, elle lui rendit la missive.

— Je ne pense pas que mon esprit puisse cesser de s'inquiéter pour lui, déclara Haverstock. Et depuis notre mariage, je me suis à maintes reprises demandé ce qu'il penserait de vous, et comment vous le trouveriez.

Il ne la regardait pas. Elle comprit que c'était parce qu'il parlait de sentiments profondément personnels. Il admit même qu'elle occupait souvent ses pensées. L'aveu était quelque chose que le marquis si formel n'avait pas l'habitude de faire. Et cela le rendit de nouveau cher à ses yeux. Cette fois, c'est elle qui posa sa petite main sur sa grosse main.

Mais c'est lui qui prit l'initiative des intenses ébats amoureux qui s'ensuivirent.

Chapitre 19

Elle avait apprécié la balade de ce matin, se dit Anna en prenant un scone chaud. Charles et Lydia l'avaient invitée à faire la course avec eux. Même si elle n'était pas arrivée à rattraper les cavaliers plus doués qu'elle, elle avait réussi à épuiser sa jument écumante et à se mettre en appétit. Elle se lava, se changea, laissa Colette réarranger ses cheveux, puis vint s'asseoir en face de son époux à la table du petit déjeuner.

Il semblait absorbé par la lecture de la *Morning Gazette*.

— Sa Seigneurie trouve-elle mon apparence plus tolérable que lorsque vous m'avez vue pour la dernière fois ? lui demanda Anna.

— Votre apparence la nuit dernière était la plus agréable de toutes. J'aime vous voir le corps nu et les cheveux défaits, répondit-il, avec un sourire en coin.

Anna rougit et jeta un coup d'œil autour d'eux pour s'assurer qu'ils étaient seuls.

— Un fétiche de lady Godiva, j'oserais dire.

Haverstock sourit plus largement et des plis apparurent au coin de ses yeux.

— Des nouvelles de la guerre péninsulaire ? reprit-elle.

— Des articles, oui, des nouvelles, non, répondit-il en regardant rapidement les gros titres.

Soudain, sa joie disparut. Il se raidit et poussa

un cri, effrayant Anna.

Sa première pensée fut que quelque chose de terrible était arrivé à James. Elle bondit de sa chaise et se précipita à son côté.

— Qu'y a-t-il ? le questionna-t-elle. C'est James ?

Il l'ignora, ses yeux parcourant les petits caractères. Elle suivit son regard et vit qu'il venait de lire le récit d'un meurtre brutal dans le quartier de Bloomsbury.

Quand il eut fini de lire, il jeta le journal de côté.

— Non, ce n'est pas James. Un de mes amis a été assassiné.

— Mais c'est affreux ! dit-elle en caressant doucement son épaule. Qui était-ce ?

— Pierre Chassay, un véritable ami de l'Angleterre, ainsi que de sa France natale.

— A-t-il une femme et des enfants ?

— Non, eux aussi ont été assassinés. Sous la Terreur.

Anna se laissa tomber dans un fauteuil à côté de son époux pour lire l'article sur le malheureux monsieur Chassay.

— Le pauvre, comment a-t-il été assassiné ?

— Un poignard dans le cœur.

Anna grimaça.

Haverstock repoussa sa nourriture, se leva et partit brusquement.

Anna ramassa le journal et commença à lire le récit du meurtre. Son cœur faillit s'arrêter de battre lorsqu'elle découvrit où résidait la « victime de ce crime des plus odieux ».

Il avait vécu au numéro vingt-trois, Tavistock.

Le petit homme basané !

Le pouls battant à tout rompre, elle poursuivit

sa lecture. Le propriétaire du Boar and Barrel racontait que le petit Français venait tous les soirs dans son établissement. Il ne parlait pas beaucoup, mais tout le monde l'aimait bien. « Le pauvre ne pouvait pas avoir un ennemi au monde », disait M. John Moore. Il ajoutait avoir vu quelqu'un de suspect dans son établissement la même nuit que le meurtre. Le gars avait gardé son chapeau pendant qu'il buvait et était sorti juste après M. Chassay, bien qu'ils se soient assis aux côtés opposés du pub. Ils ne semblaient pas se connaître.

M. Moore décrivait le suspect : il parlait comme un gentleman, était grand et mince.

Eût-elle enfoncé elle-même le poignard dans le cœur de monsieur Chassay qu'Anna ne se serait pas sentie plus coupable de sa mort.

* * *

Haverstock était allé directement à son bureau feuilleter rapidement ses dossiers. Comme il le savait, il n'y avait aucune mention de Pierre Chassay. Il avait pris soin de protéger l'identité de ceux qui lui fournissaient des informations. Personne ne connaissait Pierre excepté monsieur Herbert, et ces deux-là étaient des amis de longue date qui ne se trahiraient jamais.

Derrière son large bureau en noyer, Haverstock regarda par la fenêtre. Il observa les charrettes qui passaient en dessous, leurs chauffeurs transportant à la hâte du foin, du lait et du charbon dans toute la capitale. Haverstock regrettait vivement la mort du petit Français, le patriote qui n'avait plus personne qui puisse le pleurer. Il le revit portant fièrement son manteau noir usé d'excellente qualité chaque fois qu'ils se rencontraient. Haverstock se souvint de l'expression mélancolique sur le visage de Pierre lorsqu'il parlait de restaurer la France à ses jours de gloire après l'anéantissement du fou corse.

Pierre était mort loin de sa patrie, mais il serait enterré en France, Haverstock le jurait. Et lorsque les horreurs indicibles de cette guerre seraient derrière eux, Haverstock veillerait à ce que Pierre reçoive la reconnaissance du pays pour lequel il avait donné sa vie comme un soldat sur le champ de bataille.

Il se promit aussi à lui-même que la mort de Pierre ne serait pas vaine. Même au prix de sa propre vie, il trouverait le meurtrier et sauverait l'Angleterre de ses infâmes griffes.

Il continua à regarder par la fenêtre la preuve de l'indifférence des hommes à la vie d'un immigrant. La vie continuait, même si le corps de Pierre était froid. Le crieur continuait de vendre ses journaux, la vieille femme ses petits bouquets. Le chauffeur de conduire son fiacre.

Aussi sûrement qu'il connaissait son propre nom, Haverstock savait que Pierre avait été tué à cause de lui. Quelqu'un était au courant de leurs rencontres. Quelqu'un savait que Pierre lui transmettait de précieuses informations sur les Français. Mais comment ?

Ciel ! pensa soudain Haverstock, ressentant une douleur lancinante à son estomac déjà souffrant, quelqu'un avait dû le suivre à St Clement. Quel imbécile il avait été ! Il avait enfreint l'une des règles essentielles des services secrets. Se sentant en sécurité sur le sol britannique épargné par la guerre, il n'avait pas pris garde.

Cela ne se reproduirait plus jamais.

* * *

Alors qu'il attendait devant le bâtiment du Foreign Office qu'on lui amène sa monture, Haverstock parcourait l'endroit des yeux, aux aguets du moindre individu suspect. Mais il était trop tôt pour le dire.

Une fois à cheval, il fit un détour pour se rendre au Strand, jetant un coup d'œil derrière lui à chaque coin de rue. À distance derrière lui, il remarqua un jeune homme maigre sur un rouan. À chaque tournant, l'homme restait derrière lui, mais pas très près. Lorsque Haverstock atteignit le Strand, le hongre était encore loin derrière lui. Haverstock s'arrêta devant St Clement, mais contrairement à son habitude, il ne descendit pas de cheval. Il attendit hardiment que le hongre s'approche. Son chapeau dissimulant ses yeux, il observa l'animal. Mais presque arrivé à St Clement, il tourna dans une rue juste avant la vieille église.

Haverstock saisit les rênes avec colère et éperonna sa monture pour couvrir rapidement la distance qu'ils venaient de parcourir. Il se dirigea vers la ruelle où avait tourné le jeune cavalier et le vit de dos, sur son cheval, maintenant à l'arrêt. Haverstock ralentit et vint s'arrêter à côté de lui.

Il regarda le cavalier. C'était Jimmy.

La colère flamba en lui comme un volcan. Son propre palefrenier l'avait trahi !

Ses yeux rencontrèrent ceux de Jimmy.

— Alors c'est vous qui me suivez !

Jimmy opina de la tête.

— Sur les ordres de qui ?

Jimmy déglutit.

— De lady Haverstock.

Haverstock crut recevoir une gifle en pleine figure. Inconsciemment, il remarqua que Jimmy agrippait si fort les rênes que les jointures de ses doigts longs et minces étaient blanches. Haverstock étudia son corps vigoureux et se demanda pourquoi il n'avait pas vu le jeune garçon se transformer en homme.

— N'essayez pas de me dire qu'elle voulait savoir si je rencontrais une autre femme.

— Je ne vous mentirais pas. Madame Sa Seigneurie m'a demandé de vous protéger. Elle s'est mise en tête que quelqu'un vous veut du mal.

— Et bien sûr, elle voulait un rapport complet sur tous ceux que je rencontre dans des circonstances suspectes.

Jimmy acquiesça de nouveau de la tête.

— Vous lui avez parlé du petit homme qui habitait à Tavistock ?

— Oui, mon seigneur.

La colère larvée qu'il avait ressentie au moment de la mort de Pierre se mit à bouillonner. Avant de réaliser ce qu'il faisait, Haverstock frappa le visage couvert de taches de rousseur de Jimmy, le renversant presque de son cheval.

Jimmy se redressa, et le dos droit et fier, il déclara :

— Ni moi ni votre lady ne voudrait jamais vous faire de mal, mon seigneur.

Il essuya un filet de sang de sa bouche.

Dommage qu'une vie au service des Haverstock n'ait pas garanti ce qu'Anna avait gagné en deux semaines. Haverstock se sentait doublement trahi.

— Vous quitterez mon service aujourd'hui même ! ordonna Haverstock en frappant le hongre de sa cravache.

Tremblant de rage, il regarda Jimmy s'éloigner.

Aussi furieux qu'il soit contre son palefrenier, il l'était davantage contre sa femme. Ciel ! il avait épousé une espionne française ! S'il avait pleuré la mort de Pierre, il déplorait dix fois plus la tromperie d'Anna.

Il avait été trahi par la femme à qui il avait donné son nom. Et bien plus ! À cette pensée, il éprouva un profond tiraillement, un sentiment comme il n'en avait jamais ressenti. La tromperie d'Anna était-elle récente ou bien le mariage avait-il été manigancé des mois auparavant par des conspirateurs français ? Il gémit à haute voix. Toute sa douce innocence avait-elle été feinte ?

Cette première partie de cartes avec Morgie avait-elle eu pour but de le prendre, lui, pas Morgie, dans son filet cruel ? Morgie n'avait jamais été sa cible. Il l'avait toujours su. C'était lui le point de mire. Quelque chose dans les événements de cette journée l'avait longtemps perturbé, et il savait maintenant pourquoi. Il avait été manipulé par une femme pleine de ruse et d'astuce. Et quelqu'un d'encore plus rusé devait la manipuler.

Il se souvint de l'avertissement de monsieur Herbert. Soudain, toutes les pièces floues du puzzle s'emboîtaient avec une clarté surprenante. C'était sir Henry Vinson le traître. C'était lui qui avait présenté Morgie à Anna. C'était lui qui l'avait rencontrée en un tête-à-tête privé lors d'un événement très public. Et le plus dommageable de tout, sir Henry correspondait à la description de l'homme vu au Boar and Barrel, le meurtrier de Pierre.

Son cœur battit la chamade lorsqu'il réalisa qu'Anna, sa charmante et adorable épouse, avait été complice du meurtre. Il se trouva comme paralysé au souvenir de la nuit passée, de ses lèvres parcourant avidement son corps extraordinaire. Il eut le souffle coupé, se rappelant comme elle dormait paisiblement, si douce contre lui, la tête sur sa poitrine. Quel imbécile il avait été !

Traversant les rues étroites de la ville, il réfléchit à la meilleure façon de l'affronter. Dans son indignation, il voulait rentrer précipitamment chez lui et la démasquer. L'envoyer à la Tour. Regarder sa tête rouler. Puis son côté plus raisonnable et pratique reprit le dessus. Il prit conscience qu'il pourrait se servir d'elle pour dénoncer sir Henry et peut-être d'autres aussi. Aussi difficile que cela puisse être pour lui, Haverstock ne révélerait pas à Anna qu'il savait tout sur elle.

* * *

Anna était étourdie par le meurtre du Français. Heureusement, c'était un mercredi. Elle allait donc pouvoir rencontrer sir Henry et rompre leur connexion. La description du journal laissait peu de doute : ce devait être lui le meurtrier de Pierre Chassay. Elle regrettait de s'être laissée aiguillonner par un patriotisme malavisé. Elle n'aurait jamais dû faire confiance à sir Henry. Ses informations avaient toutes semblé si plausibles.

Mais maintenant, elle ne savait pas comment démêler le vrai du faux. Elle savait que Charles éprouvait un véritable remords à la disparition du Français. Il avait dit qu'il avait des sentiments patriotiques envers l'Angleterre. Dans son chagrin, il n'aurait pas inventé une telle description.

Sir Henry serait-il alors le vrai traître, et non son époux ? Ciel ! Ce devait être plus proche de la vérité. Charles n'avait-il pas toujours été un homme d'honneur ? Lui et son père étaient comme le jour et la nuit, le bien et le mal.

Tourmentée par ces pensées, elle enfila sa pelisse, mit son chapeau et se prépara à aller à la librairie. Elle devait effacer sir Henry de sa vie.

Elle arriva tôt chez Hookam, tout comme sir Henry. Il examinait un livre dans la section latine, tout en la regardant s'avancer vers lui. S'étant assurée que personne ne pouvait les entendre, Anna lui murmura :

— Je ne veux plus rien avoir à faire avec vous. Je ne vous aurais jamais aidé si j'avais su que vous alliez tuer le pauvre homme.

Son regard se glaça.

— Je ne vais pas le nier, Anna. Et je suis prêt à recommencer pour sauver la vie de nos hommes. Pierre Chassay était le messager de Haverstock pour les Français.

Elle ne savait plus du tout à qui se fier, mais elle savait avec certitude lequel des deux hommes était le plus honorable.

— Je ne peux plus vous aider, répéta-t-elle d'une voix claire.

— Vous devez le faire. Il nous faut identifier l'homme que Haverstock a rencontré en France.

Tressaillant, elle saisit un livre et étudia le titre. Il lui sembla dénué de sens. Son esprit était paralysé par la confusion.

— Vous ne m'avez peut-être pas entendue, reprit-elle, j'ai dit que je ne pouvais plus travailler avec vous.

Elle reposa le livre sur l'étagère et sortit précipitamment du magasin.

* * *

Trempé par la pluie à laquelle il n'avait pas

prêté attention lors de ses pérégrinations dans la vieille ville, Haverstock rentra chez lui. Il se mit à ôter ses vêtements mouillés et fut immédiatement assailli par les femmes de la maison.

— Charles ! James va bientôt revenir ! annonça joyeusement Lydia.

— Le seigneur Ainsley t'attend dans le salon, ajouta Kate.

— Le palefrenier principal m'a informée que vous avez congédié Jimmy ! lança Anna avec colère. Comment avez-vous pu faire une chose pareille ? Il a passé toute sa vie à votre service.

— De qui as-tu reçu l'information concernant James ? demanda Haverstock à Lydia en montant l'escalier et en retirant sa veste humide.

Se précipitant après son époux, Anna faillit glisser sur l'eau qu'il laissait derrière lui.

— Tout son régiment va rentrer, poursuivit Lydia.

— N'est-ce pas merveilleux ! s'exclama Kate.

Anna prit son manteau humide.

— Charles ! Vous allez attraper une pneumonie, le réprimanda-t-elle.

Il l'ignora et demanda :

— Ainsley est ici ?

— En effet, fit Kate, et il agit de façon très singulière. Je crois qu'il voudrait te parler en privé.

— Je pense qu'il pleure toujours Mary, déclara Lydia.

— Dis-lui que je descendrai lui parler dès que j'aurai mis des vêtements secs.

Au milieu des escaliers, il se tourna vers Anna, maintenant arrivée à sa hauteur.

— Je refuse de vous parler de Jimmy, ma lady. Il m'a excessivement mécontenté et vous ne pourrez pas me faire revenir sur ma décision de le renvoyer.

Anna suivit son époux en silence dans son cabinet de toilette. Manors attendait.

— Fermez la fenêtre s'il vous plait, Manors, ordonna-t-elle. Je ne veux pas que Sa Seigneurie attrape un rhume, s'il ne l'a déjà fait.

De toute évidence, elle avait bien l'intention de rester pendant que Haverstock se changeait.

— Faites-moi la bonté de quitter la pièce, Anna, dit-il sévèrement.

Chapitre 20

Les cheveux encore humides mais ne paraissant nullement avoir essuyé une averse, Haverstock entra dans la bibliothèque.

Ainsley, la seule personne présente, se leva et s'inclina.

— Que c'est bon de voir que vous n'êtes plus en deuil ! dit Haverstock en le saluant.

On pouvait s'attendre à ce qu'un veuf prenne un air solennel et incline gravement la tête à la mention de son épouse défunte, mais Ainsley n'en fit rien. Il sourit à son vieux voisin, les yeux plissés.

— Comme le disait toujours Mary, la vie continue.

Haverstock leur versa un porto et les deux hommes s'installèrent dans de larges fauteuils confortables.

Ayant connu Ainsley toute sa vie, bien que le propriétaire terrien fût de huit ans son aîné, Haverstock savait que l'homme ressentait vivement la perte de sa femme. Cependant, le visage d'Ainsley portait un perpétuel sourire. Même porteur de nouvelles tragiques, il sourirait probablement en transmettant les détails morbides.

— Vos enfants se portent bien ? s'enquit Haverstock.

— Très bien, merci, même si les filles ont cruellement besoin des conseils d'une mère.

Haverstock pensa soudain qu'Ainsley avait dû venir à Londres pour chercher une fiancée, Kate ou Cynthia, voire Charlotte.

— Mais j'oublie, combien d'enfants avez-vous ?

— Six. Meg, l'aînée, a douze ans.

— Ce sont toutes des filles, n'est-ce pas ?

— En fait, le bébé est un garçon. Mary est décédée en le mettant au monde. Le petit John a maintenant un an.

— Et moi qui me croyais maudit d'avoir cinq sœurs plus jeunes que moi !

Ainsley éclata de rire.

— On m'a fait comprendre que votre maisonnée a une femme de plus, mon seigneur.

Haverstock fronça les sourcils.

— Ah ! oui, lady Haverstock.

— Mes félicitations. J'ai hâte de rencontrer Sa Seigneurie.

— Vous devez dîner avec nous ce soir.

— Oh ! je ne voudrais pas abuser de votre hospitalité.

— Ce serait un plaisir, pas un abus.

Toujours souriant, Ainsley avait pourtant l'air nerveux.

— Je suis venu à Londres, Haverstock, parce que je voulais vous parler.

J'avais donc raison, se dit Haverstock. L'homme voulait demander l'une des filles en mariage. Dommage pour le pauvre homme qu'elles aient toutes les trois tourné leur affection ailleurs. Il avait vraiment besoin d'une épouse. Mais d'ailleurs, ses sœurs auraient du mal à remplacer Mary Ainsley. Haverstock revit la matrone dodue qui avait totalement dominé son petit mari soumis et affectionné. Haverstock haussa un sourcil.

— Je demande la permission de courtiser lady Lydia avec des intentions sérieuses.

Lydia ! Choqué, Charles sursauta. L'homme ne pouvait sérieusement pas vouloir Lydia pour épouse ! Personne ne l'avait jamais courtisée. Mais en y réfléchissant bien, Haverstock se rendit compte qu'elle était hautement qualifiée pour présider Greenley Manor. Si on y ajoutait son amour pour les enfants et sa longue amitié avec John Ainsley, plus rien n'était surprenant. Sauf que la décision de demander la main de Lydia semblait trop sage pour avoir été réfléchie par l'aimable seigneur, qui pensait rarement par lui-même.

— Je dois avouer que votre proposition m'a pris au dépourvu, Ainsley, répondit Haverstock.

— Je suppose que vous avez accepté depuis longtemps l'idée que lady Lydia ne se marierait pas, malgré toutes ses qualités supérieures. Je me souviens de Mary me disant combien il était dommage que lady Lydia ne soit pas gratifiée du don de la beauté, car elle serait une bonne épouse pour un gentleman.

— Votre femme était extrêmement sage.

— Oh ! oui, mais Lydia l'est aussi. Et elle a toujours été plus intelligente que les autres filles, j'apprécie cela.

Et vous en avez besoin.

— Cela me ferait bien sûr un grand plaisir si ma sœur acceptait votre demande, mais cela ne relève vraiment pas de moi. Je vous donne ma permission de venir lui rendre visite, la décision lui revient.

L'homme mince passa nerveusement une main sur ses cheveux ondulés.

— Oui, oui, bien sûr.

Haverstock se leva.

— Au plaisir de vous voir au dîner, alors.

En observant Ainsley s'en aller, Haverstock se demandait si Lydia allait accepter qu'il lui fasse la cour. Une femme élevée comme la fille d'un marquis se contenterait-elle d'épouser un propriétaire terrien ? Considérerait-elle sérieusement la proposition d'Ainsley, sachant qu'il avait négligé de s'intéresser à elle la première fois qu'il s'était choisi une épouse ?

* * *

— Vos filles auront leur saison à Londres, sir Ainsley, et plus tôt que vous ne le croyez, déclara la douairière.

Le seigneur, assis en face de la douairière à la longue table à manger, émit un petit rire curieux.

— Vous avez raison, le temps passe.

— Quel âge a maintenant Meg ? demanda Lydia.

Il finit de mâcher ses petits pois avant de répondre :

— Douze ans.

Anna observait avec intérêt le comportement d'Ainsley envers Lydia. Avant de descendre dîner, Haverstock lui avait demandé de veiller à ce que Lydia soit assise à côté du seigneur, mais sans lui donner plus d'informations.

En fait, Charles s'était montré plutôt brusque avec elle. Quand elle lui avait demandé si elle devait porter les bijoux des Haverstock, il avait hésité avant d'acquiescer de la tête. Et quand elle lui avait demandé d'accrocher le collier à son cou, il l'avait fait avec froideur. Son attitude contrastait nettement avec ce qu'elle avait été le matin même. Il l'avait attirée à lui chaque fois qu'elle essayait de sortir de lit. Il lui avait murmuré des mots d'amour et avait déposé de doux baisers là où y penser maintenant la faisait rougir.

Mais ce soir, il la traitait comme une simple femme de ménage. Son partenaire affectueux des deux dernières nuits et l'hôte froid assis maintenant en face d'elle étaient comme le jour et la nuit.

Elle l'avait une nouvelle fois irrité et une nouvelle fois, elle ne savait pas pourquoi. Il était naturellement contrarié par le meurtre de son ami, mais elle sentait que, pour une raison étrange, sa colère était dirigée contre elle.

Si seulement elle pouvait mettre de côté ses sentiments blessés et agir de façon aussi gaie que Kate et monsieur Reeves ! Au lieu de cela, elle s'obligea à manger et se montra à peine polie avec le strict minimum de conversation. Elle aspirait à la solitude de sa chambre où elle pourrait penser à son malheur. Quel jour horrible cela avait été ! D'abord, elle avait appris que le pauvre monsieur Chassay avait été assassiné, et que tout avait été de sa faute. Puis le doux Jimmy avait été renvoyé. Et maintenant, son époux présentait tous les signes de sa haine envers elle.

Elle devait apprendre où se trouvait Jimmy et lui donner au moins un certificat de bonnes mœurs et un peu d'argent pour l'aider en attendant qu'il retrouve un poste. Il avait été si gentil, obéissant à ses ordres comme s'il avait été toute sa vie à *son* service. Une pensée soudaine faillit lui faire renverser son vin. L'obéissance de Jimmy à son égard pourrait-elle avoir quelque chose à voir avec le renvoi du pauvre garçon par Charles ? Pour une raison ou une autre, Charles semblait lui en vouloir. Il avait même agi comme s'il était jaloux du jeune homme aux dents écartées.

Son estomac, déjà dérangé, se serra. Ciel ! Et si Charles avait appris que Jimmy le suivait ? Avait-il appris qu'elle et Jimmy étaient responsables de la mort de Pierre Chassay ?

Si c'était le cas, Charles avait toutes les raisons de la traiter avec la plus grande haine.

Elle devait absolument trouver Jimmy.

En regardant Lydia et Ainsley, Anna acquit la certitude que l'homme était venu à Londres demander la main de Lydia. Il s'en remettait à elle à chacun de ses commentaires.

Visiblement inconsciente de ses intentions, Lydia le traitait comme n'importe quel voisin. Elle ne flirtait pas, il n'y avait pas de coquetterie dans sa manière d'être, seulement une amitié sincère et de la sollicitude à l'égard de ses enfants. Lydia ferait une épouse idéale pour le veuf.

Mais Ainsley n'était en aucun cas fait pour Lydia, comprit Anna en observant le seigneur enjoué. Le nouveau cheval de Lydia semblait être le seul intérêt qu'ils aient en commun. Le seul sujet sur lequel il pouvait longuement s'entretenir était l'agriculture, sujet qui amena Lydie à se tourner vers Anna, pendant qu'il contait à son frère les mérites de sa nouvelle moissonneuse. Anna ne pouvait qu'imaginer la désapprobation du pauvre s'il entendait les critiques pleines d'esprit de Lydia envers le commun des mortels. Ces deux-là n'iraient jamais ensemble.

Anna tourna son attention vers sa belle-mère.

— Vous devez être ravie que James rentre bientôt, mère.

Un sourire mélancolique passa sur le visage de la douairière.

— Je le suis en effet. Les fils sont la plus

grande bénédiction d'une femme.

* * *

Profitant de la bonne humeur de sa belle-mère, Anna lui demanda si elle voulait bien être sa partenaire au whist après le dîner. N'aimant pas perdre, la douairière accepta l'offre d'Anna. Lydia se proposa volontiers comme la troisième joueuse, contre la suggestion de son frère qu'elle s'entretienne avec sir Ainsley.

— Je préférerais de loin jouer aux cartes, dit Lydia, mais j'accepte volontiers le seigneur comme partenaire.

Ainsley émit un petit rire, et sa peau tannée par le soleil se plissa au coin de ses yeux noisette.

— Je vous remercie de votre invitation, lady Lydia, mais je n'ai jamais été capable de maîtriser ce jeu. Je serais très heureux de vous regarder jouer, vous et votre frère. Je pourrais peut-être apprendre.

* * *

Haverstock marmonna quelque chose entre ses dents en s'asseyant à la table de jeu. Quel misérable hôte faisait-il ! Il choisissait Lydia comme partenaire et privait John Ainsley de l'occasion de parler avec elle en privé.

Il distribua les cartes et fut surpris de voir Ainsley toujours debout derrière la chaise de Lydia, étudiant comment elle arrangeait son jeu. Ainsley était bon. Il traiterait bien Lydia. Et, plus important encore, ce soir, il avait complètement ignoré une table pleine de beautés, deux d'entre elles tout à fait éligibles, pour diriger toute son attention sur Lydia.

Lydia méritait ce genre de dévouement. Parbleu ! il espérait que l'homme ait du succès dans sa cour. Même si Lydia manquerait terriblement à Haverstock. Il avait été plus proche d'elle que de n'importe quelle femme. Avant de rencontrer Anna.

Au moment même où il avait découvert sa pleine satisfaction à l'égard de l'état de mariage, il s'était rendu compte que sa fiancée était une espionne française.

Un rapide coup d'œil à son jeu révéla qu'il serait capable de jouer atout. Ce n'était pas le mariage qu'il en était venu à apprécier. C'était Anna. Et pas seulement sa grande beauté. Le son de sa voix douce, sa façon de faire l'amour, avec tendresse et passion, l'avait complètement asservi. Et surtout, il aimait le sentiment de possession qu'Anna faisait naître en lui. S'inquiéter pour elle et se sentir son protecteur lui procurait du plaisir.

Il devait désormais oublier toute l'affection qu'il avait pour le monstre. À cause d'elle, Pierre Chassay était mort.

Il sentit la jambe d'Anna effleurer la sienne et prit involontairement une profonde inspiration. Il devrait éviter d'être proche d'elle. Son contact suffisait à l'affaiblir.

Anna et sa mère gagnèrent la première partie, ce qui augmenta la bonne humeur de la douairière.

Ainsley se tenait toujours derrière la chaise de Lydia.

— Êtes-vous allé à Hyde Park ? demanda Anna à Ainsley.

Le coin de la bouche de Haverstock se souleva en un sourire. Son épouse allait donc faire de son mieux pour promouvoir une cour entre Lydia et Ainsley.

— Pas encore, mais si vous me le permettez, je demanderai à lady Lydia de m'y accompagner demain après-midi, dit-il en souriant, penché au-dessus de la chevelure noire de la femme.

Lydia ne leva même pas les yeux.

— Je crains avoir promis de chaperonner Anna et Morgie demain.

— Elle veut dire, expliqua Haverstock, que mon ami Ralph Morgan a gentiment accepté d'emmener mon épouse au parc parce que je suis trop occupé. Lydia les accompagne pour la convenance. Mais il s'avère que je suis libre demain, j'irai moi-même avec Anna. Lydia, tu pourras donc aller te promener avec John.

Lydia accorda alors un sourire à son voisin.

Haverstock rejeta la mauvaise carte et jura en silence. Non seulement il jouait stupidement, mais maintenant qu'il souhaitait le moins sa compagnie, il avait promis d'emmener Anna au parc.

* * *

Laissant son époux l'aider à monter dans le cabriolet, Anna espérait qu'il ne remarquerait pas les cernes sous ses yeux. Elle était restée éveillée toute la nuit, désireuse de faire les quelques pas qui la conduirait à la chambre de Charles et dans ses bras forts. Non seulement son cœur était meurtri, mais elle souffrait aussi physiquement de ne pouvoir jouir de la robuste étreinte de son époux. Elle était prête à tout pour gagner son affection. Excepté d'aller dans sa chambre comme une mendiante.

Ils suivirent le véhicule d'Ainsley, pour lequel il s'était confondu en excuses.

— Je sais qu'il n'est pas aussi impressionnant que ce à quoi vous êtes habituée, avait-il dit en s'excusant tandis que Lydia l'avait assuré de son adéquation.

Pendant le trajet silencieux, Anna observa l'air sombre de son époux.

Elle était incapable de le réprimander pour sa froideur envers elle. Si elle avait correctement deviné les raisons du renvoi de Jimmy, elle avait vraiment mérité la haine de Charles.

Ce matin-là, elle s'était efforcée de découvrir l'adresse de Jimmy, mais le palefrenier principal l'avait informée que Jimmy était allé chez son cousin dans le Kent. Apparemment, Jimmy pouvait toujours trouver une place dans l'établissement où travaillait son cousin. Mais le palefrenier ignorait le nom de la compagnie. Anna était contente d'avoir donné quelques pièces de monnaie à Jimmy, soi-disant pour les péages, la veille de son licenciement.

— Vous savez, dit-elle à Charles, Lydia et sir Ainsley n'iront pas ensemble.

Il se tourna vers elle, l'air surpris.

— Mon épouse est non seulement experte en cartes, en danse et en mode, mais c'est aussi une voyante.

Anna se mit à rire.

— Il n'y a pas besoin d'être voyante pour remarquer ce qui se voit comme le nez au milieu de la figure.

— Alors vous devez savoir que John Ainsley ferait un époux digne de Lydia, déclara Haverstock.

— Oh ! je ne le nie pas. Et je suis sûre qu'il serait satisfait de ce qu'elle ferait étant son épouse.

Haverstock tourna dans le chemin le plus fréquenté.

— Mais… ?

— Je pense qu'il ennuierait Lydia à l'excès.

Réfléchissez-y.

Charles sembla considérer son avis, car il garda le silence plusieurs minutes.

— Avant notre mariage, reprit Anna, essayant de venir à bout du mur qui s'était dressé entre eux, avez-vous amené des jeunes filles ici ?

Il ne répondit pas pendant un moment.

— Je suppose que oui.

— J'en serais très jalouse, dit-elle en faisant la moue.

— Si seulement j'avais épousé l'une d'elles ! Je me serais épargné le regret d'avoir une diablesse aux yeux en amande, murmura-t-il avec tristesse.

Anna eut l'impression qu'on lui arrachait le cœur.

Elle regarda Ainsley tourner dans un petit chemin isolé et devina que c'était là qu'il avait choisi de demander Lydia en mariage.

— Pour imiter ma sœur Lydia, lança Anna à la légère, pourrions-nous parier sur la réponse de Lydia ?

— Je parie cinq livres qu'elle va accepter, dit-il.

— Marché conclu !

Chapitre 21

Lydia entra tôt dans la chambre d'Anna le lendemain après-midi.

— Morgie ne sera pas là avant une demi-heure, dit Anna, faisant signe à Lydia de venir s'asseoir à côté d'elle.

— Parlons.

— J'avoue désirer une conversation en privé avec vous, confia Lydia.

— Vous avez demandé à sir Ainsley de vous laisser le temps de considérer son offre ?

Les yeux noirs de Lydia s'assombrirent.

— Vous êtes au courant ?

— Bien sûr, dit Anna en souriant. L'aimable seigneur, qui respecte toujours les convenances, a d'abord demandé la permission à votre frère de vous courtiser. De plus, tout le monde ayant des yeux pour voir pouvait se rendre compte pendant le dîner l'autre soir combien il est épris de vous.

— Ma vue doit alors être très mauvaise, fit Lydia à voix basse. Son offre m'a vraiment surprise.

— Avez-vous décidé quand vous lui donnerez une réponse ?

Lydia acquiesça de la tête.

— Je lui dirai ce soir.

— Alors, vous avez pris votre décision ?

— Oh ! oui, je vais devoir accepter. Voyez-vous, c'est la première proposition que je reçois. Je ne peux me permettre d'en attendre une autre pendant trente ans. Et j'aimerais beaucoup me marier, être maîtresse de ma maison, avoir des enfants.

— Vous vous entendez bien avec les enfants de sir Ainsley ?

— Très bien. Je suis flattée qu'il me les confie, car c'est un père très dévoué.

— Il sera un époux plein d'égards.

— J'en suis sûre, dit Lydia, les paupières baissées, la voix rauque.

— Vous n'êtes évidemment pas amoureuse de lui.

— Peut-être cela viendra-t-il, ajouta Lydia, essayant de paraître gaie. Et même si cela ne vient pas, j'aurai beaucoup plus que je n'aurais jamais imaginé. Que pense Charles de la proposition ? reprit-elle avec un sourire forcé et en redressant les épaules.

— Il pense que sir Ainsley a beaucoup de bon sens, et il est sûr que l'homme vous traitera comme une princesse.

Lydia renversa la tête en arrière et se mit à rire.

— Comme il est gentil !

Anna prit la main de Lydia.

— Il n'y a personne d'autre, Lydia ?

— Bien sûr que non ! répondit-elle, sur un ton peu convaincant.

— Vous n'avez jamais été amoureuse ?

— Si vous me connaissez aussi bien que vous le croyez, ma chère sœur, alors vous savez que je suis trop pratique pour me pâmer devant des hommes inaccessibles. Ma vue est assez bonne pour que je me rende compte que la femme qui me regarde dans le miroir est loin d'être un tant soit peu attrayante.

Anna ne pouvait contredire l'évaluation de son

apparence.

— Il est vrai que votre taille est un peu plus grande qu'il est de mode, mais vous avez beaucoup de jolis attributs.

— Je vous prie, éclairez-moi.

— Vos cheveux sont d'un noir intense, comme un corbeau au soleil. Si vous y consacriez plus d'efforts, je crois que vous pourriez ressembler à une déesse grecque.

Lydia éclata de rire.

— Prenez-moi au sérieux. Vous avez aussi de très jolis yeux. Je devrais le savoir, ils sont exactement comme ceux de Charles. Un seul de ses regards, et je suis son esclave.

Avec Lydia, et elle seule, Anna pouvait être complètement honnête.

— Quelle belle idée ! Pensez-vous qu'Ainsley sera mon esclave ?

— Je ne peux vous imaginer autrement qu'aimable l'un envers l'autre. Vous imaginez-vous lui confier vos pensées les plus intimes ?

— Ciel ! Non ! L'homme est beaucoup trop poli. Il me trouverait méchante s'il entendait mes réflexions acerbes sur la moitié des gens que je connais.

Anna évalua la silhouette de Lydia, du moins ce que l'on pouvait en voir dans la robe en serge marron qui la couvrait parfaitement.

— C'est mon opinion qu'il admire votre corps.

Lydia rougit. Bien que les robes à décolleté soient à la mode, elle évitait de les porter et avait tendance à s'habiller comme une tante célibataire ou la compagne d'une dame de bonne famille.

— N'importe quelle femme convoiterait votre poitrine, vous devriez la révéler davantage.

— J'aurais l'impression d'être une catin !

— Personne ne vous prendra jamais pour une catin, Lydia.

— Si je vais me fiancer, je suppose que je vais devoir vous laisser m'aider à choisir un trousseau convenable.

— Avec plaisir. Maintenant, avant de nous rendre dans l'East End, j'aimerais que vous laissiez Colette vous coiffer d'après la mode.

* * *

Anna savait que Charles ne viendrait pas dans sa chambre à son retour. Il irait dans son cabinet de toilette se changer pour le bal chez les Taylor, évitant toute conversation en privé avec elle.

Quand elle l'entendit parler avec Manors dans la pièce voisine, elle ouvrit doucement la porte, salua les deux messieurs, puis alla mettre cinq livres dans la main de son époux.

— Il semble que vous ayez gagné votre pari, mon seigneur.

Vêtu d'une chemise fraîchement repassée et d'une culotte grise, Haverstock regarda sa main puis le visage de son épouse, puis comprit enfin.

— Notre perte sera donc le gain d'Ainsley.

Anna acquiesça de la tête.

— Je ferai l'annonce au dîner, dit-il, la mâchoire serrée.

Avant le dîner, Lydia rencontra Ainsley dans la bibliothèque de son frère, puis Haverstock annonça leurs noces à table. Les fiancés, embarrassés, se tenaient debout pendant que la famille leur postait un toast.

Malgré ses mots enthousiastes, Haverstock ne montrait aucun signe de bonheur sur son visage. En fait, aucun membre de la famille ne manifestait d'allégresse à l'annonce des fiançailles de Lydia. Cynthia fondit même en larmes.

— Que va-t-on faire sans Lydia ? demanda-t-elle, d'une voix étouffée par les sanglots. C'est si soudain.

Anna soupçonnait que les larmes de Cynthia étaient autant provoquées par l'absence d'offre du capitaine Smythe que par son attachement à Lydia.

— Cela n'aurait-il pas été formidable d'avoir un double mariage ? demanda Kate en posant une main parée de bijoux sur le bras de monsieur Reeves. Mais nous serons mariés avant la publication de vos bans.

Deux sœurs de Charles qui s'engagent dans une mésalliance, se dit Anna avec tristesse. Elle jeta un coup d'œil au bout de la table où siégeait son propre époux, et son cœur se serra. Ce n'était pas seulement sa taille qui lui donnait une présence imposante. Son beau teint sombre, l'expression sévère de sa mâchoire carrée, la sagesse de ses yeux noirs, la force de son corps magnifique, tout en lui exsudait l'autorité. Anna se rendit compte qu'elle n'avait pas le droit de juger leur choix de mari. Elle-même ne s'était certainement pas mariée par amour. Et pour autant qu'elle le sache, son époux pouvait toujours être un espion français. Encore plus dommage. Pour l'instant, elle l'aimerait probablement même si c'était un maniaque homicide, bien qu'elle ait du mal à l'imaginer en train de faire quelque chose de déshonorant.

Si seulement elle pouvait prouver que c'était sir Henry l'espion français, et non son époux !

Mais la vérité n'était pas plus accessible que l'amour de Charles, se lamenta-t-elle intérieurement.

Anna remarqua que l'humeur de la douairière

s'était considérablement améliorée ces deux derniers jours. Était-ce parce que James allait revenir à la maison ? À l'annonce que Lydia avait enfin trouvé à se caser, un sourire satisfait adoucit ses yeux noirs.

— Je dois dire, Lydia, lança Kate, que ta chevelure semble inhabituellement ravissante ce soir.

Lydia sourit radieusement à Anna.

— C'est Colette, la femme de chambre d'Anna, qui m'a coiffée.

— Cela te réussit bien, Lydia, déclara Haverstock.

— Demain, Anna et moi irons chez madame Devreaux pour mon trousseau.

— Veux-tu dire qu'Anna était au courant de tes fiançailles avant ta propre mère ? demanda la douairière.

— Mère, intervint Haverstock, je crains que l'étroite amitié entre Anna et Lydia ait exclut la plupart d'entre nous. Toutes deux partagent beaucoup de choses dont nous ne sommes pas au courant.

La douairière grogna.

— Comme ces sorties l'après-midi. On aurait pu croire qu'elles allaient visiter une colonie de lépreux.

— J'ai tellement de chance qu'Anna fasse partie de notre famille, déclara Lydia.

Ainsley prit la main de Lydia et y déposa un baiser.

— Pas autant que moi à votre arrivée dans mon foyer.

La couleur monta aux joues de Lydia.

Après le dîner, ils se rendirent au bal des Taylor en deux véhicules. Lydia et Ainsley prirent celui de Haverstock, et Kate, Cynthia et Charlotte celui de monsieur Reeves.

— Je vous supplie de ne pas me demander de danser avec vous, sir, dit Lydia au cours du trajet. Je danse lamentablement mal.

Prenant sa main dans la sienne, l'homme lui dit :

— S'il vous plait, appelez-moi John. Et je suis content que vous n'aimiez pas beaucoup danser, car je crains d'être moi aussi très maladroit.

Regardant le couple assis en face d'elle dans le cabriolet faiblement éclairé, Anna regrettait que Lydia ne porte pas une robe plus jolie. Le vert olive était acceptable, mais une soirée spéciale comme celle-ci requérait une robe élégante.

— Je me demande si le capitaine Smythe sera au bal, dit Lydia.

— On se demande s'il va un jour avoir les mêmes sentiments que Cynthia, dit Anna. Qu'en pensez-vous, Charles ?

D'humeur sombre, Haverstock était calé dans le coin du véhicule, ne laissant même pas sa jambe frôler les jupes d'Anna.

Il croisa son regard.

— Comment ?

— Pensez-vous que le capitaine Smythe va un jour demander la main de Cynthia ?

— Je n'ai jamais vraiment réfléchi à la question, répondit-il sèchement. Je pense que cela ne regarde que Cynthia et le capitaine.

— Je pense qu'il s'est comporté de manière honteuse, déclara Lydia. Toutes ces semaines, il a donné de faux espoirs à Cynthia. Tout le monde s'attend à une déclaration d'un jour à l'autre. Aussi jolie qu'elle soit, aucun autre homme ne s'approchera d'elle, et maintenant le capitaine brille par son absence.

— C'est en effet honteux, remarqua Ainsley.

* * *

Bien qu'il fût tard dans la saison, la foule était la plus grande qu'Anna ait jamais vue chez les Taylor. Haverstock et Anna escortèrent les fiancés, présentant Ainsley à tout le monde comme étant le fiancé de Lydia.

Après avoir passé plus d'une heure en présentations, les messieurs invitèrent Anna et Lydia à s'asseoir dans des fauteuils contre un mur de la salle de bal et allèrent chercher des rafraîchissements.

S'éventant vigoureusement à cause de la chaleur étouffante de la pièce, Anna ne remarqua pas que sir Henry s'était approché pour lui demander de danser avec elle. Les sourcils froncés, elle referma lentement son éventail et se leva, lui tendant la main avec raideur.

— Quel plaisir de vous voir ce soir, lady Haverstock, dit-il, la conduisant sur la piste de danse.

Anna ne répondit pas.

La danse étant une valse, il la prit dans ses bras et murmura :

— Avez-vous trouvé l'information dont nous avons si désespérément besoin ?

— Mon époux ne me dit rien, et s'il le faisait, je ne vous le dirais pas.

— Et Ralph Morgan ? Je vous vois ensemble tous les après-midi à Hyde Park. Je crois que vous pourriez obtenir tout ce que vous voulez de cet homme.

— Ce n'est pas ce que vous croyez, déclara Anna avec véhémence. Monsieur Morgan m'escorte par amitié envers mon époux.

— Monsieur Morgan a la réputation d'avoir l'œil pour les belles femmes, Anna. Et au cas où vous ne vous êtes pas récemment regardée dans votre miroir, vous êtes incroyablement jolie.

— Je vous assure que monsieur Morgan est complètement inconscient de toute beauté que je puisse posséder.

Anna vit Charles revenir avec deux verres à l'endroit où elle avait été assise. Il parcourut des yeux la piste de danse, puis se raidit en les voyant.

Au même moment, lady Jane, vêtue d'une robe ivoire abondamment brodée, s'approcha de Haverstock, s'inclina pour dire quelque chose à Lydia, puis se redressa et parla à Charles, un sourire angélique sur le visage. L'estomac d'Anna se serra lorsqu'elle vit son époux donner à lady Jane la boisson qu'il était allé chercher pour elle.

La danse lui sembla interminablement longue. Anna découragea toute conversation avec sir Henry. Elle ne pouvait pas détacher ses yeux de Haverstock et de lady Jane. Pourquoi cette femme ne partait-elle pas ? Et la voilà qui s'éventait maintenant, puis elle se comporta comme si elle était sur le point de s'évanouir. Mais Anna était sûre que c'était un stratagème pour solliciter l'intérêt de Haverstock.

Il prit doucement la mince blonde par le coude et la conduisit hors de la salle de bal bondée.

— Je vois que votre mariage n'a rien fait pour refroidir les sentiments de votre mari envers la charmante lady Jane, déclara sir Henry.

Charles n'est donc pas indifférent à lady Jane, pensa Anna, morose, incapable de répondre à sir Henry.

Après la danse, sir Henry accompagna Anna à

son fauteuil près de Lydia. Cette dernière accueillit Anna avec ironie.

— Si seulement j'avais une peau de banane à jeter sous les pieds délicats de lady Jane !

Un sourire passa sur le visage d'Anna.

— Comme vous êtes méchante !

— Pas aussi méchante qu'elle. Je n'ai jamais vu une feinte d'évanouissement aussi grossière.

— Je ne suis donc pas la seule à l'avoir pensé, conclut Anna.

— J'espère que mon imbécile de frère voit clair dans son jeu.

Anna sentit une tape sur son épaule. Elle se retourna. C'était monsieur Churchdowne.

— M'accorderez-vous le plaisir de cette danse, lady Haverstock ?

Anna se leva avec grâce.

* * *

Il savait qu'elle ne l'aimait pas. Qu'elle ne l'avait jamais aimé. Qu'elle était responsable de la mort de Pierre Chassay. Et que c'était une ennemie de son pays. Alors, pourquoi souffrait-il tant de la voir dans les bras de sir Henry puis de Harry Churchdowne ?

Haverstock lança un petit sourire narquois à Jane. Elle s'était toujours imaginée marquise. Sa marquise. Et elle l'avait toujours agacé. Elle n'était pas plus souffrante que lui. Après lui avoir accordé un temps suffisant pour se rafraîchir, il lui demanda :

— Vous sentez-vous prête à danser la prochaine danse avec moi ?

Quelque chose dans sa fierté voulait montrer à Anna que d'autres femmes pouvaient être attirées par lui.

— Oh ! je suis tout à fait rafraîchie maintenant,

mon seigneur, dit-elle, en posant une main possessive sur son bras alors qu'il la conduisait vers la piste de danse.

Il passa devant Anna, l'ignorant tout en saluant Churchdowne d'un bref signe de tête. Il s'efforça de faire semblant d'agir comme si Jane était la personne la plus importante dans la pièce. De la regarder délibérément dans les yeux. Il rit et sourit à tout ce qu'elle lui dit. Il lui serra la main. Ce faisant, il observait Anna du coin de l'œil.

Comme s'il n'y avait personne d'autre sur la piste de danse excepté sa ravissante épouse. Il regarda son joli corps bouger gracieusement sous le doux drapé de sa robe bleu ciel. Et avec une rage amère, il épiait le visage de Churchdowne alors que ses yeux sérieux caressaient Anna.

Au diable ce Churchdowne ! se disait Haverstock. Avait-il besoin de serrer Anna de si près ? Et comment osait-il danser avec Anna après la scène chez White ? Cela pourrait donner une mauvaise réputation à Anna.

— Puisque vous vous êtes marié, lança lady Jane, j'ai aussi décidé de me marier.

— Et qui est l'heureux homme ?

— Je ne peux vous le dire avant d'avoir reçu son offre, mais je devrais la recevoir dans la semaine. Je dirais qu'il est d'un rang supérieur au vôtre.

Haverstock souleva un sourcil.

— Et il est assez âgé. Je devrai peut-être donc prendre mon plaisir avec un homme plus jeune comme vous, Charles.

Haverstock ne pouvait imaginer Anna, malgré tous ses défauts, dire ce que Jane venait de lui proposer. Jane à la lignée impeccable, pensa-t-il, dégoûté.

Chapitre 22

Madame Devreaux parcourut le long corps de Lydia de ses yeux perspicaces et s'adressa à Anna :

— Je n'ai jamais vu cette sœur, n'est-ce pas ?

Anna secoua la tête.

— Cette sœur préfère les tenues de cavalière aux robes de bal, mais elle a maintenant besoin d'un trousseau.

En quelques minutes, les assistantes de la modiste se précipitèrent autour de Lydia, la mesurant, tenant des tissus de différentes couleurs autour de son visage. Tout en Madame Devreaux exsudait l'enthousiasme.

Anna se rendit compte que la couturière extraordinaire ne comptait pas seulement les sommes généreuses qu'elle allait recevoir de leurs commandes. Elle se réjouissait également du défi d'utiliser toute sa créativité pour transformer Lydia de vilain petit canard en beau cygne.

— Ne convenez-vous pas, Madame Devreaux, que la poitrine de Lydia est un de ses meilleurs atouts et qu'elle ne devrait pas la cacher ? demanda Anna.

— Assurément, répondit la femme, en conduisant Lydia dans une cabine d'essayage. Lydia se déshabilla et madame Devreaux drapa un tissu de soie blanche de sa poitrine au sol.

Anna prit du recul et l'étudia. Lydia avait l'air presque jolie. Elle attirait certainement l'œil.

— Vous êtes vraiment un génie, Madame. Lydia a l'air ravissante.

Lydia se regarda d'un œil sceptique dans le miroir.

— Ne trouvez-vous pas le corsage trop bas ?

— Pas du tout ! s'exclama la modiste. Nous ne voyons que le sommet prometteur de vos atouts exquis. Votre fiancé va être ébloui.

Le visage de Lydia s'assombrit.

Madame Devreaux a clairement dit ce qu'il ne fallait pas, pensa Anna. Lydia n'était pas favorable à l'idée d'intimité avec son futur époux. Anna se rappela avec un profond désir les caresses de son propre mari qui la mettaient à la torture. Malgré la douleur de le perdre, elle serait prête à recommencer. Mieux valait la souffrance plutôt que d'aller à sa tombe sans avoir jamais expérimenté la magie de ses mains.

Anna regarda les jeunes assistantes travailler.

— Dites-moi, madame Devreaux, vos aides sont-elles de bonnes couturières ?

— Mais bien sûr. Je n'emploie que les meilleures.

La modiste nota des mesures sur un papier.

— Quel genre de salaire reçoivent-elles ?

— Je leur donne un salaire généreux, répondit-elle sur la défensive, sans mentionner de somme précise.

— Avez-vous besoin d'une autre employée ?

La femme acquiesça de la tête.

— Nous sommes terriblement occupées cette saison. Mes pauvres aides doivent travailler tard dans la nuit. Je pourrais assurément utiliser les services d'une couturière supplémentaire.

— Sally ! s'exclama Lydia.

Anna la regarda l'air radieux.

— Exactement.

— Vous connaissez quelqu'un ? demanda la modiste.

— Elle n'a pas beaucoup d'expérience, précisa Anna, mais son travail est bon et elle apprend très vite. Pour compenser son manque d'expérience, je propose de payer son salaire pendant sa période d'apprentissage. À son insu, bien sûr.

Madame Devreaux fit un large sourire.

— Bien sûr.

— Oh ! Anna, quelle idée merveilleuse, déclara Lydia. J'ai hâte de voir sa tête lorsqu'on lui annoncera.

— Eh bien, Lyddie ! lança Morgie pendant leur trajet vers l'East End cet après-midi-là, vous avez l'air différent.

— Ce sont ses cheveux, expliqua Anna.

— Ah ! oui. Cela vous va très bien, dit-il.

— Lydia va acquérir une nouvelle garde-robe pour son trousseau, annonça Anna.

Les mains tremblantes, Morgie arrêta complètement son cheval, puis se tourna vers Lydia, les yeux écarquillés.

— Votre quoi ?

— Mon trousseau, répondit-elle. Ne saviez-vous pas que je vais me marier ?

— Ça alors ! Non, je ne le savais pas, rétorqua-t-il d'un ton sec. Parbleu ! je vous vois deux fois par jour, et vous n'avez même pas la prévenance de me parler de quelque chose d'aussi important que des projets de mariage. Et qui diable allez-vous donc épouser ?

Anna les regarda à tour de rôle. Elle eut confirmation de leur affection mutuelle, ce qu'elle avait compris de longue date. Dommage que

Morgie n'ait jamais pris conscience de la profondeur de ses sentiments envers Lydia.

— Le seigneur John Ainsley, annonça Lydia.

Morgie ressaisit les rênes et lança le cheval au petit galop, tout en évitant le regard de Lydia.

— Jamais entendu parler de lui.

— Il vit tout près de Haymore, il est veuf, précisa Lydia.

— Je suis sûr que vous n'avez pas besoin de me le décrire, dit Morgie, les lèvres pincées.

Un silence gêné s'installa entre eux. Inconsciemment, Anna écouta le martèlement des sabots, le claquement des fouets, les jeux des enfants. Une corne de brume sur la Tamise.

— C'est la deuxième annonce renversante de fiançailles de ma journée, et vous ne devinerez jamais l'autre, dit Morgie peu après.

— Dites-la nous, dit sèchement Lydia.

— Blassingame a demandé la main de lady Jane Wyeth.

— Mais le vieux duc doit avoir quatre-vingts ans ! s'exclama Lydia.

— Il n'a que soixante-quinze ans, la corrigea Morgie.

— Vous rendez-vous compte des conséquences sur les plans de Kate ? demanda Anna.

Lydia porta vivement une main à sa bouche.

— Mon Dieu ! Si le duc et Jane ont un fils, le pauvre monsieur Reeves n'aura aucune chance d'avenir, et Kate ne sera jamais duchesse !

— Un sujet délicat, je le reconnais, balbutia Morgie, mais le bébé n'a même pas besoin d'être celui du duc, si vous voyez ce que je veux dire. Les hommes d'un certain âge ont des difficultés avec ce genre de choses, à ce qu'on me dit. Il serait heureux comme tout si tout le monde le croyait encore capable.

Lydia rougit et détourna délibérément son regard.

Anna fut submergée par l'angoisse en revoyant son époux danser avec lady Jane le soir précédent. Avaient-ils prévu de devenir amants une fois Jane mariée au vieux duc ? Même si elle pouvait imaginer Jane manigancer quelque chose derrière le dos de son mari, Anna ne pouvait pas imaginer Charles refuser à Kate le désir de son cœur.

— Anna, reprit Lydia, le mariage de Kate est dans deux jours seulement. Je crains qu'elle ne l'annule si elle apprend les plans du duc.

— Ce ne serait peut-être pas une mauvaise chose, déclara Anna.

— Mais Kate mérite d'être misérable. C'est une intrigante. Soit c'est elle qui sera misérable, soit c'est le pauvre monsieur Reeves. Sa seule erreur a été de tomber amoureux de Kate. Je ne lui parlerai pas de Blassingame, ajouta-t-elle, le menton relevé.

Anna détestait l'idée de voir Kate enfermée dans un mariage sans amour, mais cela relevait de son choix. Que monsieur Reeves devienne ou non un duc n'avait vraiment rien à voir avec le fait de gagner le cœur de Kate. Et cela, il n'y parviendrait jamais. Lydia avait peut-être raison de taire à Kate la nouvelle des plans de Blassingame.

Morgie jeta un regard sceptique à Lydia, mais il ne dit rien.

À l'école de couture, Morgie resta avec son équipage, comme à son habitude. Anna, Lydia et Colette se répartirent entre les élèves. Sally était assise au bout d'une table avec ses deux petites filles, qui portaient des robes rapiécées. Elle mettait la touche finale à une nouvelle robe pour son aînée.

— Je pense que cette robe sera votre ouvrage parfait à montrer à votre nouvel employeur, annonça Anna.

Sally leva vers elle ses yeux bleus remplis d'espoir. Un sourire se dessina lentement sur son visage maigre.

— Vous voulez dire que je vais avoir un véritable travail ?

Anna acquiesça de la tête.

Lydia les rejoignit, tout sourire.

— Vous serez assistante de la couturière de lady Haverstock, déclara Lydia. Les clientes de madame Devreaux sont les femmes les plus chic de Londres.

Sally se baissa vers son bébé, repoussa ses boucles blondes de son visage et la serra dans ses bras, les larmes aux yeux.

— Je ne sais pas quoi dire, madame, je suis si émue.

— Pendant votre apprentissage, vous gagnerez deux shillings par semaine.

Les yeux de la jeune mère faillirent sortirent de leurs orbites.

— Oh ! je ne pourrai jamais vous remercier assez !

— Ce n'est pas nécessaire de me remercier. C'est votre propre talent et votre détermination qui vous ont permis d'obtenir ce poste, expliqua Anna.

— Certaines filles veulent devenir princesses, mais une couturière talentueuse, c'est ce que j'ai toujours voulu être, dit Sally avec un sourire rêveur.

— Et vous l'êtes, reprit Anna.

Lorsqu'elles retrouvèrent Morgie à l'extérieur, il leur présenta un garçon maigre qui ne pouvait pas avoir plus de neuf ans. Il avait le corps contusionné, les cheveux sales et les habits en lambeaux. Cela surprit en fait Anna que Morgie, aux vêtements impeccables, s'approche de ce gamin des rues. La plupart des hommes de son rang ne le feraient pas.

— Je vous présente Andy, dit Morgie, plaçant une main sur les épaules décharnées du garçon. Il adore les chevaux.

— Monsieur Morgan me laisse travailler avec ses ch'vaux, leur dit-il.

— En fait, annonça Morgie, il va devenir mon palefrenier.

Andy sauta sur le siège arrière du carrosse, les autres montèrent dedans, et il partit.

Lydia leva des yeux approbateurs vers Morgie.

— Comme c'est gentil à vous de prendre le garçon, Morgie.

Il haussa les épaules.

— Il fera un bon palefrenier, il aime les animaux.

— Et qu'en disent ses parents ? N'est-il pas terriblement jeune pour les quitter ? demanda Lydia.

— Le pauvre garçon n'a pas de famille, expliqua Morgie. Je lui lance des pièces de temps en temps quand il m'aide avec mes montures, et je crois que cela a été son seul moyen de survie.

— C'est si bon à vous, dit Lydia se tournant vers son visage pensif, l'admiration dans les yeux. Je ne comprends pas comment un jeune enfant comme lui n'a pas de famille.

— Trop de bouches à nourrir, pas de maison.

Père inconnu, mère infidèle. Toutes sortes de raisons, dit Anna à voix basse. Et bien que nous ne puissions pas réparer le problème, nous pouvons alléger le fardeau pour rendre leur vie plus facile, et espérer que d'autres nous imiteront.

Monsieur Hogart et Charlotte, je crois, veulent faire de bonnes œuvres dans leur vie, si Charles consent à leur mariage, annonça Lydia.

— Vous devez savoir que Charles n'attache pas beaucoup d'importance au rang et à la richesse, la réprimanda Anna. Et d'ailleurs, monsieur Hogart n'a pas fait de demande.

— Il n'en fera pas, prédit Lydia. Il est beaucoup trop galant pour demander à Charlotte de partager une vie de pauvreté.

— Ils n'auront pas besoin d'être pauvres, je vous assure, dit Anna. Je vais leur allouer une somme, cela me ferait plaisir de les voir continuer le travail de monsieur Hogart.

Lydia serra Anna dans ses bras.

— Je le répète, nous avons tellement de chance de vous avoir pour sœur.

— Peuh ! fit Anna.

— Quand vais-je faire connaissance de votre seigneur ? demanda Morgie.

— Venez ce soir à Haverstock House, nous restons à la maison. J'aimerais que vous soyez mon partenaire de whist, puisque le seigneur, je veux dire John, ne joue pas, expliqua Lydia.

— Quel genre d'homme ne joue pas au whist ! murmura Morgie, irrité.

* * *

Dans une petite cérémonie familiale dans l'église Saint-George à Hanover Square, une Kate sanglotante devint l'épouse de monsieur Reeves. Anna observa la cérémonie du banc de devant,

presque entièrement concentrée sur son très beau
mari debout à côté du marié nerveux. Haverstock
portait un pantalon gris avec un riche manteau
noir orné de boutons en diamant assortis à ses
éperons. À voir sa virilité même, Anne en eut le
souffle coupé.

Elle se souvenait de leur propre mariage.
Combien ses sentiments avaient-ils été différents
à son égard ! Alors que ses pensées erraient, il
croisa son regard. Elle lui sourit.

Mais il tourna rapidement la tête.

Le duc de Blassingame était présent, son corps
mince appuyé sur une canne à poignée d'argent. Il
n'y avait aucun signe de lady Jane, et aucune
annonce de leur future union n'avait encore paru
dans les journaux. Mais Anna savait que Kate
était au courant.

Après la cérémonie, on servit un petit déjeuner
à Haverstock House. Kate avait alors cessé de
pleurer et avait gracieusement accueilli chaque
invité, y compris les cinq filles que le duc avait
eues avec sa première femme, maintenant
décédée. Elles étaient d'un certain âge.

Mais c'est Lydia qui attira le plus d'éloges le
jour du mariage de Kate. Car c'était la première
fois qu'elle portait l'une des robes confectionnées
par madame Devreaux. Violet très pâle, au
décolleté plongeant. La robe soyeuse la faisait
paraître sculpturale, presque élancée.

Colette avait arrangé ses cheveux dans le style
grec, et un panache d'autruche lavande était
planté dans ses boucles noires.

Morgie ne pouvait détacher ses yeux d'elle.

Anna se rendit compte qu'il était maintenant
intimidé par la femme avec qui il avait toujours
joui d'une intimité facile. Dans des circonstances

normales, il serait assis à côté de Lydia et tous deux lanceraient des remarques acerbes sur certains des invités pompeux.

Mais aujourd'hui, il se tenait à part, déglutissant avec difficulté en regardant Ainsley aux petits soins avec Lydia.

Anna s'approcha de Morgie.

— Outre le fait qu'il ne sache pas jouer au whist, que pensez-vous du seigneur Ainsley ?

— Obtus.

— Mais vous devez admettre qu'il est très aimable, et très dévoué envers Lydia.

— Il va l'ennuyer à mourir.

— Mais il aime faire du cheval et on m'a dit que son écurie est bien équipée. Cela devrait rendre Lydia heureuse.

— Ce n'est pas juste, voyez-vous, de lui demander de devenir la mère de six enfants qui ne sont pas les siens.

— Lydia aime les enfants.

— Elle mérite d'avoir les siens.

— Le seigneur sera très probablement heureux de s'exécuter.

Morgie poussa un soupir impatient.

Anna changea de sujet.

— Et comment va le jeune Andy ?

— Gai comme un pinson. Ma femme de ménage l'a baigné et lui a trouvé des vêtements propres qui ne sont pas trop grands pour son petit corps maigre. On arrivera à l'engraisser en un rien de temps. Il a un appétit de loup.

Il regarda autour d'eux.

— Mary n'est pas venue ?

— Ne savez-vous pas qu'elle va présenter son premier petit-fils à la douairière ?

— Vous ne me dites plus jamais rien, répliqua-t-il d'un ton sec.

— Qu'est-ce qu'on ne vous dit jamais ? demanda Haverstock à Morgie, en les rejoignant et en passant un bras autour de la taille d'Anna, ce qui faillit la faire chanceler d'émotion.

— D'abord, pas un mot sur le seigneur qui courtise Lyddie. Ensuite, personne ne me dit que la famille de Mary grandit. Et vous m'avez toujours dit que j'étais comme un membre de la famille.

— Vous devez vous rendre compte que vous êtes la seule personne ici sans lien de parenté avec l'heureux couple, avança Haverstock, serrant une main ferme sur l'épaule de son ami. En fait, je vous trouve très supérieur à la plupart des membres de ma famille. Venez, allons chercher du champagne.

Ils laissèrent Anna seule. Elle se demandait si elle était des membres de la famille que son époux trouvait insuffisants. Bien sûr qu'elle en était. Si seulement elle ressemblait davantage à lady Jane ! se dit Anna.

Chapitre 23

— Ces femmes ont bien besoin d'elle, dit Morgie d'un ton sec en les conduisant vers l'East End. Je ne sais pas pourquoi Lyddie va se balader avec ce seigneur cet après-midi. Il la voit chaque fichu soir.

Anna posa doucement une main sur son bras.

— C'est juste pour cet après-midi, le pauvre homme n'a pratiquement pas eu un moment seul avec elle depuis leurs fiançailles. D'ailleurs, je voudrais aujourd'hui vous parler en privé de quelque chose.

Il baissa les yeux.

— Votre dévoué serviteur, ma lady.

Même si elle savait qu'ils étaient seuls, hormis le postillon à l'arrière, Anna jeta un coup d'œil dans la rue sombre et étroite pour s'assurer que personne ne pouvait les entendre. Il n'y avait aucun autre équipage à proximité. Même Colette n'était pas avec eux aujourd'hui. Les mots d'Anna n'atteindraient donc que les oreilles de Morgie.

— Je sais combien vous êtes proche de Charles, commença-t-elle. Il vous confie ce qu'il ne confie à personne d'autre. J'ai appris, pas par lui, que vous l'avez accompagné en France. Ce que je ne sais pas, c'est si Charles travaille pour ou contre l'Angleterre.

— Comment pourriez-vous douter de lui ? rétorqua Morgie, faisant claquer son fouet contre le cheval et jetant un regard soupçonneux à Anna.

— Dans mon cœur, je sais qu'il est bon. Cependant, un homme qui travaille peut-être contre l'Angleterre, je le crains, m'a persuadé que Charles était un traître.

Morgie faillit entrer en collision avec un chariot de foin.

— C'est de la folie, je vous le jure ! Il n'y a pas de meilleur homme que Haverstock.

— Je veux vraiment le croire, lui assura Anna. Je veux aussi que vous croyiez que je n'ai absolument aucune sympathie pour les Français. Cela fait partie de ce qui complique tout pour moi. Si je devais choisir entre mon pays et mon époux, je ne sais lequel je choisirais. Je tiens beaucoup à Charles.

Le regard de Morgie s'adoucit et il baissa la voix.

— Vous n'avez pas à choisir. Haverstock est aussi anglais que le roi.

— Alors j'ai besoin que vous m'aidiez à le prouver.

— Et comment puis-je le faire ?

— Je ne suis pas sûre.

Anna sentit une rafale rafraîchissante venir de la Tamise lorsque le cabriolet de Morgie emprunta le Strand plus large.

— Je pensais que vous pourriez peut-être m'aider à piéger l'homme que je soupçonne.

— Et je vous prie, qui est cet homme ?

— Sir Henry Vinson.

— Je n'ai jamais apprécié cette pourriture.

— Moi non plus, à vrai dire.

— Parlez-moi de lui, lui ordonna Morgie, prenant le prochain virage à vive allure.

Anna révéla que sir Henry s'était servi d'elle pour espionner Haverstock en la persuadant que

Haverstock était un loyaliste français.

— Il a manigancé pour apprendre l'identité du contact de Charles en France, celui à qui vous avez tous les deux rendu visite.

Morgie acquiesça de la tête en silence.

Au moment où ils atteignirent le vieux bâtiment qui abritait l'école de couture, il se tourna vers Anna, le regard sévère.

— Laissez-moi faire ! Je sais me débarrasser de la vermine.

* * *

— Permettez-moi de vous offrir un verre, Almshouse, dit Morgie, s'installant dans un fauteuil en cuir dans un coin sombre de White et attirant l'attention d'un serveur qui passait.

Theodore Almshouse, au beau manteau râpé, prit place à côté de lui.

— Très gentil à vous, mon vieux, sachant que je vous dois toujours cinq cents livres. Et j'ai le regret de vous dire qu'il faudra attendre le prochain trimestre avant que je puisse vous rembourser. J'ai vraiment la poisse ces temps-ci.

Morgie leva les yeux vers son vieux camarade d'école, ne manifestant ni satisfaction ni mépris, mais de la maîtrise de soi.

— Vous n'aurez peut-être pas à me rembourser, annonça joyeusement Morgie. J'ai une proposition à vous faire.

Almshouse se pencha en avant, dressant l'oreille.

Le serveur leur apporta une bouteille de porto et deux verres. Morgie regarda Almshouse saisir le sien d'une main tremblante.

— Avec votre guigne, poursuivit Morgie, ça ne devrait pas vous être trop difficile de vraiment jouer pour perdre.

— Vous proposez de me payer pour que je
perde ?

Morgie opina de la tête.

— Contre qui, je vous prie ?

— Sir Henry Vinson.

* * *

Alors qu'elle montrait à une femme d'un certain
âge empestant l'oignon comment faire un point de
chainette, Anna sentit quelqu'un de penché par-
dessus son épaule. Elle se retourna et vit
monsieur Hogart.

Il arborait un sourire espiègle qu'elle lui
renvoya avec affection.

— Je pensais vous trouver là, dit-il en
s'inclinant.

Anna lui tendit la main.

— Comment le saviez-vous ?

— Il se trouve que je passe moi aussi beaucoup
de temps dans ce quartier. Nul besoin d'être un
génie pour déduire que la grande dame qui a
organisé cette école de couture n'était autre que la
marquise de Haverstock. Dites-moi, le marquis
est-il au courant ?

Anna acquiesça de la tête tout en l'éloignant
des élèves.

— Et il n'a pas d'objection ?

— Sa seule objection concerne notre sécurité.
Je ne suis même pas sûre qu'il fasse entièrement
confiance à monsieur Morgan.

— Il ne devrait pas se faire de soucis pour vous,
on vous vénère ici comme une sainte. Personne ne
portera jamais la main sur vous.

— Vous connaissez bien ces gens.

— En effet, et je sais que je leur fais du bien,
pas seulement spirituellement.

Sa voix était remplie d'espoir et ses yeux

d'enthousiasme. Puis il soupira et baissa la voix.

— Mais on ne peut exiger que Haverstock accueille favorablement l'idée que sa jolie sœur passe sa vie à travailler pour les masses ignorantes. Elle mérite une vie de privilège et d'aise.

Leurs pas résonnaient sur le sol en pierre. Il ne s'agit donc pas d'une simple visite de courtoisie, réalisa Anna. Le cœur de monsieur Hogart devait vibrer à l'idée d'un mariage éventuel.

— Vous sous-estimez Charlotte et mon époux. Charles a un cœur très généreux et il ne se sent pas supérieur aux autres. Voyez le choix qu'il a fait en me prenant pour épouse. Vous connaissez mes origines, n'est-ce pas ?

Monsieur Hogart acquiesça de la tête en détournant son regard.

— Charlotte m'a dit que vous souhaitez vous marier.

— Plus que tout.

— Vous devez alors en demander la permission.

— Je ne peux pas, je n'ai pas d'argent, pas de maison à offrir.

— J'ai mis de l'argent de côté pour la dot de chacune des sœurs de Charles. Celle de Charlotte est modeste, mais vous devriez pouvoir acquérir une petite maison et un revenu de deux cents livres par an. Et un jour, vous gagnerez aussi de l'argent par vous-même.

— Je ne peux pas accepter votre générosité.

— Oh ! mais ce n'est pas pour vous. La dot a été mise en place avant même que je ne vous connaisse.

Son visage s'éclaira, ses yeux se mirent à briller.

— Je pourrais vous embrasser, lady

Haverstock !

— Gardez cela pour lady Charlotte.

* * *

Il n'y a aucun plaisir à gagner contre
Almshouse, se dit sir Henry. L'homme n'avait pas
plus de chance que de capacité à tenir l'alcool. Et
maintenant, sir Henry allait empocher une autre
reconnaissance de dette sans valeur de ce type.
Almshouse devait de l'argent à tout le monde en
ville.

— Just'une aut' partie, implora Almshouse en
mangeant ses mots à cause de l'eau-de-vie. J'sens
que ma chance va tourner.

Sir Henry se leva.

— Vous n'avez plus d'argent.

— Asseyez-vous, mon brave, dit Almshouse, ses
yeux faisant le tour de la pièce opulente dans cet
établissement de madame Chambers.

Aucun des autres joueurs du grand salon
n'était à portée de voix. Almshouse baissa
néanmoins la voix et se pencha vers sir Henry.

— J'ai des informations d'une valeur
considérable.

— Je ne vois pas pourquoi acheter des
informations m'intéresserait.

— N'êtes-vous pas associé au Foreign Office ?
demanda Almshouse.

Sir Henry haussa un sourcil et rapprocha un
peu sa chaise d'Almshouse.

— Il y a un certain Français de haut rang qui
peut vous être utile, à ce que je comprends.

Almshouse leva son verre et avala lentement
une gorgée tout en étudiant son adversaire.

— À condition de connaître son identité.

Le cœur de sir Henry fit un bond à la
perspective d'apprendre qui était le Français, mais

l'homme s'efforça de rester calme. Il ne devait pas paraître trop intéressé. Son enthousiasme ne se manifesta que par sa lenteur à déglutir, ce qui accentua le mouvement de sa pomme d'Adam.

— J'ai peut-être entendu parler de cet individu, répondit-il avec désinvolture. Mais comment le connaissez-vous ?

— Mon ami Ralph Morgan, ivre un soir, parlait de sa rencontre avec lui en France.

Le voyage de Morgie en France avait été secret. Almshouse savait vraiment de quoi il parlait.

— Dites-moi, quand cette rencontre a-t-elle eu lieu ? s'enquit sir Henry.

Almshouse haussa les épaules.

— Il y a peut-être trois mois ou six... À peu près à l'époque où Haverstock s'est marié.

Sir Henry acquiesça. Il fit tout son possible pour se retenir d'arborer un grand sourire. La bonne fortune lui souriait enfin. Les dix mille livres qu'il avait reçues pour se débarrasser de monsieur Chassay représenteraient une somme dérisoire comparée à la récompense pour la révélation du plus grand traître de France. Cependant, sir Henry savait qu'il ne devait pas se montrer trop enthousiaste. Il tira sa montre de son gousset et y jeta un coup d'œil.

— Supposons que j'aie le temps de faire une autre partie. Quels sont les enjeux ?

— Si je gagne, je récupère tout ce que j'ai perdu ce soir. Si je perds, vous recevez le nom du Français.

Sir Henry lui tendit les dés.

* * *

Excepté leur conversation concernant l'annonce du mariage entre le duc de Blassingame et lady Jane Wyeth, Morgie et Lydia gardèrent le silence

en route vers l'East End. Anna dut essayer
d'entretenir la conversation, remarquant combien
Kate prenait bien l'annonce du mariage du duc.
Elle posa aussi des questions à Lydia sur sa
promenade de la veille avec Ainsley et fit des
remarques sur la chaleur.

À leur arrivée à l'école de couture, Morgie
demanda à Anna de rester en arrière pour lui
parler en privé.

— Je crois que notre plan a marché, ma lady,
dit-il. Vos soupçons concernant sir Henry
semblent être entièrement justifiés.

Les yeux d'Anna scintillèrent.

— Vous pouvez le prouver ?

Il acquiesça de la tête.

— Un..., une de mes connaissances a joué avec
sir Henry, et il semble qu'il ait fait exactement ce
à quoi on s'attendait. En échange d'argent, mon
ami a offert à sir Henry le nom du fonctionnaire
français.

— Et il a aussitôt sauté sur l'occasion de
l'obtenir, n'est-ce pas ?

— Exactement. Je savais que cela ne servirait à
rien d'inventer un nom, alors on lui a donné le
vrai nom. Puis j'ai recruté des Coureurs de Bow
Street pour qu'ils surveillent sir Henry 24 heures
sur 24. Ils doivent garder en détention
perpétuelle, à l'insu de sir Henry, toute personne
qu'il rencontrera en secret. On a maintenant en
garde un certain monsieur Thomas Brouget,
ajouta Morgie avec une certaine insolence, qui se
rendait en toute hâte à Douvres après avoir
rencontré sir Henry à Saint-Paul ce matin.

Dieu soit loué ! Charles était innocent ! Anna
eut l'impression d'être libérée d'une cage. Elle
pourrait maintenant se débarrasser de l'odieux sir

Henry Vinson.

* * *

Anna reçut une note de sir Henry, lui demandant de le rencontrer au British Museum. Elle espérait que ce serait leur dernier rendez-vous.

Anna était tout à fait seule au milieu de vitrines sinistres lorsque sir Henry entra.

Il évalua froidement une momie.

— Je me rends finalement compte que vous ne pouvez pas me rendre service.

— Nous sommes alors du même avis, déclara Anna. Je ne vous fais pas confiance, et je pense que c'est vous qui trahissez l'Angleterre, pas mon époux.

Il lui lança un regard froid.

— Vous ne savez pas de quoi vous parlez.

— Oh ! que si ! Mais je regrette que cela m'ait pris tant de temps pour voir la vérité.

— La vérité est que votre mari travaille pour les Français.

— Vous êtes un menteur.

— Vous savez qu'il rencontrait Pierre Chassay.

— Parce que monsieur Chassay travaillait avec les Anglais, et vous ne pouviez pas le permettre, n'est-ce pas, sir Henry ?

Il la fusilla de son regard noir.

— Je regrette amèrement d'avoir été assez stupide pour vous faire confiance, mais cela ne se reproduira plus. Si vous tenez à votre peau, vous quitterez le pays avant que j'informe mon époux de vos activités.

— Comment osez-vous me menacer !

Elle lui lança un regard glacial avant de tourner les talons.

— Je vous donne deux jours.

* * *

Haverstock avait du mal à se concentrer sur les codes. Il n'arrêtait pas de penser à la trahison d'Anna. À la mort de Pierre. À ce dégoûtant Harry Churchdowne si visiblement épris d'Anna. Du rôle de sir Henry Vinson dans cette affaire.

Il sortit la miniature d'Anna et la contempla. Le rire dans ses yeux d'un marron intense et sa jolie bouche incurvée en un sourire espiègle. Il pouvait presque entendre sa douce voix et sentir son eau de rose. Même en sachant tout ce qu'il savait d'elle, la vue de ce visage parfait le subjugua. Signe de faiblesse ignoble. Sa folie pour elle avait coûté la vie à Pierre.

Pour la première fois, Haverstock rêvait de ressembler à son père, de ne tenir à aucune femme. Elles n'apportaient que la destruction. Il en était témoin.

On frappa à sa porte. Son secrétaire annonça un monsieur Cook.

Le cœur de Haverstock se mit à battre la chamade. Monsieur Cook était l'un des Coureurs de Bow Street qu'il avait embauchés pour suivre Anna depuis qu'il avait congédié Jimmy.

Haverstock demanda à l'homme de s'asseoir. Avant que monsieur Cook ne dise quoi que ce soit, Haverstock savait qu'Anna avait rencontré sir Henry.

— Vous avez un rapport sur les activités de mon épouse ? demanda Haverstock.

Monsieur Cook acquiesça de la tête d'un air sombre et sortit un petit registre de son manteau miteux.

— Ce matin au British Museum, lady Haverstock a rencontré un grand gars mince, la cinquantaine. Ils ont parlé pendant une dizaine de minutes, puis l'individu est venu dans ce bâtiment. Nous avons appris qu'il s'appelle…

— Sir Henry Vinson.

— Exactement.

Haverstock savait maintenant avec certitude qu'Anna rencontrait effectivement l'homme qui correspondait à la description de l'assassin de Pierre.

Haverstock frappa du poing sur son bureau. Il se demandait s'il aurait le courage de voir le joli cou d'Anna dans un nœud coulant.

Chapitre 24

Au diable cette intrigante ! Sir Henry n'allait pas se laisser régenter par elle ! Et juste quand tout allait si bien ! Thomas était en route pour la France avec le nom du ministre. Selon toute vraisemblance, sir Henry serait considérablement plus riche dans une quinzaine de jours. Il avait un joli petit nid ici à Londres, surtout maintenant qu'il avait des biens en abondance.

Si seulement il n'avait pas encouragé Anna à épouser ce fichu Haverstock ! Cela avait été sa perte. Il ne s'était pas attendu à ce qu'ils tombent amoureux l'un de l'autre. Cela n'arrivait jamais. Haverstock s'était jusque-là contenté d'un nombre de maîtresses, mais il n'en avait pas pris depuis qu'Anna était entrée dans son lit. Sir Henry repensa à sa mère, Annette de Mouchet, et combien Steffington avait été heureux avec elle. Tout homme aurait pu s'abandonner aux délices de sa beauté, se dit sir Henry avec un remords doux-amer.

Peut-être aurait-il dû lui-même prendre Anna pour maîtresse. Mais il était devenu si las des femmes exigeantes. Il avait cru pouvoir contrôler Anna sans renoncer à son autonomie. Au début, elle avait semblé si propice à ses efforts. Sa haine pour les Haverstock avait d'abord encouragé sir Henry. Mais il avait été aveugle à l'attrait d'un corps musclé, d'yeux noirs qui tenaient une femme captive aussi puissamment que des chaînes et d'une chevelure épaisse de la même couleur que la terre fraîchement retournée.

Au diable cette catin ! Et elle lui donnait deux jours ! Trois mois plus tôt, il aurait été heureux de s'enfuir à Paris, de s'installer dans le Palais Vendôme qui lui avait été promis. De retrouver des amis qu'il n'avait pas vus depuis plus d'une décennie à cause de la guerre. De prendre sa juste place sur les plus hauts échelons de la société la plus brillante au monde.

Mais maintenant, il se sentait étrangement réticent à y aller. Paris avait assurément changé depuis sa dernière visite. Les nobles avaient disparu.

Une vision d'Anna présidant gracieusement une table de jeu parisienne, vêtue de somptueuses robes, envahit son esprit. Ah ! Avec Anna à ses côtés, il aurait Paris à ses pieds.

Mais comment pouvait-il y arriver ? Une idée lui vint soudain. Il pouvait exploiter sa faiblesse.

Sa faiblesse pour le marquis de Haverstock.

* * *

Après le petit déjeuner, Anna entendit des personnes parler à voix basse dans le cabinet de toilette de son époux. Et quand Manors partit, elle entra. Cela la peinait que la seule façon de le voir était de lui imposer sa compagnie.

Elle remarqua la lueur de colère dans ses yeux lorsqu'il releva la tête et la vit. Le dégoûtait-elle à ce point ? N'y avait-il aucun espoir de réconciliation ?

Il était entièrement vêtu de gris. Il leva une main gantée tout en regardant vers la porte, comme s'il devait partir en toute hâte.

Malgré son agitation intérieure, elle se dirigea vers lui d'un pas gracieux et lui adressa la parole de sa voix douce :

— J'ai pensé devoir vous avertir qu'un autre homme va demander la main d'une autre de vos sœurs.

Il parcourut son corps d'un regard nonchalant.

— Le type qui s'habille en noir ?

Elle acquiesça de la tête.

— Corrigez-moi si je me trompe, n'est-ce pas celui qui n'a pas d'argent ?

— Même s'il n'en a pas pour l'instant, Charlotte a une belle petite dot offerte par sa belle-sœur.

— C'est très gentil à vous, fit-il froidement. Quand va-t-il demander ma permission ?

— Il dîne ici ce soir.

— Vous pensez qu'ils formeront un beau couple ?

Les yeux d'Anna se mirent à briller.

— Un très beau couple. Et ils sont tous deux si bons. Je suis très heureuse pour eux. Je suis désolée que vous n'ayez pas eu la chance de Charlotte, ajouta-t-elle en se dirigeant vers la fenêtre.

— C'est-à-dire ?

Elle se tourna vers lui, le visage angoissé.

— La chance d'épouser la femme de votre choix. J'ai cru bien faire, murmura-t-elle. Mon intention n'a jamais été de vous causer du mal, ni à vous ni à qui que ce soit.

Il déglutit avec difficulté.

— Je dois y aller, dit-il en s'éloignant.

* * *

Vêtu d'un manteau neuf, bien que toujours d'un noir terne, monsieur Hogart rencontra Haverstock en privé avant le dîner pour demander la permission d'épouser lady Charlotte. Depuis sa discussion avec son épouse ce matin-là,

Haverstock avait préparé sa réponse affirmative.

Tout au long de la journée, il avait été incapable de faire autre chose que se rappeler chaque mot échangé avec Anna. Mon Dieu, comme il était difficile de converser avec elle lorsqu'elle se tenait devant lui, avec sa voix douce et son intuition toujours juste ! Il semblait impossible qu'elle soit la même femme qui avait manigancé pour l'épouser, pour espionner contre le pays qui avait offert refuge et prospérité à elle et à sa mère.

Anna avait indéniablement beaucoup de bonnes qualités. C'était si gentil à elle d'offrir une dot pour ses sœurs, en particulier la douce Charlotte pour qu'elle puisse épouser Hogart. Il était bon. Il traiterait bien Charlotte. D'après ce qu'Anna lui avait dit, Charlotte aurait volontiers renoncé à tout pour devenir la compagne de Hogart. Haverstock sourit en pensant à sa petite sœur. Elle avait toujours eu un faible pour les opprimés. Il suffisait de compter tous les chiens galeux qu'elle avait recueillis et soignés. Il était plutôt fier d'elle et de son désir de se consacrer aux moins fortunés.

Il avait également été fier d'Anna. Avant l'assassinat de Pierre.

On fit l'annonce du mariage de Charlotte au dîner. Kate et monsieur Reeves étaient présents, l'air solennel, pas celui de jeunes mariés heureux.

— Mon oncle se marie la semaine prochaine, annonça monsieur Reeves d'un air sombre.

— Je n'ai jamais vu autant de fiançailles en si peu de temps, s'exclama joyeusement Charlotte. Kate d'abord, puis Lydia, lady Jane, et maintenant moi ! N'est-ce pas excitant ?

Haverstock jeta un coup d'œil à Cynthia, qui

avait l'air plutôt pâle. Elle n'avait pas touché à sa soupe à la tortue et n'avait pas dit un mot. Une fois de plus, le capitaine Smythe était absent. Ils s'étaient tous fait leurrer par lui. Haverstock se demanda s'il devrait lui parler à propos de Cynthia. Bien sûr, Smythe n'avait jamais fait aucune promesse. Mais un homme d'honneur n'agissait pas envers une lady comme Smythe l'avait fait envers Cynthia.

— Je vais bientôt me retrouver toute seule, se plaignit la douairière.

— Non, maman, je suis sûre que je ne me marierai jamais, déclara Cynthia sur un ton de martyre.

— Une jolie fille comme vous a dû recevoir d'innombrables offres, avança Ainsley.

— Pas une seule cette saison, se lamenta Cynthia. Je crains d'être trop vieille.

— C'est absurde ! rétorqua le propriétaire. Regardez Lydia, elle a trente ans.

Lydia rougit.

— Je ne sais pas ce que je vais devenir sans Lydia pour s'occuper des affaires à ma place, dit la douairière.

Haverstock jeta un coup d'œil à l'extrémité opposée de la table où était assise Anna, le visage baignant dans la douce lueur des bougies.

— Vous aurez Anna.

La douairière ignora la remarque de son fils et poursuivit, comme si elle se parlait à elle-même :

— Si je choisis de ne pas habiter dans la maison des douairières. Il se peut que je veuille ma maison à moi.

— Et vous, mon amour, aimez-vous présider votre propre foyer ? demanda Haverstock à Anna sur un air moqueur.

— J'ai découvert qu'on ne s'attache pas à un endroit, mais aux gens qui y habitent, répondit Anna. Je serai heureuse où que je sois, tant que les êtres qui me sont chers sont près de moi, et comme Mère, Lydia va terriblement me manquer.

— Alors vous devrez passer plus de temps à Haymore, lança le propriétaire.

Anna jeta un regard de défi à Haverstock.

— C'est exactement ce que je répète à mon époux.

Haverstock fronça les sourcils. Il n'emmènerait jamais Anna à Haymore. Il n'avait pas le droit de continuer à vivre avec une espionne. Il ne pouvait pas non plus la livrer aux autorités. Il savait maintenant ce qu'il allait faire d'elle.

Mais parbleu, comme cela le peinait de savoir qu'il ne la reverrait plus jamais ! Un stupide vers romantique lui vint à l'esprit. Il n'avait jamais apprécié ces inepties, mais ces lignes ne cessaient de lui revenir. *Mieux vaudrait être un arbre ou un rocher et pour vous ne jamais avoir le cœur blessé.*

De telles niaiseries sentimentales ! se gronda-t-il. Il n'était pas amoureux d'Anna. L'amour n'avait jamais fait partie de leur mariage.

* * *

Sir Henry ne faisait pas confiance à Anna, elle avait pu le faire suivre. Même son valet pouvait être suivi. Par conséquent, il devait être particulièrement prudent et compter sur son caractère astucieux qui lui garantissait une bonne place depuis cinquante ans.

Il fit venir son secrétaire.

— Dites, Whitestone, il me semble avoir reçu par erreur un message destiné à lord Haverstock. Faites en sorte qu'il lui soit remis.

Alors que l'homme aux vêtements ternes

quittait la pièce, sir Henry ajouta d'un air désinvolte : — Au fait, comme le message est de nature privée, je préférerais que lord Haverstock ne sache pas que sa lettre est arrivée sur mon bureau, si vous voyez ce que je veux dire.

En quelques minutes, le messager donna une lettre au secrétaire de Haverstock, qui la posa sur une pile de papiers sur le bureau de son maître.

Haverstock posa son stylo et traversa la pièce pour ouvrir la fenêtre. Une autre journée terriblement chaude. Un véhicule avec des cavaliers passa, ressemblant beaucoup à l'équipage de Morgie. En fait, c'était exactement le moment de la journée où Morgie escortait habituellement Anna, Lydia et Colette dans l'East End. Haverstock sourit. Qu'aurait dit son père s'il avait su que la marquise de Haverstock et sa propre fille se mêlaient volontiers aux barbares qui peuplaient l'East End ? Et le défunt marquis avait jugé Anna de Mouchet, une femme élégante et accomplie, indigne de sa famille !

Il retourna à son travail. Il n'appréciait pas rester à l'intérieur par une journée si ensoleillée. Il avait envie de sentir un cheval sous lui et de galoper le long d'une route de campagne. Il saisit la lettre que son secrétaire avait placée sur son bureau.

Il ne reconnaissait pas l'écriture. Une écriture masculine, pressée. Elle avait été postée de Bordeaux. En la lisant, les battements de son cœur accélérèrent. *Votre frère, le lieutenant James Upton, a été gravement blessé par le coup de mousquet d'un tireur d'élite à quelques kilomètres à peine du point d'embarquement de sa compagnie. Il a besoin d'être rapatrié avec prudence. Pourriez-vous traverser la Manche et prendre les dispositions nécessaires pour lui ? Dès que possible. Et n'en soufflez mot à personne, car les Français ne doivent pas connaître le changement de notre position.* La lettre était signée colonel Jacob Cole.

Haverstock chercha une date sur la lettre, mais il n'y en avait pas. Il lui était impossible de deviner depuis combien de temps James avait été blessé ou quand la lettre avait été postée. Il savait seulement qu'il était urgent de rejoindre James.

Il n'avait pas le temps de se changer en vêtements d'équitation. Mieux valait ne pas rentrer chez lui, où on lui poserait des questions. De cette façon, il pouvait gribouiller une note à Anna l'informant qu'il serait injoignable pendant un certain temps. Aucune explication nécessaire.

La missive envoyée, Haverstock alla à sa banque retirer une somme considérable ainsi que des lettres de crédit. Puis il monta à cheval et prit la route de Douvres, le soleil dans le dos, et le ciel enfumé de Londres derrière lui.

Chapitre 25

La leçon de couture était presque terminée lorsque apparut madame McCollum, l'une des élèves les plus prometteuses de Lydia.

— Désolée d'êt' en retard, dit-elle précipitamment, enlevant un chapeau de paille écrasé de ses cheveux argentés. Y a eu une belle pendaison aujourd'hui, et j'étais aux premières loges sur le corbillard de mon beau-frère. Si vous aviez vu la belle lady se balancer là-haut, comme une araignée à son fil !

Anna écarquilla les yeux et sa poitrine se serra. Elle leva la main pour mettre fin à la conversation morbide de la femme.

— Lady Haverstock n'a aucune envie d'entendre ce genre de choses, dit gentiment Lydia à son élève. Tenez, j'ai sélectionné une nouvelle pièce pour vous, madame McCollum.

Elle lui tendit une longueur de velours bleu roi.

Anna avait chaud et se sentait rouge. Elle se hâta sur le sol en pierre pour aller respirer l'air frais de l'extérieur. Elle n'arrêtait pas de penser à la femme pendant à la corde du bourreau. *Ce pourrait être moi.* Elle porta la main à son cou.

Morgie, qui surveillait ses chevaux, lui lança un regard inquiet et se précipita à ses côtés.

— Vous allez bien, ma lady ?

Elle acquiesça de la tête.

— J'ai juste besoin d'une bouffée d'air frais.

— Vous ne la trouverez pas ici, dit-il en la

prenant par le bras. Nous irons peut-être faire un tour à Greenwich quand nous aurons fini.

Lydia, sa nouvelle robe lilas flottant derrière elle, se précipita vers Anna.

— Elle va bien, Morgie ? demanda-t-elle.

— Je crois qu'elle a eu trop chaud.

— Nous ferions mieux de la ramener à la maison, dit Lydia en retournant dans le bâtiment pour rassembler leurs affaires.

Ils rentrèrent dans le véhicule de Morgie, avec Colette et une Anna pâle assises en face de Morgie et de Lydia.

— Dites-moi, Lyddie, lança joyeusement Morgie, vous portez une bien jolie nouvelle robe.

Elle jeta un coup d'œil à la mousseline douce et rougit.

— C'est une nouvelle robe pour mon trousseau.

Il serra sévèrement les lèvres et ne reparla plus avant leur arrivée à Haverstock House.

Tandis que Colette et Lydia s'agitaient autour d'Anna et l'emmenaient dans sa chambre pour qu'elle se repose, le majordome présenta à Anna une lettre de son époux.

Perplexe, elle la prit, renvoya ses compagnes bien intentionnées et gravit l'escalier. Une fois dans sa chambre, elle brisa le sceau et la lut : *Ma chère Anna, on m'a appelé pour une affaire pressante et je dois m'absenter pour un certain nombre de jours. Bien à vous, Haverstock.*

Quand l'heure du dîner approcha, Anna n'avait aucune envie de manger sans son époux. La maison lui semblait étrangement vide sans lui. Et sombre. Elle emporta un plateau dans sa chambre et passa une nuit agitée à se demander ce que faisait Charles, inquiète pour lui.

* * *

Avant l'heure habituelle des visiteurs du matin, Davis annonça que sir Henry Vinson demandait à voir la marquise. Anna jeta un regard de détresse à sa belle-mère et à Lydia. Son premier instinct était de refuser. Charles serait indigné s'il savait que sir Henry lui avait rendu visite. Et puis elle savait avec certitude que c'était un traître ignoble. Si seulement elle pouvait tout simplement le livrer aux autorités ! C'était extrêmement désagréable de le recevoir dans la maison de son époux, mais que pouvait-elle faire d'autre devant la douairière ?

— Faites-le entrer, dit Anna d'une voix mal assurée.

Sir Henry entra nonchalamment dans le salon, tout sourire, jusqu'à ce qu'il se rende compte qu'Anna n'était pas seule. Puis il reprit son air autoritaire et s'inclina profondément devant la douairière.

— Comme c'est agréable de vous voir en si bonne santé, ma lady, lui dit-il.

Puis il s'approcha de Lydia, s'inclina de nouveau et la félicita pour ses noces à venir. Avec une étincelle dans les yeux et un rapide salut de la tête à Anna, il vint s'asseoir près d'elle.

Pendant les minutes suivantes, il se montra très aimable. Il félicita la douairière pour sa bonne fortune de voir son plus jeune fils rentrer à la maison. Il interrogea Lydia sur ses projets d'aller vivre à Greenley Manor. Et il évita complètement de tourner son attention vers Anna.

Alors que les autres sœurs commençaient à remplir le salon et à accueillir les visiteurs du matin, y compris le capitaine Smythe, finalement, sir Henry prit congé. Mais quand lorsqu'il atteignit la porte, il se tourna vers Anna.

— Lady Haverstock, votre mari m'a aidé à choisir ma nouvelle jument grise, il m'a dit que vous l'apprécieriez beaucoup. Voudriez-vous venir la voir ? Elle est juste dehors.

Anna jeta un coup d'œil hésitant à sa belle-mère, puis se leva lentement et suivit sir Henry.

Le cheval était attelé à un élégant phaéton. Ignorant l'animal, Sir Henry se pencha pour abaisser les marches.

— Montez, Anna, lança-t-il sur un air moqueur. Nous devons faire un petit tour ensemble.

Le son de sa voix effraya Anna. Elle jeta un coup d'œil à ses valets.

— Je vous promets de vous ramener dans une heure, dit-il, assez fort pour que le valet l'entende.

Elle ne pouvait pas partir avec sir Henry. Charles n'avait jamais été autant en colère que le soir où elle avait rencontré l'homme seule dans la bibliothèque de lord Wentworth. Chat échaudé craint l'eau froide.

— Mon époux m'a expressément interdit de rester seule avec vous, sir Henry.

Il la regarda d'un air menaçant.

— Ma chère Anna, bien que mes deux jours soient écoulés, vous n'êtes pas en mesure de pouvoir me dicter quoi faire, pas quand la vie de votre époux est en danger.

Anna porta la main à sa poitrine. Toute la nuit, elle avait su qu'il se passait quelque chose. Et maintenant, sir Henry confirmait ses craintes.

Résignée, elle le laissa l'aider à monter dans le véhicule.

Elle s'assit et, furieuse, le regarda saisir les rênes.

— Qu'avez-vous fait à mon époux ? demanda-t-elle.

— La question est plutôt, vous, qu'avez-vous fait à votre mari ? rétorqua-t-il, le regard sinistre.

— Que voulez-vous dire ?

Elle pouvait à peine contrôler le tremblement dans sa voix.

— Au moment où nous parlons, Haverstock est détenu comme un ennemi présumé de la couronne.

— Ciel, non ! Il n'y a pas de patriote plus sincère.

Il haussa les épaules.

— Hélas, il a épousé une espionne française. Mais si j'ose dire, il serait probablement prêt à offrir son cou pour épargner le vôtre.

— C'est absolument hors de question.

— C'est bien ce que je pensais.

— Et que proposez-vous ?

— Ne craignez pas pour votre adorable cou, Anna. Vous le garderez intact si vous suivez mes conseils. Il vous suffit d'écrire une confession pour innocenter Haverstock, puis vous m'accompagnerez à Paris où vous serez la vedette de la ville.

— Je vous méprise, dit Anna. Et je ne crois pas un mot de ce que vous dites.

— Mais ma chère, vous avez très peu de choix.

* * *

Sa chambre était encore sombre lorsqu'elle se leva le lendemain matin. Elle avait fait sa valise la veille au soir. Elle avait écrit la confession qui disculpait Charles. *Je soussignée, Lady Haverstock, reconnais mon rôle involontaire dans la mort de Pierre Chassay qui, comme je le comprends, travaillait avec mon époux et le gouvernement anglais pour contrecarrer les Français. Mon mari ne savait absolument pas que je le faisais suivre. Il n'est coupable de rien, sinon de son dévouement profond envers son pays.* Sir Henry lui assura qu'il transmettrait sa lettre aux autorités compétentes. Elle avait résisté à l'envie d'écrire une lettre d'adieu à Charles. Rien qu'elle puisse dire ne pourrait réparer les dommages irréversibles infligés à leur mariage.

Si on pouvait même appeler cela un mariage, pensa-t-elle tristement. Ella avait causé tant de mal à Charles. Au moins, il serait désormais libre d'elle. Mais elle ne pourrait jamais être libre de lui. Par sa haine malavisée, elle avait trouvé et détruit le désir de son cœur.

Elle revêtit une tenue de voyage confortable, vert tendre, avec une pelisse vert foncé et un chapeau vert et or. Elle avait espéré ne jamais en arriver là. Aussitôt après avoir parlé à sir Henry la veille, elle était allée directement voir Morgie, sachant enfin qu'il n'était pas bon de croire aveuglément les paroles du méprisable sir Henry Vinson. Elle parla à Morgie de l'absence de Haverstock.

— Je vais me renseigner, lui promit Morgie.

Tard la veille, Morgie était venu à Haverstock House, demandant à parler en privé à Anna.

Secouant la tête d'un air sombre, il l'avait informée que personne à Londres ni même au Foreign Office ne savait où était passé Haverstock.

Dans l'obscurité matinale, elle se dirigea vers le canapé placé devant la cheminée froide. Elle effleura doucement son motif de soie en relief, se rappelant toutes les nuits où elle et Charles s'étaient blottis dans sa chaleur, partageant des confidences, grisés, jouissant l'un de l'autre. Elle pouvait presque voir les puissantes épaules de son époux, se découpant sur les flammes vacillantes, son beau visage, son regard affamé lorsqu'il lui tendait les bras. Elle avait trouvé la félicité au-delà de toute mesure dans son étreinte réconfortante.

Tant de moments tendres s'étaient déroulés entre eux dans cette même pièce. Elle avait la gorge nouée. Plus jamais elle ne sentirait ses bras autour d'elle. Plus jamais elle ne passerait ses doigts dans ses cheveux noirs.

Les larmes obscurcissant sa vue, elle se détourna du canapé, leur canapé, et se demanda si une autre femme partagerait jamais cette pièce avec lui.

Si elle ne pouvait pas écrire à Haverstock, elle se sentait obligée d'écrire à Colette. Cela la peinait que sir Henry lui interdise d'emmener Colette avec eux. Ou même de dire au revoir à qui que ce soit. Mais elle ne pouvait pas quitter Colette sans rien lui dire. Elle choisirait la voie de la lâcheté et écrirait à Colette au lieu de lui parler.

Elle se dirigea vers son bureau, s'assit, saisit sa plume et commença à écrire, en français. *Bien chère Colette, Au moment où tu liras ceci, je serai partie. Je vais à Paris avec sir Henry pour dédommager mon époux des méfaits que j'ai orchestrés contre lui. Je te laisse assez d'argent pour tes besoins en attendant que je te fasse venir. J'espère que ce sera très bientôt, ma chérie.*

Elle écrivit le nom de Colette sur l'enveloppe et la posa sur la table à côté de son lit. Colette la trouverait lorsqu'elle apporterait le thé matinal à Anna.

Anna prit sa valise et quitta silencieusement la pièce. Il était trop tôt même pour les domestiques, sauf pour ceux du rez-de-chaussée, affairés dans la cuisine à la cuisson du jour. Elle descendit le large escalier sur la pointe des pieds, puis traversa l'entrée marbrée et franchit l'imposante porte.

La rue tranquille était si sombre et brumeuse qu'Anna pouvait à peine voir le lampadaire le plus proche, encore moins le cabriolet de sir Henry. De toute façon, il ne pouvait pas être encore là. Elle était sûre d'être en avance. Il faisait froid. Elle serra ses bras contre son corps, marcha jusqu'au coin de la rue et attendit.

Le cabriolet arriva quelques minutes plus tard. Le cocher sauta à bas du véhicule, prit la valise d'Anna et abaissa les marches pour elle. Sir Henry n'avait pas bougé d'un pouce. Il était assis au milieu de son siège confortable, une couverture sur les genoux.

— Espérons que les voyages vous réussissent autant que les cartes, lui dit-il.

Elle lui lança un regard noir, monta et s'assit en face de lui.

— Vous avez la confession ? demanda-t-il.

Elle acquiesça de la tête, la sortit de son réticule et la lui tendit.

Il la mit dans la poche de son manteau, bâilla et se cala sur le coussin en cuir souple.

— Puis-je vous suggérer d'essayer de dormir ? Nous avons un long voyage devant nous, ma chère.

Chapitre 26

Haverstock n'avait retiré aucun avantage pour son voyage en partant l'après-midi. L'obscurité rendait les routes impraticables et l'obligea à passer la nuit dans un relais de poste. Il arriva dans la ville portuaire de Douvres le lendemain, tard dans l'après-midi. Comme la guerre avait changé la petite ville balnéaire ! Elle était très différente de la cité tranquille de son enfance. Des soldats resplendissants en costume rouge se pressaient dans les rues, ainsi que des dames de petite vertu portant des plumes colorées, et des légions de blessés.

Le soleil déclinant dans son dos, Haverstock alla immédiatement réserver son passage sur le prochain bateau, mais une fois encore, la chance ne lui sourit pas : le dernier vaisseau de la journée venait de partir. Il devrait attendre jusqu'au lendemain matin.

Diable ! Une autre nuit dans une auberge bruyante ! Après avoir laissé sa monture à la pension pour chevaux, il parcourut à pied la courte distance vers le Plank and Plow, un bâtiment à pignon de deux étages et réputé pour sa bonne nourriture et ses chambres propres. Il demanda un lit pour la nuit seulement, mais on lui dit qu'il n'y avait pas de chambre vide dans toute la ville.

— Presque tout le fichu régiment de la cavalerie légère a envahi la ville il y a une heure, s'excusa l'aubergiste. Je suis désolé de devoir vous refuser, mon seigneur.

Déprimé et de plus en plus inquiet pour James, Haverstock suivit le son des voix tapageuses et se retrouva dans la salle publique de l'auberge, remplie de joyeux soldats levant des chopes de bière et saluant la belle Angleterre. Il commanda une bière à une serveuse plantureuse qui lui proposa aussitôt de partager son lit avec lui. Ne voyant aucun plaisir à coucher avec une femme s'offrant à tous, il refusa gentiment son offre généreuse et lui lança une pièce de monnaie.

Il était impatient de rejoindre James. Il ne connaissait même pas l'étendue des blessures de son frère. Le colonel n'avait pas donné de précisions sur la nature ou la date de ses blessures. Peut-être l'un des soldats présents savait-il quelque chose de la situation ? L'un d'eux connaîtrait sûrement le lieutenant Upton. Haverstock parcourut la salle des yeux. Des visages jeunes pour la plupart. L'arrivée d'un jeune officier blond attira son attention. Ses cheveux étaient de la même couleur que ceux de James. Son imagination lui jouait-elle des tours ? L'homme ressemblait étonnamment à James. Cela faisait bien sûr cinq ans que Haverstock n'avait pas vu son frère. James avait nécessairement beaucoup changé. Surtout s'il avait été blessé.

Haverstock ne pouvait détacher ses yeux de l'homme s'avançant avec une présence imposante. Un groupe de jeunes officiers se rassembla autour de lui. Diable, comme il ressemblait à James ! Plus âgé, bien sûr. Sa peau claire maintenant bronzée par le soleil ibérique. Son jeune corps mince maintenant musclé, son visage juvénile maintenant impérieux.

Ciel, mais c'était bien James ! Et en parfaite santé. Haverstock se précipita vers son frère.

L'officier blond parlait à un homme à côté de lui. Il leva les yeux et aperçut Haverstock.

— Charles ? avança-t-il d'une voix hésitante.

C'était la voix de James ! Plus âgée aussi. Haverstock se retint de prendre son petit frère dans ses bras. Il l'examina de la tête aux pieds, puis le regarda de nouveau dans les yeux, satisfait.

— Je vois que tu n'es pas blessé.

Un grand sourire se dessina sur le visage de James. Il passa ses bras forts autour de son frère aîné.

— C'est sacrément bon de te revoir !

— Mais... le tireur d'élite ? Et la lettre du colonel Cole ?

— Ça fait six mois que je ne suis plus sous ses ordres. Puis-je vous présenter mon frère, le marquis de Haverstock ? poursuivit James, se tournant vers ses compagnons.

Haverstock commanda une tournée pour tous.

James avala une longue gorgée.

— Maintenant, à propos du tireur d'élite.

Exactement ce que Haverstock se demandait. Il s'était manifestement fait leurrer. Mais par qui ? Et pourquoi ? Ce n'était pas un sujet qu'il souhaitait aborder en public.

— Je crois que nous devons parler.

— Dans ma chambre, dit James en levant les yeux vers l'étage supérieur.

— Tu as une chambre ?

— Apparemment, un lieutenant a plus de poids ici qu'un marquis.

Un sourire se dessina sur le visage fatigué de Haverstock.

— Un hasard de la guerre, je présume.

Il faisait déjà très sombre lorsqu'ils empruntèrent l'escalier étroit menant à la chambre de James au premier. La femme de chambre les conduisant leur laissa une bougie sur la table en bois à côté du lit défait, leur fit une révérence, puis laissa les frères seuls.

Haverstock sortit de sa poche la lettre du colonel Cole et la tendit à James.

Penché près de la lucarne, James lut la lettre à la lueur de la bougie. Quand il eut fini, il se tourna vers son frère.

— Il semble que quelqu'un souhaitait vivement t'éloigner de Londres.

Haverstock acquiesça de la tête, l'air sombre. Il se sentait ridicule. Pourquoi ne s'était-il pas méfié, lorsque la lettre lui avait été remise au Foreign Office plutôt qu'à Haverstock House ? Peu de personnes étaient au courant de son travail au Foreign Office. Toute correspondance personnelle arrivait chez lui.

Ce devait bien sûr être un coup de sir Henry. Il avait facilement accès à des informations concernant les mouvements de la troupe de James et ses officiers. Faire arriver la lettre sur le bureau de Haverstock au Foreign Office ne poserait aucun problème à sir Henry.

L'homme était clairement dans l'embarras. Il devait sentir la corde se serrer autour de son cou maigre.

— Dis, diriges-tu toujours le Foreign Office ? demanda James.

— Rien de tel, mais je m'efforce d'aider là où je peux.

— Ce n'est pas ce que m'a raconté Wellesley. Il m'a traité comme un roi quand il a appris que j'étais ton frère. Il m'a dit que tu en avais fait plus que tous les amiraux et généraux réunis pour gagner la guerre.

— Il exagère, à vrai dire.

James regarda de nouveau la lettre.

— Tu fais confiance à ceux qui travaillent avec toi ?

— Bien sûr que non !

— Voilà que tu parles comme papa !

— Les chiens ne font pas des chats.

— Dans ton cas, je dirais quand même qu'il n'y a pas grand-chose de commun entre le chien et le chat.

— Une pensée rassurante.

— Tu as une bonne idée de qui est derrière ça, dit James en jetant la lettre sur la table. N'est-ce pas ?

Haverstock acquiesça de la tête. Grâce à monsieur Cook.

— Alors je te suggère que nous appréhendions ce vaurien, dit James en posant la main sur la poignée de son épée étincelante. Après tout, il semble que mes jours de combat ne soient pas entièrement derrière moi.

— Tu sais, je me suis marié, déclara simplement Haverstock.

La pensée lui causa de la douleur.

James scruta le visage de son frère.

— Et ma belle-sœur est très jolie, n'est-ce pas ?

Haverstock déglutit.

— Très.

— Et elle s'appelle comment ?

— Anna.

* * *

Les deux frères quittèrent Douvres avant l'aube et roulèrent toute la journée pour arriver à

Londres avant la tombée de la nuit. Pendant le trajet, Haverstock révéla à James qu'il soupçonnait sir Henry Vinson. Il lui parla de la mort de Pierre et lui décrivit son assassin. Il lui raconta qu'il avait embauché des Coureurs de Bow Street et qu'ils avaient vu sir Henry rencontrer un Français, un sympathisant français.

Mais il ne pouvait pas se résoudre à parler à James de la trahison d'Anna.

— Nous irons chez sir Henry avant de voir maman et les filles, annonça Haverstock.

— Je me demande pourquoi il voulait si désespérément t'éloigner de Londres, songea James à voix haute.

Lorsqu'ils arrivèrent chez sir Henry, rue Curzon, il n'y avait pas une lumière aux fenêtres. Les frères mirent pied à terre, gravirent les marches et frappèrent à la porte obscure. Pas de réponse. Ils se dirigèrent vers les écuries et apprirent que sir Henry était parti à l'aube dans sa diligence pour une destination inconnue.

— Il sera en France demain, conclut James.

— Je crois que tu as raison, en convint Haverstock, l'air sombre.

À Haverstock House, l'accueil froid accordé à James laissa le marquis perplexe.

Ses sœurs se jetèrent dans les bras de James, s'exclamant bruyamment, mais elles avaient le visage triste et les yeux rouges. Quant à Haverstock, elles lui lancèrent des regards apitoyés.

En grande cérémonie, la douairière descendit l'escalier pour accueillir son fils cadet. Elle passa ses bras autour de lui et le serra contre elle. Ils étaient de même taille.

— Comme je suis heureuse que tu sois de retour, mon fils, dit-elle solennellement.

Puis elle se tourna vers son fils aîné.

— Anna est partie.

Il n'y avait pas de triomphe dans sa voix.

Sa mère ne disait pas simplement qu'Anna s'était absentée. Son expression transmettait plus d'informations que ses mots. Anna l'avait quitté.

Haverstock devina aussitôt qu'elle s'était enfuie avec sir Henry Vinson.

Chapitre 27

Anna se dit que rien ne pouvait être pire que ce voyage dans cette calèche étouffante en face du détestable sir Henry. Mais la traversée de la Manche, dans les quartiers sombres et étroits de la goélette agitée par les flots, fut sans doute l'épreuve la plus inconfortable qu'elle ait jamais endurée de sa vie. Le visage en sueur, elle vida à plusieurs reprises le contenu de son estomac dans un pot de chambre fissuré. Elle ôta sa pelisse humide et s'en servit comme d'un oreiller pour sa tête qui lui tournait, contre le mur en pin de la cabine. Si seulement elle pouvait s'habituer aux balancements réguliers de la goélette ! se disait-elle. Peut-être alors son estomac pourrait-il se calmer.

Mais son estomac ne se calma pas et elle dut se résigner à sa misère physique. Cela au moins, elle pouvait le supporter. Mais quel plaisir pouvait-elle trouver dans une vie sans Charles ?

Sa seule consolation résidait dans le fait que sa lettre le disculperait. Il serait libre de reprendre les activités qui avaient restauré l'honneur de sa famille. Elle se demandait qui recevrait sa lettre. Elle revit vivement sir Henry la glisser dans son manteau. Jusqu'au moment d'embarquer, sir Henry s'était toujours tenu à son côté. Il n'avait pas posté la lettre ni ne l'avait fait envoyer par un messager. Son cœur se serra : sir Henry n'avait aucune intention d'envoyer la lettre.

Le corps tremblant de rage, Anna se leva d'un pas instable. S'agrippant au mur, elle se précipita vers la porte de la cabine. Elle tourna le bouton.

La porte était verrouillée de l'extérieur.

* * *

James lança un regard désapprobateur à son frère, à une demi-douzaine de mètres de lui. Haverstock, la cravate desserrée, pas rasé depuis plusieurs jours, était affalé à la table des plus hauts enjeux chez White, une bouteille de madère à moitié vide devant lui.

— Je crains que mon frère n'ait énormément changé en cinq ans, remarqua James à Morgie. Des deux, je devrais être celui déterminé à faire des excès, mais c'est Charles qui semble ne pas pouvoir se passer d'alcool.

— Pas Haverstock ! protesta Morgie. Vraiment, je ne l'ai jamais vu ivre, enfin, pas depuis Oxford.

— Alors ce changement ne s'est pas produit au cours de ces cinq années ?

— Non, plutôt au cours des deux derniers jours, probablement, déclara Morgie.

James haussa un sourcil.

— Son mépris soudain de la vie doit être lié aux actions de sa femme infidèle.

Morgie se raidit.

— Vous ne connaissez manifestement pas la marquise, rétorqua-t-il froidement, en fronçant les sourcils. Et que voulez-vous dire par *mépris de la vie* ?

— Il a failli nous faire tuer cet après-midi par sa conduite imprudente. Et il n'a pas arrêté de boire depuis notre arrivée à Londres hier soir, sans parler de ses pertes aux tables de jeu !

— Que dit sa femme de tout cela ?

James rougit.

— La mégère doit être la cause. Elle l'a quitté, savez-vous.

Morgie resta bouche bée.

— Davis m'a simplement dit que lady Haverstock n'était pas là quand je suis passé hier. Je ne savais pas qu'elle était partie.

— Haverstock House est comme une tombe. Toutes ces femmes qui habituellement bavardent tout le temps, et pas une seule d'entre elles ne veut me dire ce qui se passe.

— Cela n'a pas de sens, déclara Morgie. Sa seigneurie est complètement éprise de Haverstock.

— Une femme ne quitte pas un homme dont elle est éprise.

— À moins que...

Morgie s'éloigna brusquement.

— Nous ne pouvons pas laisser Haverstock rentrer chez lui comme ça. Il doit passer la nuit chez moi.

* * *

Morgie souleva à peine sa tête douloureuse de l'oreiller.

— Mon bon, devez-vous vraiment ouvrir les rideaux ? Diable ! Le soleil brille trop fort. Quelle heure est-il ?

— Il est une heure de l'après-midi, monsieur, et une lady vous attend en bas.

— Une lady ? Pour moi ? demanda-t-il en se redressant.

— Oui, monsieur.

Le valet s'approcha de son maître et l'aida à sortir du lit.

Morgie porta une main à sa tête.

— Qui est-ce, je vous prie ?

— Je ne pourrais vous dire, monsieur. De haut rang.

— Dites-lui que je descends tout de suite.

Pour un homme ayant tendance à soigner son apparence, tout de suite signifiait presque une heure. Après quoi, Morgie, rasé, revêtu d'une chemise fraîchement repassée et d'un costume élégant, entra royalement dans le salon pour y trouver Lydia, le dos raide dans un fauteuil de style français. Elle était elle aussi tout à fait élégante dans sa robe d'été jaune pâle.

L'inquiétude se dessina sur le visage de Morgie.

— Dites-moi, Lyddie, ce n'est pas du tout votre habitude de venir non accompagnée. Où est votre servante ?

— J'ai trente ans et je suis fiancée. Je n'ai pas besoin de me soucier des convenances.

— Que si ! Je ne veux pas voir votre réputation ternie, vous devez partir tout de suite.

— N'importe quoi !

Elle se leva du fauteuil en damas et se dirigea vers la fenêtre.

— Tout le monde sait que vous faites quasiment partie de notre famille. Vous ne comptez pas du tout comme un homme.

Elle vit que sa remarque l'avait blessé. La voix plus douce, elle s'approcha de lui.

— Je veux dire que... Vous êtes bien sûr très élégant et tout, mais...

Elle se détourna de lui.

— Mais puisque vos affections sont dirigées ailleurs, je ne compte tout simplement pas.

Elle lui lança un regard perplexe, puis tripota ses gants, les yeux baissés.

— J'ai besoin de votre aide, Morgie. Nous devons trouver Anna. Je sais que quelque chose ne va pas. Quelque chose de terrible a dû arriver.

— Que dit Haverstock ?

— Il refuse d'en parler. Je ne l'ai jamais vu aussi désemparé. Il semble croire qu'Anna s'est enfuie avec un autre homme, ce qui est absurde.

— Absolument ! Et qui est censé être cet *autre* homme ?

— L'odieux sir Henry Vinson.

— Dedieu ! Je vous demande pardon, dit Morgie en portant la main à sa bouche.

Elle leva ses grands yeux bruns vers lui et acquiesça tristement de la tête.

— Anna ne quitterait jamais Charles de son plein gré. Elle l'adore. Et je ne pense pas qu'elle porte de l'affection à sir Henry.

— Je sais pertinemment qu'elle le déteste, grommela Morgie.

— Elle s'est confiée à vous ?

— Oui, elle s'est confiée à moi. J'aurais dû le dire tout de suite à Haverstock.

— Lui dire quoi, Morgie ?

Il refusa de rencontrer son regard.

— Je ne peux pas vous le dire, Lyddie.

— Vous m'offensez grandement.

— Je vous le dirais si je le pouvais, je vous assure, mais ça relève du secret national et tout le bataclan, vous savez.

Une étincelle brilla dans les yeux de Lydia.

— Vous voulez dire que vous contribuez à l'effort de guerre de manière clandestine, Morgie ?

— Je ne dirais pas cela exactement comme ça.

— Alors comment ? Je vous prie, dites-moi ce que vous savez sur Anna et sir Henry.

Il secoua énergiquement la tête.

— Je ne peux pas le faire.

— Faire quoi ? demanda Haverstock.

Il entra nonchalamment dans la pièce ensoleillée et embrassa la main de sa sœur.

— Mère est excessivement fâchée contre toi, Charles, lui lança Lydia sur un ton cassant. Depuis le départ d'Anna, tu n'as pas dormi une nuit dans ton lit. Elle va même jusqu'à dire que tu étais mieux loti avec la fille de l'ignoble Française.

Morgie lança un regard d'avertissement à son ami.

— Je dois vous dire un mot, Haverstock. J'aurais dû vous parler il y a deux jours, c'est très important.

— Vous pouvez parler devant Lydia.

— Sûrement pas ! Elle ne doit pas être au courant de… de vos devoirs.

James arriva à son tour dans le salon.

— Vous voulez parler du travail de Charles au Foreign Office ?

Morgie les regarda l'un après l'autre.

— Oh ! je sais bien que Charles se démène avec des activités clandestines au nom de la Couronne, déclara Lydia.

Morgie se laissa tomber dans le fauteuil le plus proche en soupirant.

James s'assit près de Morgie et se versa une tasse de thé.

— Et il est assez bon, à ce qu'on me dit.

Haverstock passa ses mains dans ses cheveux ébouriffés.

— Pas tant que ça, vu que j'ai épousé une espionne française.

— Ça, mon cher, vous ne l'avez pas du tout fait, rétorqua Morgie. Ce misérable Vinson s'est joué du patriotisme d'Anna envers l'Angleterre pour lui faire croire que c'était *vous* l'espion français.

Si seulement je pouvais croire mon vieil ami ! se dit Haverstock, l'air mélancolique, les yeux fixés avec espoir sur Morgie.

— Elle est venue me voir l'autre jour, poursuivit Morgie. C'était évident, cela l'a toujours été en fait, qu'elle est éprise de vous. Elle avait réalisé que Vinson l'avait leurrée, que c'était vous qui étiez du bon côté, pas lui. Et nous lui avons tendu un piège.

Trois paires d'yeux se tournèrent immédiatement vers Morgie. On n'entendait pas un son dans la pièce.

Morgie leur parla de la partie de cartes entre Almshouse et sir Henry et finit par leur dire que le messager français était maintenant en détention.

Une vague de soulagement envahit Haverstock. Ce que Morgie lui disait de leur piège tendu à sir Henry montrait assurément qu'Anna rien fait de mal. Ou du moins que telle n'avait pas été son intention.

— Je dois parler à cet homme, lança Charles.

— Oui, j'aurais dû vous le dire avant-hier, grommela Morgie. J'avoue qu'Anna serait toujours là si je l'avais fait. Je peux vous dire combien elle déteste Vinson. Il est hors de question qu'elle soit partie avec lui.

— Ce n'est pas vrai, intervint Lydia. Elle partirait avec lui si elle pensait protéger Charles.

L'air pensif, Morgie joignit le bout de ses doigts.

— Comment a-t-il pu lui faire croire cela ?

— Cela a sûrement un rapport avec le fait que Charles ait quitté Londres, ajouta James.

— Oui, pourquoi es-tu parti ? demanda Lydia à Haverstock.

Il se mit à leur parler de l'imposture. Il était certain qu'elle avait été perpétrée par sir Henry.

— Mais bien sûr ! s'exclama Lydia. Toi une fois à l'écart, il pouvait persuader Anna qu'on te blâmait pour les activités dont il était responsable.

La seule façon dont elle pouvait t'innocenter était
d'admettre sa propre culpabilité et de fuir avec lui.
Je comprends maintenant la lettre qu'elle a écrite
à Colette.

Lydia sortit la lettre de son réticule.

— Elle a écrit à Colette ? demanda Haverstock.

Lydia acquiesça de la tête et lui tendit la lettre.

Il la lut, l'air solennel.

Diable ! Une fois de plus, il avait causé une
injustice impardonnable à Anna. Avec la folie d'un
justicier, il l'avait aveuglément blâmée pour des
actes scandaleux : séduction, trahison, meurtre,
même adultère. Tandis que son cœur proclamait
sa bonté, son esprit recherchait ses fautes.

Une colère l'envahit. Une colère amère contre
lui-même. Il avait chassé la personne la plus
précieuse de sa vie. Il n'avait jamais pris les
sentiments d'Anna en considération. Était-ce
possible que Morgie et Lydia disent vrai au sujet
de l'affection qu'Anna lui portait? Il ne s'était
jamais permis le luxe de la présumer.

Qu'elle l'aimât ou non, Haverstock ne pouvait
pas la laisser se faire embarquer en France par sir
Henry. Parbleu, c'était sa femme ! Et il tuerait
celui qui l'avait kidnappée. À la pensée que sir
Henry la force, Haverstock voulait embrocher
l'homme avec son épée.

Il se dirigea vers la porte d'un pas raide.

— Je pars à la recherche de ma femme.

Ma femme. Ces mots firent naître en lui une
sensation grisante de possession. Son Anna. Son
amour. Il espérait qu'il n'était pas trop tard.

James bondit ses pieds.

—   *Nous*   partons   à   sa   recherche.

Chapitre 28

L'estomac d'Anna s'était calmé. Le navire était amarré, ses passagers descendus depuis longtemps. La chaleur de la cabine fit place au froid nocturne. Mais sir Henry n'était toujours pas venu la chercher. À quoi jouait-il ?

Elle avait décidé d'obtempérer. Jusqu'à ce qu'elle puisse s'échapper et retourner à Londres. Car la vie de Charles dépendait d'elle. Elle devait l'innocenter.

Même au prix de sa propre vie.

Elle entendit des pas, puis une clé tourner dans la serrure.

Sir Henry ouvrit l'étroite porte en bois.

— Vous vous sentez mieux, ma chère ?

Elle fit un signe de tête à peine perceptible. Elle repoussa les cheveux de son visage, redressa ses épaules et saisit sa pelisse froissée. Puis en silence, elle gravit à sa suite une échelle de bois qui conduisait au pont.

— Comme vous le voyez, nous sommes tout à fait seuls, dit-il. Je ne voudrais pas laisser de traces pour quiconque désirerait nous suivre.

— Et qui, je vous prie, choisirait de nous poursuivre sur le sol français ?

Il la saisit fermement par le coude.

— On ne peut être trop prudent.

La tenant toujours par le bras, ils descendirent la passerelle.

Anna vit le fiacre loué qui les attendait. Elle

devait essayer de saisir sa seule chance de
s'échapper avant qu'ils atteignent le véhicule. Sur
la droite, elle aperçut les lumières tamisées d'une
taverne. Elle courrait là-bas.

Dès que ses pieds rencontrèrent le sol, Anna
poussa sir Henry et se précipita en avant.

— Arrêtez-la ! s'écria sir Henry.

Elle courut aussi vite que possible vers
l'établissement allumé. Du coin de l'œil, elle vit le
cocher s'élancer à sa poursuite. Elle entendit les
pas de sir Henry derrière elle.

Elle accéléra, poussée par la peur et la
détermination.

Le cocher corpulent arriva à se glisser entre elle
et sa destination. Au moment où elle ralentit pour
le contourner, sir Henry l'attrapa par derrière de
ses deux mains, enfonçant ses doigts dans sa
chair.

Elle lutta pour se libérer, mais l'homme
entourait ses poignets de ses longs doigts, jusqu'à
l'os. Elle tomba à terre et avant qu'elle ne puisse
se relever, il se mit à la traîner comme un sac de
blé. Sa robe se déchira et elle sentit le bois vieilli
du quai racler contre sa peau.

Le cocher alla ouvrir la portière du fiacre. Sir
Henry poussa Anna à l'intérieur, gardant une
main étroitement serrée autour de son bras
mince.

— À Paris ? demanda le cocher.

— Non, répondit sir Henry. Ma femme et moi
nous rendons au château Montreaux.

* * *

Au pied de l'escalier à Haverstock House,
Morgie planta ses pieds bottés sur le sol en
marbre et salua les frères. Puis il lança un regard
méfiant à Lydia, qui descendait les escaliers à

toute allure dans une tenue de cavalière vert sombre.

— Dites Lyddie, c'est un peu tard dans la journée pour aller faire du cheval, vous ne trouvez pas ?

— Oh, je vais à Douvres avec vous, dit-elle d'un air désinvolte. Je ne vous causerai pas d'ennuis, je prévois d'y rendre visite à une vieille amie, et je ne prendrai pas de malles qui nous ralentiraient.

Haverstock regarda sa sœur en coin.

— Elle chevauche aussi bien que n'importe quel homme, Morgie.

— Mais que va donc dire le seigneur quand il apprendra que sa fiancée se balade partout comme ça ? demanda Morgie, les mains sur les hanches, jetant un coup d'œil à Lydia.

— Il a dû retourner à Greenley Manor, l'informa Lydia. Il n'a pas besoin de savoir que je ne me conduis pas du tout comme une femme.

— Allons, allons, je n'irais pas jusqu'à dire ça, s'excusa Morgie.

— Et c'est qui cette amie à qui tu prévois de rendre visite à Douvres ? demanda Haverstock, prenant son chapeau de son valet.

Lydia fit tournoyer son chapeau brun entre ses doigts, son attention soudain concentrée sur lui.

— Oh mon Dieu, cela ne convient pas. Je crois que je vais prendre mon chapeau vert, cria-t-elle en remontant les marches à toutes jambes. Ça va juste me prendre une minute.

Haverstock lança un regard soupçonneux à sa sœur, mais son inquiétude au sujet d'Anna écarta rapidement de son esprit la coquetterie inhabituelle de Lydia.

* * *

— Dites, Morgie, je suis très inquiète pour

vous, lança Lydia en gravissant la passerelle de la goélette. Je me souviens que vous étiez terriblement malade à Haymore, même en allant seulement pêcher dans la petite barque sur notre lac tranquille. J'ai déterminé que vous avez besoin d'une place directement au centre du bateau, poursuivit-elle, un pied sur le pont du voilier, et le conduisant en le prenant par le bras. Il y a moins de tangage.

Elle passa devant les passagers, essentiellement des hommes, un Morgie silencieux à son côté.

— Vous devez garder vos forces si vous voulez aider Anna. Après tout, c'est elle notre principale préoccupation.

— Sans aucun doute.

Le regard de Morgie allait de James à Haverstock, accoudés au bastingage, en pleine conversation, et à la planche, qu'on était en train de lever.

— Dites, Lyddie, vous feriez mieux de descendre maintenant, le vaisseau est sur le point de partir.

— Une autre chose qui me préoccupe, dit-elle, ignorant son commentaire, c'est votre français déplorable. Ils sauront que vous êtes anglais dès que vous ouvrirez la bouche, et cela ne nous aidera certainement pas à retrouver Anna.

— Nous ?

— Je pense que je devrais peut-être vous accompagner, avança-t-elle, en évitant son regard. Je pourrais prétendre être votre épouse, comme ça je pourrais parler. Mon français est exceptionnellement bon, savez-vous.

— Mais vous ne pouvez pas aller en France avec nous, c'est trop dangereux !

— Peuh ! Je peux aisément me mêler aux habitants du pays.

Elle s'interrompit et tourna les yeux vers lui.

— Regardez, fit Morgie en voyant le vaisseau s'éloigner du quai. Haverstock ! cria-t-il.

Le marquis se retourna et aperçut sa sœur, toujours sur le bateau. Il se précipita à ses côtés.

— Que diable fais-tu à bord ?

— J'ai décidé de vous accompagner, annonça Lydia.

— Ce n'est pas un voyage pour une femme, répliqua-t-il d'un ton cinglant.

— Rien ne m'arrivera avec mes deux frères et mon cher Morgie pour me protéger.

— Va falloir s'occuper de son cas, Haverstock, dit Morgie.

Son frère observa l'écart s'accroître entre le bateau et le quai.

— Ce qu'il lui faut, c'est une bonne fessée.

Les lèvres serrées, l'air sombre, il rejoignit James à la poupe. Il devait s'éloigner de Lydia, sinon il risquait de faire quelque chose de vulgaire comme de la secouer violemment.

— On est au moins sur la bonne piste, lança James avec espoir. Même s'ils sont partis il y a deux jours. On aurait fait l'erreur de partir pour Bordeaux, si tu n'avais pas trouvé ce pêcheur qui se souvenait d'Anna et du *gentilhomme* anglais sur le bateau pour Calais.

Les mots du pêcheur hantaient toujours Haverstock : « La charmante lady avait l'air terrifiée par quelque chose », avait-il dit.

Haverstock bouillait de colère contre sir Henry. Il se promettait de lui rendre dix fois le mal qu'il infligerait à Anna.

Il observa les vagues déferler contre les flancs

du navire et sentit de fines gouttelettes d'eau salée sur son visage. Chaque nœud semblait prendre un temps infini. Si seulement ils n'avaient pas pris deux jours de retard ! Cela représentait un sérieux handicap et, qui plus est, ils n'avaient aucune idée de la direction prise ensuite par sir Henry.

Que pouvait-il faire pour les rattraper ? se demanda Haverstock. Sir Henry avait certainement loué un fiacre, ils pourraient donc gagner du temps en continuant à cheval. À condition de pouvoir déterminer la destination de sir Henry. Haverstock pourrait aussi gagner du temps en ne s'arrêtant pas pour les repas.

— On dirait que Lydia n'est pas aussi pratique qu'à son habitude, remarqua James.

— Lydia a la chance d'avoir son cou intact.

— Qu'as-tu l'intention de faire avec elle ?

— Lydia ne fait pas du tout partie de mes projets. Rien ne s'imposera entre moi et Anna. Lydia devra reprendre le prochain bateau pour Douvres.

— Tu sais que ce ne sera pas avant demain matin.

Haverstock acquiesça de la tête.

— Et parbleu, je ne vais sûrement pas attendre ! Morgie peut s'occuper d'elle.

— Mais…

— Mais sa réputation sera compromise si elle est obligée de passer une nuit à Calais avec lui.

— Oui.

— Mon cher frère, ne t'est-il pas venu à l'esprit que c'est exactement ce qu'elle recherche ?

* * *

Avant que les falaises blanches de Douvres aient disparu, le teint de Morgie avait déjà tourné au vert. Il avait le front moite et semblait sur le point de rendre l'âme. Sur l'insistance de Lydia, il s'était laissé tomber sur le pont au beau milieu du bateau, la tête entre les genoux.

Rassemblant ses jupes sous elle, Lydia s'assit à côté de lui et caressa son front moite.

— Pauvre Morgie, lui dit-elle pour l'apaiser.

Aussi malheureux que fût Morgie, le contact de la main de Lydia était presque apaisant. C'était ce qu'il y avait de bien chez Lyddie. Elle était apaisante. Pas étonnant que ce seigneur la veuille. Quel beau foyer elle formerait pour lui et sa progéniture ! Peut-être était-ce parce c'était la fille aînée. Elle savait s'y prendre pour s'occuper de tout. Pour faire en sorte que tout se passe sans encombre.

C'était en fait assez surprenant qu'un gars chanceux ne se la soit pas appropriée plus tôt. Mais c'était vrai, ce n'était pas une beauté. Il l'examina lentement. Elle avait ôté son chapeau et ses cheveux noirs, battus par l'air salé, luisaient sous le soleil déclinant. Elle était aussi grande que lui, une taille qu'il n'avait jamais considérée comme étant très féminine. Mais maintenant, elle semblait très acceptable. Comme Lydia elle-même. Solide. Fiable. Ce n'était pas comme si elle était trop grosse ou quoi que ce soit. Et sa poitrine était vraiment spectaculaire. Elle avait également une très belle posture et ses nouvelles robes lui seyaient à merveille. Il y avait même une certaine élégance en elle.

Ce seigneur avait vraiment de la chance.

Morgie secoua la tête et regretta amèrement son propre malheur. Il allait être malade. Très malade.

Lydia le sentit. Elle se leva, s'éloigna un peu,

puis revint avec un petit tonneau en bois.

— Tenez !

Il l'accepta avec reconnaissance et se mit à y vider le contenu de son estomac.

Au début, il était trop malade pour être embarrassé de son état. Puis, quand il se rendit compte que Lydia partageait une intimité plutôt désagréable avec lui, il ne sembla pas du tout s'en soucier. À vrai dire, il aimait partager des moments intimes avec elle.

* * *

— Nous profiterons des dernières lueurs du jour pour essayer de découvrir la direction qu'ils ont suivie, déclara Haverstock aux autres rassemblés autour de lui sur le quai de Calais.

— Allez voir le chauffeur de diligence, ordonna-t-il à Morgie, remarquablement rétabli depuis qu'il avait posé le pied sur le sol ferme de Calais.

— Et je vais voir ce que je peux apprendre à la pension de chevaux, annonça James.

Haverstock acquiesça de la tête.

— Et moi à la taverne.

— Mon plan est de me montrer aimable avec l'équipage de tous les bateaux, déclara Lydia, les mains sur les hanches. Je trouverai peut-être quelqu'un qui se souvient d'Anna.

— Écoutez-moi, Lydia, intervint Morgie, vous ne pouvez pas rôder parmi tous ces navires sans escorte.

— Eh bien alors, vous n'aurez qu'à m'accompagner, répliqua-t-elle sur un ton de défi.

* * *

Haverstock avait la gorge serrée.

— C'est comme s'ils n'étaient jamais venus ici, se lamenta-t-il une demi-heure plus tard, alors que leur groupe découragé se rassembla devant la goélette maintenant vide.

Aucune personne correspondant à la description de sir Henry et d'Anna n'était montée dans une diligence publique, avaient appris Lydia et Morgie.

Aucun gentleman anglais n'avait réservé de cheval ces deux derniers jours, avait découvert James.

Pas une âme à la taverne n'avait vu de lady anglaise l'avant-veille.

Les questions que Lydia avait posées aux matelots n'avaient apporté aucune information.

— Mets-toi dans la peau de sir Henry, avança Lydia. Que ferait-il ?

— Il emmènerait Anna à Paris, répondit amèrement Haverstock.

Il posa une main ferme sur l'épaule de son frère.

— Viens, James, prenons la route de Paris.

— Et nous ? demanda Morgie.

— Mon cher ami, déclara Haverstock, ta responsabilité est d'escorter mon importune de sœur et de la remmener à Londres.

— Mais... il n'y a pas de bateau ce soir, dit Morgie.

En se dirigeant vers les écuries, Haverstock jeta un coup d'œil à Morgie par-dessus son épaule.

— Je fais pleinement confiance à votre bon jugement.

Chapitre 29

Dès le départ des frères, Morgie réserva une sale privée pour dîner avec Lydia. Qu'allait-il faire après leur repas ? Il l'ignorait. Il la regarda tout en se dirigeant vers leur table près de l'âtre où brûlait un petit feu. Mais quelqu'un d'autre les observait. Il se retourna et vit la silhouette d'une femme sur le seuil, se détachant sur le ciel nocturne sans nuages. Vêtue comme une paysanne, elle avait à peu près son âge et portait un bébé dans ses bras. Elle le regarda droit dans les yeux et marmonna quelque chose en français.

— Que dit-elle ? demanda-t-il à Lydia.

Lydia se leva d'un bond, s'approcha de la femme et entama une conversation rapide en français.

— Elle est inquiète pour son époux. Il a loué sa calèche il y a deux jours pour une petite promenade au château de Montreaux et il n'est pas encore rentré.

Lydia posa d'autres questions à la jeune mère.

— Elle dit qu'un gentleman anglais a fait appel à son mari, mais elle ne sait pas s'il y avait une femme avec lui. L'homme correspond à la description de sir Henry.

Morgie glissa une pièce de monnaie dans la main de la femme et demanda à Lydia de se renseigner pour savoir où se trouvait le château Montreaux.

— Assurez-la que nous ferons tout notre

possible pour lui ramener son mari. Et cherchez qui dans cette ville possède les chevaux les plus rapides. J'ai l'intention de lui faire une offre qu'il ne pourra pas refuser.

* * *

La corde en chanvre avec laquelle ses mains étaient attachées lui cisaillait les poignets. C'était le deuxième jour qu'Anna était assise dans ce salon minable sur un canapé damassé délavé face à un tapis d'Aubusson déchiré. Jadis témoin étincelant de l'aristocratie française, le château servait maintenant de quartier général pour des activités d'espionnage, bien qu'il ne restât qu'une poignée de petits fonctionnaires français. Et tous méprisaient Anna. Heureusement, ils ne se trouvaient pas dans cette pièce.

— Vous savez, vous pouvez me détacher, dit Anna à sir Henry, qui se tenait près de la cheminée en marbre, habillé impeccablement en soie bleu pâle. Vraiment, il me serait impossible de m'échapper avec vos espions.

Un sourire diabolique se dessina sur les lèvres de sir Henry. Il avança sur le tapis fragile, sortit un couteau de dessous son gilet et coupa la corde.

— Inutile d'essayer de nouveau de vous enfuir, Anna.

— Oh ! mais si, c'est utile ! Je dois innocenter mon époux, puisque vous n'avez pas l'intention de poster ma confession.

— Comme vous êtes sotte ! Vous n'avez pas besoin de mettre fin à votre vie pour préserver la sienne. Le marquis est parfaitement en sécurité, il n'a pas été arrêté. C'était seulement un mensonge que j'ai fabriqué pour que vous veniez avec moi.

Emportée par une rage sauvage, Anna se précipita sur le tapis usé, leva le bras et gifla l'homme de toutes ses forces.

Sir Henry passa du choc à la colère contrôlée.

— Vous allez le regretter, fit-il en caressant sa joue rougie.

— Où est mon mari ? demanda Anna.

— Probablement à Haverstock House, absolument furieux que vous soyez partie avec moi.

Ses yeux brillèrent de colère.

— Je vous hais !

— Et si vous vous demandez où est votre confession, je peux vous assurer qu'elle est dans un endroit parfaitement sûr. Elle m'assurera votre coopération pour ce que je choisirai de faire. La lettre révèle clairement vos sympathies françaises. C'est donc à votre avantage de vivre maintenant en France. Avec moi.

Oui, comme elle avait été idiote ! Et bien sûr, sir Henry avait raison. Elle ne pourrait jamais retourner en Angleterre ni revoir Charles.

Elle avait au moins la consolation de savoir que ses méfaits n'avaient pas pris son époux au piège.

Anna acquiesça de la tête à contrecœur. Elle portait toujours la même robe en lambeaux qu'elle avait revêtue deux soirs plus tôt lorsqu'elle avait essayé de s'enfuir.

— Permettez-moi de m'habiller de façon plus présentable si nous allons nous rendre à Paris.

* * *

Monsieur Le Fleur, propriétaire d'un vignoble très rentable, possédait également les chevaux les plus rapides de toute la côte, mais on informa Morgie qu'ils n'étaient pas à louer. Heureusement, la cave de monsieur Le Fleur était sur la route de Paris et il accepta très volontiers mille souverains d'or pour ses deux meilleurs chevaux.

La bonne fortune de Morgie, cependant, n'incluait pas le clair de lune. Lui et Lydia chevauchèrent parfois terriblement lentement. Ils durent ralentir dans les virages et pour éviter les ornières, maudissant l'obscurité qui entravait leur progression.

— Mes frères font face aux mêmes obstacles, lança Lydia sur un ton rassurant. Et n'oubliez pas qu'ils vont vérifier chaque auberge le long de la route. Nous les rattraperons facilement, même s'ils sont partis une heure avant nous.

En s'éloignant de la côte, la route devint plus droite et ils purent aller beaucoup plus vite. La prophétie de Lydia s'accomplit deux heures plus tard : elle et Morgie gravirent une colline à bride abattue et tombèrent sur Haverstock et James.

Haverstock se retourna brusquement lorsque les cavaliers les rejoignirent.

— Que diable faites-vous ici ?

Morgie ralentit.

— Mauvaise route, dit-il en haletant.

Haverstock et James s'immobilisèrent.

— Vous savez où est Anna ? demanda Haverstock avec espoir.

Morgie opina de la tête.

— Un endroit qui s'appelle château Montreaux.

— Parbleu, je sais bien où c'est ! s'exclama James. Pas loin de Calais.

Lydia acquiesça de la tête.

— Mais diablement difficile d'y pénétrer, ajouta James.

— J'ai réfléchi, déclara Lydia.

Morgie se frappa le front.

— C'est fichu.

— Écoutez-moi, insista Lydia. Le portier de château Montreaux pourrait difficilement refuser à une femme seule d'entrer.

— Tu veux dire toi ? demanda Haverstock.

— Oui, moi. Je lui dirai que j'ai été engagée comme compagne de l'Anglaise. Il ne saura pas que ce n'est pas vrai.

— Brillant ! fit Haverstock d'un ton sarcastique. Ma sœur très anglaise débarque dans un château qui regorge de Français et à elle seule, elle sauve ma femme, pendant que je reste bien en sécurité à l'extérieur du château.

— Il a raison de ne pas aimer votre plan, Lyddie, intervint Morgie.

— Je n'ai pas fini, reprit vivement Lydia. Je pensais que vous pourriez vous faufiler à l'intérieur pendant que je distrairai l'attention du portier.

— Elle a raison, dit James. On pourrait pénétrer dans le château pendant qu'elle parle au gars. Il fait tellement sombre cette nuit, on ne nous verra pas.

Morgie se caressa le menton.

— Pas mal.

Haverstock hocha pensivement la tête.

* * *

Il était minuit lorsqu'ils attachèrent leurs chevaux à un arbre à plusieurs centaines de mètres de la porte du château Montreaux.

— Moins tu sais où on est, mieux ça vaudra pour toi, dit Haverstock à Lydia. Concentre-toi sur ton rôle, et on entrera.

Lydia acquiesça de la tête, puis poussa sa monture jusqu'à la porte où elle appela, se présentant dans un français impeccable.

La porte s'ouvrit en grinçant. Un homme aux cheveux gris se frotta les yeux et lança un regard impatient à Lydia.

Elle caressa doucement la crinière de son cheval et se plaça là où son visage se trouvait illuminé par la lueur de la lanterne pendue à côté de la porte.

— Pardon de vous réveiller, monsieur. J'avoue que vous m'avez fait venir il y a plusieurs heures, dit Lydia. Mais j'ai été la proie de bandits de grand chemin. Ils se sont emparés de mes bagages ainsi que de la calèche où je me trouvais. Mais je suis enfin là. Au fait, je suis la compagne de la dame anglaise.

Tremblant dans sa chemise, l'homme approcha de la porte.

— Vous êtes seule ?

— Oui, tout à fait.

Elle ne vit aucun signe de ses frères ou de Morgie et s'alarma. Mais elle se souvint des paroles de Haverstock. *On entrera.* Elle devait juste jouer son rôle.

Elle décida de rester à cheval pour attirer le regard du gardien vers le haut. Il commença à ouvrir la porte. Elle l'entendit racler contre la terre dure tandis que l'homme avançait, le dos tourné.

Puis elle vit ses trois compagnons. Ils étaient allongés sur le sol, rampant vers l'ouverture. Elle donna un coup de pied dans les flancs du cheval et il se précipita en avant jusqu'à l'homme aux cheveux gris. Elle devait inventer quelque chose à lui dire qui l'empêcherait de se retourner.

— Y a-t-il beaucoup de personnes ici maintenant ?

— À part le couple anglais, seulement quatre autres personnes.

— J'aimerais que vous fassiez quelque chose avec vos bandits, je suis dans une position désavantageuse sans mes effets personnels.

Elle entra dans la propriété au petit trot, le sombre château au bout de l'allée attirant maintenant son attention.

Comme convenu, elle mit pied à terre à mi-chemin de la bâtisse et attendit ses compagnons. Mais elle était si impatiente qu'elle revint un peu sur ses pas.

Elle ne les entendit pas jusqu'à ce que James la félicite :

— Bien joué, Lyddie.

— Avez-vous entendu combien il y a de personnes ici ? lui demanda-t-elle avec animation.

— Seulement quatre, dit James.

— On est le même nombre, déclara Lydia.

— Non, certainement pas, intervint fermement Haverstock. À partir de maintenant, tu n'as plus rien à faire, Lydia. En fait, je prévois d'entrer tout seul. James peut me servir de renfort.

Il s'éloigna délibérément vers la maison imposante. Elle était plongée dans l'obscurité, à l'exception d'une pièce éclairée au rez-de-chaussée. En posant soigneusement les pieds sur le sol fissuré, il suivit la lumière provenant des portes-fenêtres. Il s'approcha et entendit des voix étouffées. L'une d'elles était celle d'Anna. Il se rapprocha davantage et regarda par la vitre. Son sang ne fit qu'un tour à la vue d'Anna. Vêtue d'une robe décolletée en soie, ivoire, elle était assise à une table de jeu en marqueterie. Ses cheveux tirés en arrière accentuaient l'élégance de son cou mince. Sir Henry était assis en face d'elle. Il n'y avait personne d'autre dans la pièce.

Il ressentit un grand soulagement en voyant Anna indemne et en possession de ses facultés.

— Ma femme joue au 21, murmura Haverstock à James en rapprochant son oreille de la fenêtre.

Sir Henry distribua les cartes.

— L'homme que j'espérais rencontrer ici, ma chère, n'est pas venu. Nous irons à Paris demain matin. Cet idiot de cocher me rend fou à se montrer aussi impatient de visiter la capitale.

Haverstock tourna le bouton de la porte, et entra nonchalamment dans le salon.

— Je suis venu chercher ma femme, Vinson.

Sir Henry jeta ses cartes sur la table et bondit sur ses pieds, cherchant à son côté une épée qui n'était pas là. Ses yeux de jade brillèrent de colère.

— Charles ! s'exclama Anna, le souffle coupé.

L'émotion scintillait — de plaisir ? — dans ses yeux mélancoliques.

— Vous allez bien, ma chère ? demanda Haverstock en se dirigeant vers elle.

Il la regarda droit dans les yeux. Elle acquiesça lentement. Il l'examina de la tête aux pieds. Elle paraissait physiquement indemne, mais il y avait quelque chose dans son attitude, une certaine morosité qu'il n'y avait jamais vue auparavant.

La pensée que sir Henry l'ait forcée était presque aussi effrayante pour Haverstock que le mal physique lui-même.

— Si vous avez violenté ma femme d'une façon ou d'une autre, Vinson, je vais vous tuer sur le champ.

— S'il vous plaît, dites à votre brute de mari que je n'ai pas forcé mes attentions sur vous, Anna, dit sir Henry.

Elle jeta un long coup d'œil à son époux.

— Je suis coupable de beaucoup de choses misérables, Charles, mais pas d'adultère.

Il se retint pour ne pas la prendre dans ses bras. Sir Henry fit quelques pas arrogants vers

Haverstock.

— Cela ne veut pas dire qu'Anna n'a pas choisi de partir avec moi de son plein gré.

— Je n'ai aucune raison de vous croire, déclara Haverstock. Vous êtes un traître, un meurtrier, et maintenant un ravisseur.

— Dites-lui, ma chère, commanda sir Henry.

Haverstock regarda Anna avec confiance. Ne venait-elle pas de lui assurer qu'elle n'était pas adultère ?

Il put lire une vive douleur sur son visage. Elle battit des cils et parla doucement :

— Je... ma place est à Paris.

Ses mots eurent l'effet d'un coup de pied dans l'estomac de Haverstock et de couteau dans son cœur.

— Mais... c'est impossible ! Cet homme est un meurtrier, je sais que vous le haïssez.

Elle acquiesça de la tête, mais refusa de rencontrer le regard de son mari.

— Je ne peux plus vivre en Angleterre.

Haverstock déglutit difficilement.

— Même si je fais le vœu de vous accorder tout l'amour et l'honneur que vous méritez ?

Elle rencontra maintenant son regard, les yeux pleins de larmes et une tristesse insupportable sur son joli visage.

— Cela ne ferait aucune différence, Charles.

Un chagrin aussi profond que la mort l'envahit.

— Il semble que je sois venu ici pour rien, conclut Haverstock, les lèvres serrées. Bonsoir Madame, fit-il avec une révérence.

Chapitre 30

— Je n'arrive pas à le croire, même si je l'ai entendue de mes propres oreilles, dit Lydia en marchant dans les hautes herbes. Je te le dis, Charles, Anna est follement amoureuse de toi.

— Et elle hait Vinson, ajouta Morgie.

— Nous l'avons entendue, elle a exprimé ses souhaits très clairement, déclara amèrement Haverstock.

Il suivit Lydia, ses pensées confuses. Anna avait été les étoiles dans son ciel, et maintenant il n'y avait plus que des ténèbres.

Pendant un court instant au château, il avait cru qu'elle l'aimait. N'était-ce pas un cœur douloureux qui témoignait de sa fidélité ? Mais sa duplicité avait ensuite transformé ses mots en remarques acérées.

Au lieu de reprendre l'allée, Lydia changea de direction.

— Où allez-vous, Lyddie ? demanda Morgie.

— Aux écuries.

— Et pourquoi cela ?

— Parce que nous devons voir si la calèche louée est là. Nous avons promis à la femme du cocher de trouver son mari.

— C'est vrai, nous le lui avons promis, répéta Morgie, trottinant après Lydia, les frères à leur suite.

Ils trouvèrent un véhicule dans les écuries, puis ils allèrent réveiller le cocher qui dormait dans une petite pièce à l'étage supérieur.

Il se mit immédiatement à réciter la liste des outrages qu'il avait subis de la part de l'Anglais arrogant. Et il n'avait pas encore reçu un seul franc de l'homme ! Et tandis que l'Anglais n'arrêtait pas de dire qu'ils iraient à Paris, le cocher perdait beaucoup de courses entre-temps. Il n'avait pas cru une minute que cette femme était la femme de l'Anglais. La pauvre femme avait même essayé de fuir l'homme insupportable. Il avait honte d'avoir regardé sans rien faire alors que l'homme lui attachait les mains dans le dos. Ce n'était pas une façon de traiter une femme. Surtout lorsqu'elle était aussi jolie que cette demoiselle.

En entendant cela, une colère amère bouillit en Haverstock. Il attrapa l'homme par la chemise et parla à travers ses dents serrées.

— Quand est-ce arrivé ?

Il y a deux soirs, quand ils ont quitté le navire à Calais. La demoiselle a essayé de s'enfuir, mais le malheureux Anglais l'a rattrapée et l'a traînée dans la calèche. Quand ils sont arrivés au château, elle avait les mains liées.

— Je vais le tuer ! jura Haverstock, poussant le cocher et retournant en colère vers la maison.

Lorsqu'il approcha du château, le salon était maintenant dans l'obscurité. Il regarda vers le premier étage, de la lumière venait d'un balcon. Il pouvait atteindre le balcon en grimpant dans un énorme chêne. Il ôta sa veste et se mit à grimper. Il enjamba une branche qui s'étendait jusqu'au balcon, mais craignait qu'elle ne puisse supporter son poids. Elle le fit. Il sauta sur le balcon et regarda par la fenêtre.

C'était la chambre d'Anna. Elle gisait sur le lit,

en pleurs. Cette vue déchira son cœur.

Il ouvrit la fenêtre et entra dans sa chambre.

Elle se redressa brusquement, serrant son mouchoir de dentelle contre ses yeux.

— Charles !

Il s'arrêta près du lit.

— Je vous ramène à la maison, Anna.

— Mais..., avança-t-elle d'une voix hésitante. Mais je ne ferais que vous blesser, il y a... il y a une lettre.

— Vous ne pouvez me blesser que d'une seule façon, Anna, dit-il en s'approchant d'elle. En me quittant. Je me suis rendu compte que je ne peux pas vivre sans vous.

Elle se jeta dans ses bras.

— Oh ! Charles, je vous aime tant !

Il la serra sur sa poitrine. Il passa ses bras autour de sa taille, elle avait le visage calé dans le creux de sa poitrine. La sensation exquise de son corps contre le sien le comblait de plaisir. Son épouse. Son amour.

— Quand vous êtes parti, expliqua-t-elle, il m'a dit que vous aviez été arrêté. J'ai pensé pouvoir vous innocenter en écrivant une confession, qu'il utilise bien sûr contre moi maintenant. Ce sera votre ruine.

Il rit et la serra encore plus fort contre lui.

— Là, vous avez tort. Si je vous ai, j'ai tout.

Il releva doucement son visage d'un doigt. De plus, vos aveux ne peuvent guère être terriblement incriminants. Vous êtes seulement coupable d'avoir demandé à mon palefrenier de me suivre. Il faut plus que ça pour un ordre d'exécution.

La porte de la chambre s'ouvrit brusquement. Haverstock leva les yeux et vit sir Henry sur le seuil, un pistolet pointé sur eux.

— Il m'a semblé entendre des voix.

Haverstock poussa Anna de côté et se posta devant elle.

— Je craignais que vous ne reveniez la chercher, dit sir Henry, fermant la porte derrière lui d'un coup de pied. Mais je dois insister pour la garder. J'ai davantage besoin d'elle que vous, Haverstock. Vous tirez beaucoup de satisfaction de votre travail, alors que seul l'éclat de la société est ma planche de salut. Et je ne suis plus tout jeune. J'ai besoin de la beauté et du talent d'Anna pour assurer ma place dans les meilleures maisons de Paris.

— Vous ne serez pas bien accueilli à Paris, Vinson, déclara Haverstock, impitoyable.

— Le nom de Thomas Brouget vous dit-il quelque chose ?

Sir Henry écarquilla les yeux.

— Cela explique qu'il ne soit jamais venu ici.

— Il n'a jamais quitté Londres, et vous ne recevrez pas de récompense de Boney. En fait, je peux dire qu'en ce moment même monsieur Herbert est en train de mettre votre tête à prix pour une belle somme. Vous rendre à Paris est hors de question pour vous.

— Espèce de… ! fit sir Henry en levant le pistolet.

La porte-fenêtre s'ouvrit brusquement. James surgit, son épée tirée étincelant à la lumière des flambeaux.

— Par ici, Vinson, appela-t-il pour détourner l'attention de sir Henry de son frère désarmé.

Sir Henry lança un regard paniqué à James. En un clin d'œil, sir Henry pointa son pistolet sur James et tira.

L'odeur de poudre à canon, les halètements de son frère et la tache de sang sur sa manche poussèrent Haverstock à passer à l'action. Il plongea sur sir Henry, mais pas avant que le vieil homme n'ait jeté son pistolet fumant par terre pour retirer un couteau de son gilet. Haverstock se jeta sur lui et le plaqua contre le mur de plâtre fissuré, coinçant sa main qui tenait le couteau.

L'énorme main de Haverstock couvrit le poignet osseux de sir Henry et le cogna à répétition contre le mur.

Sir Henry criait de douleur mais ne lâchait pas prise.

Haverstock lui envoya alors son poing dans la figure. Mais sir Henry tenait toujours fermement le couteau, alors même que les deux hommes tombaient à terre. Ils roulèrent comme un moulin à vent déséquilibré. Haverstock se retrouva sur son adversaire. Il regarda une flaque de sang se former autour de la tête de sir Henry et la vie s'échapper de son visage cendré. Le couteau, toujours dans sa main, avait tranché la gorge de sir Henry.

Haverstock bondit sur ses pieds et se tourna brusquement vers son frère.

— James ?

James laissa tomber son épée par terre pour passer ses doigts sur sa blessure. Le sang coulait le long de son bras.

— Juste une égratignure.

Lydia sauta sur le balcon, jeta un coup d'œil à James tombé près de la porte-fenêtre, et elle s'évanouit.

Morgie se précipita à son tour sur le balcon, regarda Lydia et s'agenouilla près d'elle, prenant sa main dans la sienne.

— Oh ! ma pauvre Lyddie, je ne me pardonnerai jamais s'il vous est arrivé quelque chose de mal.

— Rien ne lui est arrivé, déclara Haverstock, s'avançant sur le balcon.

Un martèlement rapide de sabots attira son attention. Quatre cavaliers sortirent précipitamment des écuries et empruntèrent l'allée principale menant à la porte.

— Malgré la propension de ma sœur à maîtriser la plupart des situations, elle ne semble pas capable de tolérer la vue du sang. Et il semble que les Français qui étaient là n'aient aucune envie de se battre, ajouta-t-il en observant toujours l'allée.

Il se tourna vers Anna.

— Ma chérie, comment tolérez-vous la vue du sang ? Seriez-vous capable de me donner un coup de main pour soigner mon frère ?

Anna, sous le choc de la sinistre scène de la mort de sir Henry, dirigea son regard vers James.

— C'est James ?

James fit une mini révérence.

— Votre serviteur le plus dévoué, ma lady.

— Oh ! mais vous êtes blessé. C'est affreux. Charles ! aidez-moi à enlever son manteau, s'écria Anna.

Haverstock enleva le manteau de son frère et constata que James avait raison. Ce n'était guère plus qu'une égratignure. La balle avait roussi son manteau, mais elle était seulement entrée dans la partie charnue de son bras. Ils l'enveloppèrent dans des bandes de linon tiré des sous-vêtements d'Anna.

Tournant son attention vers Lydia, Anna alla chercher du vinaigre dans son réticule et le tint sous le nez de Lydia jusqu'à ce qu'elle reprenne connaissance. Morgie l'aida à soulever son torse.

— Vous m'avez donné la frayeur de ma vie, Lyddie, dit-il. Je croyais qu'il vous avait tuée.

Elle se tourna vers lui, un sourire mélancolique aux lèvres.

— C'était donc important pour vous ?

— Bien sûr que c'est important, vous êtes comme une sœur pour moi.

— J'ai déjà deux frères, Morgie, je n'ai pas besoin d'un troisième.

— Et vous n'avez certainement pas besoin d'un fiancé non plus, puisque vous en avez déjà un.

— Dommage, dit-elle.

— Pourquoi dommage ?

— Si vous étiez... Oh ! il y a quelque chose de si romantique dans l'idée de se marier en France.

Ses paroles le rendirent muet pendant une minute. Puis il répondit :

— Comme vous l'avez souligné, mon français n'est pas très bon. Je risque de ne pas comprendre le minuistre.

— Pouvez-vous dire oui ? demanda-t-elle.

Il lui serra la main.

— Oui, dit-il en français.

— Il était grand temps que vous vous rendiez compte que vous êtes faits l'un pour l'autre, déclara Haverstock.

— C'est l'hôpital qui se moque de la charité ! dit Lydia, regardant affectueusement Haverstock.

Il sourit à sa sœur, puis se dirigea vers Anna. Il prit ses deux mains dans les siennes et mit un genou à terre.

— Si j'avais eu de la cervelle il y a quelques mois lorsque je vous ai prise pour femme, je vous aurais suppliée pour avoir votre main et je vous aurais dit que je vous préférais à toute autre femme sur terre.

Un regard troublé passa sur le visage d'Anna.

— Mais j'ai fait des choses terribles.

Il se releva et posa doucement ses paumes sur ses joues.

— Comme tricher aux cartes ?

— Vous le saviez ? demanda-t-elle en écarquillant les yeux.

— Bien sûr. C'était la nuit la plus chanceuse de ma vie.

— Et vous ne me trouvez pas horrible ?

— Vous n'êtes pas horrible, sauf quand vous me quittez. Vous êtes en fait plutôt formidable, lady Haverstock.

Elle jeta ses bras autour de lui et se serra contre lui.

— Et dire que nous croyions tous les deux nous sacrifier pour l'Angleterre !

Il l'étreignit et déposa un doux baiser sur son front.

— Ah ! quel doux sacrifice !

Chapitre 31

Haymore, trois mois plus tard.

Ôtant leurs pelisses et leurs chapeaux, Anna et Lydia entrèrent dans Haymore par les portes-fenêtres qui donnaient sur la terrasse.

Debout dans le salon, Haverstock accueillit son épouse, prit sa pelisse et la tendit au majordome.

— Je n'aime pas que vous vous promeniez dans la campagne dans votre état, lui dit-il, en passant un bras autour d'elle et en lui tapotant doucement le ventre. Nous ne devons pas mettre la vie du petit comte en danger.

Elle se dressa sur la pointe des pieds et effleura ses lèvres des siennes.

— Je n'arrête pas de vous dire que notre bébé pourrait très bien être une comtesse.

— Dommage. Je suppose que je devrai me forcer et continuer à essayer d'avoir un fils.

Lydia passa rapidement devant son frère et embrassa Morgie sur la joue.

— Avez-vous tous deux réussi à arranger les portraits de Mère d'une façon qui lui plaise dans sa maison de douairière ?

Morgie lança un regard interrogateur à Charles.

Haverstock ferma la porte-fenêtre.

— Morgie n'a pas encore compris que rien ne satisfait jamais vraiment Mère, expliqua Haverstock.

Lydia sourit.

— Du moins, elle refuse de l'admettre même

quand elle l'est. Comme avec Anna. Morgie et moi l'avons suppliée de venir vivre avec nous, mais elle a insisté pour déménager à la maison de la douairière de Haymore, disant qu'elle devait s'assurer que le futur marquis soit élevé correctement. Alors que bien sûr, nous savons tous à quel point elle estime maintenant Anna.

Haverstock regarda Anna avec fierté.

— Mère ne peut se résoudre à admettre à quel point elle est heureuse ici, ni à quel point elle admire Anna.

— Comment s'est passée votre promenade ? demanda Morgie à sa jeune épouse alors qu'ils traversaient la grande pièce.

— Oh Morgie ! Nous avons entendu la nouvelle la plus merveilleuse. Monsieur Archer est décédé et son héritier a décidé de vendre l'abbaye.

— Qu'est-ce qu'il y a de merveilleux dans la mort du pauvre homme ? lui demanda-t-il.

— Vous pourriez acheter l'abbaye et nous serions voisins avec Charles et Anna.

Il s'arrêta et se tourna vers sa femme.

— Je veux pas vivre si près de ce maudit seigneur, lança-t-il, l'air renfrogné.

Elle lui caressa affectueusement le visage.

— Gros bêta ! Ne vous a-t-on pas dit qu'Ainsley a l'intention d'épouser la veuve du vicaire ?

Son visage s'illumina.

— Je comprends pas comment il a pu vous oublier si vite.

— Parce que je suis persuadée qu'il s'est rendu compte à quel point nous étions incompatibles. Avec son sens profond de la bienséance, poursuivit-elle en le prenant pas le bras, il doit s'estimer heureux d'être débarrassé d'une femme qui n'a pas eu de meilleure idée que de s'enfuir avec un autre homme, et en plus à l'étranger.

— Alors il est aussi idiot que je l'ai toujours dit.

— Vraiment, c'est un homme bien, Morgie, intervint Haverstock. Au fait, j'ai reçu aujourd'hui une lettre du capitaine Smythe. De la Péninsule. Il s'excuse de ne pas avoir demandé la main de Cynthia. Il voulait plus que tout au monde en faire son épouse, mais avec son avenir si incertain, il n'avait aucun désir de faire d'elle une veuve.

— Comme c'est triste ! déclara Anna. Ils semblent maintenant tous les deux misérables.

— Je le respecte pour sa décision. Ce ne serait pas juste de donner la vie à un enfant, et puis de ne pas être là pour lui, expliqua Haverstock tout en lançant un regard malicieux à Anna.

— Ou pour elle, répliqua Anna en feignant un air de défi.

— Je crois que Cynthia attendra le capitaine, déclara Lydia.

Anna fronça les sourcils.

— Si seulement l'amour de Kate était aussi constant !

— Kate n'a jamais aimé Reeves, dit Haverstock, s'arrêtant à la porte. La nouvelle de ses *liaisons* à Londres n'a rien de surprenant.

— Dommage que tout le monde ne puisse pas être aussi heureux que nous quatre, commenta Lydia.

— Charlotte et Hogart semblent l'être, ajouta Morgie.

Il ouvrit la porte et conduisit Lydia dans le vaste couloir en marbre.

— Comme ils le devraient, avec votre fortune soutenant l'école de couture et leurs autres ministères, déclara Lydia.

— En parlant de votre fortune, je pense vraiment que vous devriez acheter l'abbaye pour Lydia, dit Anna en s'adressant à Morgie.

— Je ne peux jamais rien refuser à cette petite chipie.

Lydia lui fit un clin d'œil.

— Venez, laissez-moi vous battre au billard. Je sens que mon frère et Anna veulent être seuls.

Après leur départ, Anna ferma la porte et dit :

— Je ne crois pas une minute qu'ils vont jouer au billard.

Il baissa son visage vers le sien.

— Je vous ai bien instruite.

Elle passa ses bras autour de lui.

— J'ai toujours reconnu que vous étiez un maître talentueux.

Il prit son visage dans ses mains.

— Pas aussi habile que vous, mon tendre amour. Grâce à vous, j'ai sondé les profondeurs infinies de mon cœur jadis froid.

Il approcha son visage si près du sien qu'il put sentir son souffle chaud.

— Votre amour me nourrit comme le soleil et la pluie nourrissent un arbre puissant.

— Et ma vie a commencé le jour où je vous ai épousé.

Il l'attira contre sa poitrine et enfouit son visage dans ses cheveux parfumés.

— Le jour où vous êtes devenue ma lady par hasard.

FIN

Série Haverstock House

Avec une nouvelle romance, ces trois histoires classiques de mariage de convenance suivies d'une nouvelle de Noël réconfortante présentent tous les Haverstock.

Duchesse par erreur
(Haverstock House, t. 2)

« Ce livre contient l'une des scènes les plus hilarantes que j'aie jamais lues dans un roman historique. Ça vaut la peine de l'acheter, juste pour cette scène. » — *Past Romance*

Sa visite innocente au duc d'Aldridge afin de solliciter un don pour ses veuves de guerre place lady Elizabeth Upton au cœur d'un scandale des plus choquants...

Le duc d'Aldridge demande en mariage lady Elizabeth Upton, sœur de son meilleur ami, après qu'une confusion l'eut envoyée dans sa chambre à coucher juste au moment où il sortait de son bain. Elle ne veut certainement pas forcer la main au duc, mais comment peut-elle supporter la honte que son comportement scandaleux a infligée à son cher frère, le marquis de Haverstock ?

Après avoir accepté d'épouser l'idole de son enfance, Elizabeth se rend compte qu'elle ne veut qu'une chose au monde : gagner l'amour de son époux. Mais conquérir son cœur n'est pas une mince affaire quand d'anciennes amours menacent de détruire les liens fragiles de leur mariage.

Comtesse par coïncidence (Haverstock House, t. 3)

« Intrigue créative, brillamment menée. » — *Commentaire client sur Amazon*

« Tous les livres de la série Haverstock House sont merveilleux, comme tous les autres ouvrages de Cheryl Bolen. Mais celui-ci est peut-être le meilleur jusqu'à présent. » — *Beverly Durden*

Deux coïncidences stupéfiantes aboutissent au mariage du comte de Finchley, jeune et imprudent, avec lady Margaret Ponsby, une fille timide du duc qui l'adorait de loin....

Afin de s'extirper de difficultés financières, John Beauclerc, comte de Finchley, concocte un stratagème pour épouser une inconnue qui a répondu à sa petite annonce. Il va montrer à sa grand-mère de quoi il est capable ! Elle refuse de lui donner de l'argent jusqu'à ce qu'il fasse preuve de plus de maturité et abandonne ses comportements scandaleux. À vingt-six ans, la dernière chose qu'il désire est de se ranger. Il se rend à l'église St-Georges à Hanover Square, épouse miss Margaret Ponsby de Windsor, la congédie avec cent livres et continue de poursuivre une vie de débauche remplie de vin, de femmes et de parties de cartes avec ses amis, comme lui à la recherche de plaisir.

Après la cérémonie, il se rend compte qu'il a épousé la mauvaise femme. Miss Margaret Ponsby de Windsor pensait que le mariage allait avoir lieu à la chapelle St-George de Windsor. Lady Margaret Ponsby était à St-George de Londres. Comment peut-il s'extirper de ce mariage misérable, union dont sa grand-mère s'extasie ?

Si seulement lady Margaret Ponsby n'était pas si timide ! Quand le jeune (et déjà de mauvaise réputation) comte dégingandé qu'elle adore de loin lui demande de s'approcher de l'autel de l'église avec lui, elle ne peut refuser. Même après le début de la cérémonie de mariage, elle reste toujours muette. Elle pense remplacer la véritable épouse de lord Finchley. Mais lorsqu'elle se rend compte qu'elle est vraiment mariée à lord Finchley, elle décide de faire tout ce qui est en son pouvoir pour transformer la situation en mariage de rêve. Même si cela signifie imiter sa sœur intelligente et bavarde.

Plus célibataire à Noël (Haverstock House, t. 4)

Toujours pragmatique, lady Caroline Ponsby a abandonné tout espoir de recevoir une proposition de mariage de Christopher Perry, l'homme riche qu'elle adore depuis près de deux ans. Elle est déterminée à ne plus être célibataire à Noël. À cet effet, elle a invité un prétendant potentiel à passer Noël avec sa famille. Elle sait très bien que lord Brockton aimerait bien mettre la main sur sa dot. Quant à elle, elle souhaiterait être mariée et avoir sa propre maison ainsi qu'une famille.

L'idée même que sa lady Caroline jette son dévolu sur le vil lord Brockton exaspère Christopher Perry. Dommage qu'il ne puisse lui-même demander sa main. Mais la fille d'un duc lui est trop inaccessible, étant donné les humbles origines de sa famille. Néanmoins, Christopher assiste à la fête de Noël du duc d'Aldridge avec l'intention de contrecarrer la grave mésalliance entre lady Caroline et Brockton. En espérant qu'il ne soit pas trop tard…